Délicieuse ivresse

Du même auteur
aux Éditions J'ai lu

H.O.T.

1 – Divins plaisirs
N° 10429

2 – Exquise luxure
N° 10520

LACEY

ALEXANDER

H.O.T. - 3

Délicieuse ivresse

Traduit de l'anglais (États-Unis)
par Anne Michel

J'AI LU

Titre original
GIVE IN TO ME

Éditeur original
Signet Eclipse, published by New American Library,
a division of Penguin Group (USA)
Inc., New York

Tout notre raisonnement
se réduit à céder au sentiment
Blaise PASCAL

1

April Pediston regretta de porter son tailleur à l'instant même où elle franchit le seuil du *Café Tropico*. Elle nota immédiatement que l'endroit n'avait rien d'une brasserie et ressemblait plutôt à un bar quelconque doté d'une piste de danse. Il n'était en rien comparable à la plupart des établissements branchés d'Ocean Drive ; le *Café Tropico* existait visiblement depuis un moment, bien qu'elle eût dans l'idée que son heure de gloire était derrière lui.

— Une table pour deux, demanda-t-elle à une hôtesse maigrichonne d'une vingtaine d'années vêtue d'une nuisette et d'un jean coupé ultracourt.

April ne put s'empêcher de remarquer que la jeune fille ne s'était pas souciée de mettre un soutien-gorge ; les tétons pointaient sous le tissu ajusté. L'expression légèrement perplexe qu'elle affichait en guidant April vers une table confirmait à cette dernière qu'elle était exactement aussi peu à sa place ici qu'elle en avait l'impression. Elle s'était rendue directement de son bureau au bar pour y traiter une affaire et n'avait donc pas accordé d'importance au lieu de rendez-vous. Ceux-ci se déroulaient généralement dans des endroits où… eh bien, où elle n'était pas accueillie par quelqu'un d'aussi peu vêtu.

L'air doux de la nuit signifiait que l'été arrivait à Miami. Une brise légère venue de South Beach pénétrait dans le restaurant depuis la terrasse. April avait toujours pensé quitter la ville pour un endroit plus frais, plus calme. Mais l'idée restait en suspens et elle devait admettre qu'elle avait depuis longtemps renoncé à pareil projet. Elle ne pourrait jamais partir ; trop de gens ici dépendaient d'elle. Pourtant, bien qu'elle eût grandi là, elle n'avait pas le sentiment d'être à sa place à Miami, pas plus qu'au *Café Tropico*.

Un claquement régulier de l'autre côté de la salle la sortit de ses pensées. Des types intimidants aux bras chargés de tatouages et bouc au menton jouaient au billard tout en buvant des bières. Plus loin, un groupe de musiciens installait ses instruments et son équipement son sur une petite estrade. Elle commençait juste à se demander si le *Café Tropico* faisait restaurant – elle n'avait pas mangé, partant du principe qu'il s'agissait d'un dîner d'affaires – quand l'hôtesse sans soutien-gorge réapparut avec la carte et un verre d'eau, l'informant que la serveuse passerait prendre sa commande dans une minute.

— J'ai rendez-vous avec quelqu'un, l'informa April, donc… Tenez, la voilà qui arrive.

Elle venait de lever les yeux pour voir Kayla Gonzalez avancer dans sa direction, dépassant l'un des palmiers en pot qui offraient une ambiance un peu tropicale. Kayla portait un jean et un débardeur moulant. Ses cheveux, noirs à l'époque où les deux femmes avaient collaboré, étaient plus longs et d'un blond platine, laissant apparaître les racines sur plus de deux centimètres. Tout, dans son attitude et dans son regard, paraissait aussi défait que la dernière fois qu'April l'avait vue, deux ans auparavant.

Kayla essaya de sourire au salut d'April, mais ses yeux restaient éteints.

— On commande avant de rentrer dans le vif du sujet ? suggéra April.

Elle n'avait pas cessé de courir de toute la journée avec pour seul déjeuner une barre de céréales.

Lorsque Kayla eut l'air d'hésiter, April réalisa que dîner n'était pas inscrit au programme de la soirée.

— Je… ne devrais pas.

Pensant qu'il s'agissait peut-être d'une question de moyens, April sourit en précisant :

— J'invite.

Kayla cilla et April vit les vestiges d'une beauté juvénile traverser le regard de son interlocutrice. April avait trente-trois ans, Kayla, elle, n'atteignait probablement pas la trentaine mais avait l'air bien plus âgée.

— C'est gentil de votre part, mais… j'espérais que nous puissions parler directement affaire. Je n'ai pas beaucoup de temps.

April retint un soupir. Le dîner devrait attendre… Quelle que soit la question légale dont Kayla voulait l'entretenir, elle pesait visiblement sur ses épaules.

— Bien sûr, s'entendit-elle répondre. Que puis-je faire pour vous ?

Kayla jeta un regard à travers la salle comme pour s'assurer que personne ne faisait attention à elles, puis se pencha sur la petite table et dit, juste assez fort pour être entendue par-dessus le bruit environnant :

— Je veux divorcer.

April n'était pas surprise. À son avis, c'était la meilleure décision que Kayla pouvait prendre. La dernière fois qu'elle avait représenté la jeune femme – le lien s'étant créé via une association de femmes venant en aide à d'autres femmes, groupe pour lequel elle travaillait *pro bono* –, cette dernière avait été accusée d'un vol de matériel coûteux à l'entrepôt où elle travaillait comme réceptionniste. April avait bâti sa défense en prouvant que Kayla avait non seulement un alibi, mais aussi qu'elle était trop menue pour avoir soulevé le générateur et les autres équipements volés. Et bien que Kayla ait clamé son innocence tout le long du procès, April avait été déchirée entre le fait de croire que la jeune femme avait été une cible opportune et l'inquiétude que le mari de Kayla ait été impliqué dans le vol. Elle n'avait rencontré Juan Gonzalez qu'une seule fois, mais il lui avait fait très mauvaise impression. Un homme acerbe et sans doute violent.

Malgré tout, April mit en garde Kayla :

— Kayla, j'aimerais vous aider, mais je ne m'occupe pas de divorce. En revanche, je peux vous mettre en rapport avec un confrère par le biais de Femmes Solidaires.

Devant le regard sombre de Kayla, April se sentit coupable.

— Mais… c'est vous que je voulais. C'est pour cela que je vous ai contactée sans passer par l'association ; je ne veux personne d'autre. Vous avez été si gentille avec moi. Avec vous je n'ai pas l'impression d'être une… moins que rien.

Elle murmura la fin de sa phrase comme si elle disait une obscénité.

L'empathie saisit April qui prit la main de Kayla dans la sienne.

— Kayla, vous n'êtes pas une moins que rien, et ne laissez jamais *personne* vous faire croire le contraire.

L'expression de la jeune femme restait malgré tout abattue. De son côté, April pensait bien à une collègue, Ellen, qui s'occupait gratuitement de divorces pour des femmes privées de leurs droits. Mais elle savait que cette avocate intimidait parfois ses clientes. Et elle gardait présent à l'esprit combien certaines d'entre elles étaient fragiles. Elle n'oubliait pas à quel point il avait paru difficile pour Kayla de ne serait-ce que la regarder dans les yeux la première fois qu'elles s'étaient rencontrées. Si Kayla se sentait à l'aise avec elle, elle n'aurait pas cette chance avec quelqu'un d'autre… Non, elle ne voulait pas être responsable du report du divorce de cette pauvre femme, particulièrement si son mari était violent.

— S'il vous plaît, ajouta Kayla, j'ai vraiment besoin de votre aide.

April laissa échapper un soupir.

— J'aurai besoin d'être épaulée par ma consœur, répondit-elle. Je vais voir ce que je peux faire.

Avec un peu de chance, l'affaire serait vite expédiée, une situation claire et des plus simples à régler.

— Vous serez de nouveau mon avocate ? demanda Kayla, le regard de nouveau brillant.

April acquiesça avec réticence.

— Bien sûr.

Kayla lui prit la main et la remercia chaleureusement.

— C'est un tel soulagement, poursuivit-elle. J'ai suffisamment galéré sans qu'en plus on m'attribue quelqu'un d'autre que vous. Et comme je le disais, vous avez toujours été si gentille.

Je n'ai vraiment pas besoin de ça. Mais si cela te permet d'en finir avec la pourriture qui te sert d'époux, comment pourrais-je dire non ?

— Je suis contente de vous aider, répondit-elle à la place. Est-ce que votre mari sait que vous voulez divorcer ?

Le regard de la jeune femme s'assombrit une fois encore et tout son corps se tendit.

— Mon Dieu, non ! Il me tuerait.

April connaissait suffisamment les femmes comme Kayla pour savoir qu'elle n'exagérait pas. Elle parla donc calmement, espérant apaiser sa nouvelle cliente.

— Nous élaborerons un plan pour le lui annoncer, de préférence au téléphone, une fois que vous aurez trouvé un endroit où vous installer. Mais en premier lieu, comme je l'ai dit, je vais avoir besoin de discuter avec ma consœur – puis nous verrons comment procéder. Cela vous convient ?

Kayla opina.

April commençait à se sentir un peu plus détendue. Ou peut-être était-elle juste fatiguée. Et affamée. Maintenant qu'elle avait le sentiment que leur affaire était officiellement conclue…

— Vous savez, reprit-elle, je meurs de faim. Donc, si cela ne vous ennuie pas, je vais commander à manger. Vous êtes plus que bienvenue pour vous joindre à moi.

Comme elle l'avait fait plus tôt, Kayla parcourut la pièce des yeux, nerveuse. Le bar avait commencé à se remplir durant les quelques minutes qui avaient suivi le début de leur conversation. Pourquoi Kayla était-elle si paranoïaque ? Est-ce que des gens ici la connaissaient ? Ou son mari ? Peut-être que la jeune femme n'avait pas pensé qu'April se démarquerait autant des autres avec sa tenue d'avocate, attirant probablement plus l'attention sur elles deux que Kayla ne l'aurait voulu.

— Mais je comprendrais que vous deviez y aller, ajouta April, voulant lui offrir une porte de sortie.

Kayla leva les yeux vers une horloge accrochée au mur derrière le bar avant de répondre.

— Hum, je suppose que je peux rester encore quelques minutes.

Rogan Wolfe était installé au comptoir, une bière à la main. La jolie fille derrière le bar – vingt-deux ans tout au plus – lui posait des questions sur son travail de policier. Elle était trop jeune pour lui. Il n'avait pas eu l'habitude de faire attention à ce genre de détail, mais il supposait que cela avait changé dernièrement.

Ou peut-être finissait-il enfin par grandir.

Ou peut-être s'agissait-il de Mira.

Mira était une ancienne petite amie dont il avait autrefois brisé le cœur – et elle lui avait retourné la pareille l'été précédent. Mira n'était en rien responsable de leur séparation, et bien qu'il n'en ait jamais parlé à qui que ce soit, il était resté un long moment après leur rupture sans pouvoir oublier. Cela aussi était une première : Rogan Wolfe en pinçait pour quelqu'un ! Jusqu'à ce qu'il se rende compte qu'il devait changer les choses – changer en grand. Quitter Charlevoix, dans le Michigan, la petite ville du bord du lac où tous deux vivaient. Trouver quelque chose pour se sortir cette fille de la tête. Quelque chose d'aussi excitant. Il était donc venu à Miami rendre visite à son pote Colt, et il avait postulé un emploi auprès du département de police de la ville pendant son séjour. Un mois plus tard, il rendait son insigne à Charlevoix et commençait à patrouiller les rues de South Beach.

Et le changement avait été au rendez-vous. Miami était une ville chaude : en termes de climat, de musique et de filles. On y trouvait de l'action, de l'action, et encore de l'action. À peu près à l'époque où il avait vu Mira pour la dernière fois, il avait commencé à penser qu'il était enfin arrivé à un point dans sa vie où il avait besoin de plus qu'un joli visage et d'un corps de rêve ; il avait commencé à se dire qu'il voulait un peu de substance dans une histoire, connaître une femme avec qui il pourrait construire un avenir. Mais à la manière dont les choses s'étaient déroulées avec son ex, cette idée avait eu la vie courte.

Avec Mira, il avait essayé de s'engager – et il s'était cassé les dents. Donc, il avait été facile de décider qu'il avait fait les choses correctement jusque-là – correctement pour lui en tout cas – en en restant aux choses légères et amusantes quand il s'agissait des femmes. C'était ce qu'il avait l'intention de faire à partir de maintenant. Et Miami Beach était l'endroit idéal pour un tel programme !

Pour être franc… les femmes, les rendez-vous et les parties de jambes en l'air n'avaient pas été au sommet de sa liste de priorités depuis son arrivée dans le Sud. Bien sûr, il avait rencontré une nana avec laquelle il avait passé de bons moments – son appétit sexuel n'avait pas disparu avec Mira –, mais il s'était jeté à corps perdu dans le travail. Ce qui expliquait sa présence au *Café Tropico* ce soir-là, sous couverture. Sous couverture et en dehors de ses heures officielles de service. Et peut-être était-ce la raison pour laquelle – même s'il restait ouvert à toute proposition légère et amusante – il n'était plus intéressé par les filles de vingt-deux ans.

Se rappelant la raison de sa présence ici, il repoussa sa bière pour garder les idées claires. Il pouvait bien ne pas toujours jouer selon les règles, mais il ne se montrerait pas négligent.

En fait, depuis son arrivée à South Beach, Rogan s'était senti plus que jamais inspiré par son boulot. Après avoir passé les douze premières années de sa carrière dans une petite ville du Michigan, il avait trouvé sa vocation à Miami. Là, il se passait des choses : la délinquance existait, et il avait de vrais bandits à mettre hors circuit. Rogan le savait maintenant : ce nouvel environnement jouait un grand rôle dans la satisfaction qu'il éprouvait à être flic.

Quelques minutes plus tôt, le *Café Tropico* était pratiquement vide et il avait gardé profil bas au comptoir, mais le bar se remplissait et les musiciens se préparaient à jouer. Il ne craignait donc pas de se retourner sur son tabouret et de laisser glisser son regard jusqu'à la terrasse. Il espérait que Junior Martinez et son acolyte, Juan Gonzalez, se montreraient ce soir-là.

Le propriétaire des lieux, Dennis Isaac – devenu un copain de Rogan depuis que ce dernier travaillait dans le quartier et qu'il s'arrêtait parfois pour prendre un plat lorsqu'il était en service – suspectait les deux hommes de vendre de la drogue dans les arrière-salles. Dennis leur avait fait savoir qu'ils n'étaient pas les bienvenus, et cela plus d'une fois, mais il était âgé et les deux voyous jouaient aux gros bras. La barmaid, loin d'être aussi vierge que la neige qui venait de tomber, était la nièce de Dennis, et elle savait tout comme les autres employés du bar que le flic essayait d'aider le patron. Ils avaient eu pour instruction de se montrer discrets si qui que ce soit venait à poser des questions sur lui.

Le *Café Tropico* n'était pas un lieu branché et avait certainement connu des jours meilleurs, mais l'endroit restait correct. En plus de conserver des vestiges du vieux charme de Miami, il était aussi l'un des rares lieux sur Ocean Drive où vous pouviez commander un hamburger sans vous ruiner. Et Rogan ne voulait pas qu'il devienne un repaire de bandits.

Venir à Miami avait rallumé en lui la flamme pour un métier auquel il ne trouvait plus guère d'intérêt. Et voilà qu'il se retrouvait à travailler sous couverture et de manière non officielle dans l'espoir d'arrêter quelques dealers de rue. Le meilleur scénario possible : se retrouver promu inspecteur. Le pire ? Eh bien, s'il n'appliquait pas les règles à la lettre mais qu'il réussissait à retirer des rues une ou deux doses de drogue et à coincer quelques voyous, et qu'il aidait de surcroît le propriétaire d'un commerce local, son capitaine ne lui en tiendrait certainement pas rigueur.

La salle était comble : quelques touristes en shorts mangeaient des burritos ou des cheeseburgers en attendant que le groupe commence ses reprises de rock. Des fêtards – plus jeunes et mieux vêtus – s'étaient arrêtés pour boire un verre avant de se rendre dans les établissements plus branchés de la rue. Un couple d'une cinquantaine d'années que Rogan pensait avoir déjà vu danser sur le rythme de salsa qui avait commencé à s'échapper des haut-parleurs quelques minutes plus tôt, chauffant la salle pour le groupe. Et quelle importance si les notes latines détonnaient avec les chansons live ? Le *Café Tropico* était ce genre d'endroit où il était plus question de nourriture sans prétention et d'alcool que de soirées à thème.

Le seul élément désagréable était ce groupe de mecs près de la table de billard. Deux, trois Latinos, quelques blancs, et trop de têtes chauves, de tatouages, de tee-shirts moulants et de biceps, au goût de Rogan. Pour un flic, tout cela était annonciateur d'ennuis. Et il avait vu au moins deux d'entre eux traîner avec Martinez et Gonzalez ici même auparavant.

Ce fut alors que ses yeux tombèrent sur la femme au tailleur bleu marine. Bon sang ! Qu'est-ce qu'une nana du genre cadre coincée faisait là, dans cet accoutrement, un vendredi soir ? Nom de Dieu ! Non pas que cela soit interdit par la loi, mais... elle avait l'air un peu cruche. Et bien trop raide malgré ses lèvres en forme de cœur qui s'ouvraient, avides, sur un sandwich.

Il remarqua alors qu'elle était mignonne. Ce qui n'était pas facile compte tenu de la manière dont elle s'habillait, avec ses cheveux d'un roux cuivré ramenés en un chignon comme celui que porterait une bibliothécaire. Mais ses lèvres étaient foutrement attirantes, ça, c'était sûr et, ses yeux voyageant plus bas, il eut un aperçu de ses jambes galbées, jusqu'à ses pieds enfermés dans une paire d'escarpins qui auraient été sexy s'ils n'avaient eu la teinte exacte du bleu de son tailleur. *Tu devrais lâcher tes cheveux, trésor*. Elle avait juste l'air... guindée jusqu'au cou. Ne savait-elle pas qu'on était sous les tropiques ?

À cet instant, le portable de Rogan vibra et il le sortit de sa poche pour y lire un SMS de Colt. Ils avaient rendez-vous le lendemain soir.

Ce fut alors que les cris s'élevèrent.

Rogan leva les yeux pour voir Juan Gonzalez en personne en train de hurler sur une femme à l'air kitsch, dont il apparut qu'elle était assise à la même table que la nana guindée. Il ne l'avait pas remarquée, trop occupé – pour quelque raison dingue – à détailler son interlocutrice. Mais maintenant, Gonzalez criait :

— Qu'est-ce que tu fous avec elle et ici ?

Il n'avait daigné lancer qu'un regard à la collet monté et agrippait déjà l'autre femme par le bras, faisant tomber la chaise au passage dans un bruit de tonnerre qui aurait retenti plus fort encore dans une pièce où l'intensité sonore n'aurait pas déjà été telle.

Rogan fut immédiatement sur le qui-vive, sachant que si les choses dégénéraient, il serait impliqué – mais bon sang, il détesterait vraiment faire sauter sa couverture ! Même s'il se débrouillait pour apaiser la situation sans sortir son badge, se retrouver face à Gonzalez signifierait que ce dernier se souviendrait de lui. Il n'aurait plus aucune chance d'accomplir ce pourquoi il était ici.

Maintenant, la femme, qui paraissait être l'épouse ou la petite amie de Gonzalez, hurlait à son tour. Elle avait libéré son bras d'un mouvement brusque et lui criait de retirer ses sales pattes. Et – bon sang ! – la nana en tailleur se leva.

— Je ne sais pas ce qui se passe, Monsieur, dit-elle à Gonzalez, d'un ton suffisamment fort et audible pour être entendue par-dessus le chahut, mais j'étais dans le coin pour affaires et suis entrée pour manger quelque chose quand j'ai rencontré votre femme. Quoi que vous croyiez, nous ne faisions que nous dire bonjour. Cela vous pose-t-il un problème ?

Merde ! Maintenant Gonzalez se tournait vers le tailleur. Il la dominait, grand et mince, la fixait du regard en se penchant vers elle, et se rapprochait suffisamment pour mettre Rogan mal à l'aise. Étrangement plus que lorsque Gonzalez avait agrippé l'autre femme.

— Le problème, dit Gonzalez, est que je n'aime pas les garces d'avocates qui parlent à ma garce de femme. Compris ?

Rogan ne pouvait pas vraiment voir la réaction de l'avocate – elle était de biais par rapport à lui –, mais elle ne battit pas en retraite et ne recula même pas d'un pas. Et, quand Gonzalez se tourna de nouveau vers sa femme pour lui hurler de ramener ses fesses à la maison, la poussant en direction de la sortie, la nana en tailleur se faufila entre eux en disant :

— Ne la touchez pas ou j'appelle la police !

Super !

Juan Gonzalez referma alors ses mains sur les bras de l'avocate et Rogan bondit. Il se dirigea vers eux, comme mû par un instinct primaire.

Bien sûr, d'autres hommes avaient senti la bagarre se profiler et s'avançaient déjà pour porter secours aux deux femmes. Mais cela n'arrêta pas Rogan. Il était poussé par le besoin de protéger cette nana en tailleur. Même si elle ne semblait pas exactement sans recours à essayer d'argumenter avec Gonzalez, elle ne pourrait bientôt plus se dépêtrer de la situation.

Il fut le premier à les rejoindre et, après une rapide analyse de la situation, envoya son poing dans la mâchoire de Juan Gonzalez.

Visiblement pas aussi costaud qu'il en avait l'air – c'est pas tout d'aimer jouer au gros dur –, Gonzalez s'effondra comme une pierre sur le sol.

Cela ne fit rien pour apaiser les choses. Maintenant, les types près du billard s'intéressaient à la situation et posaient leurs queues sur le tapis. L'un d'entre eux garda la sienne en main, rappelant à Rogan les bagarres auxquelles il avait participé dans les bars quand il était plus jeune : les queues de billard faisaient d'excellentes armes.

Le groupe d'hommes prêts à venir à la rescousse des deux femmes se tenait encore sur place, deux ou trois d'entre eux s'inquiétant de l'état de santé de l'épouse kitsch, les autres commençant à s'apercevoir que les types à l'allure patibulaire avançaient vers eux. Du coin de l'œil, Rogan reconnut Martinez.

Sors de là. Vite.

Personne, Gonzalez inclus, ne l'avait vraiment observé jusque-là ; sa couverture tenait.

Prends la fille guindée avec toi.

D'où cette idée lui venait-elle ? Elle semblait plus à même de se défendre que la femme de Gonzalez, qu'il aurait été heureux de laisser aux bons soins des autres. Peut-être était-ce parce qu'elle avait toujours l'air aussi ridicule, plantée dans ce décor ; peut-être craignait-il que cela en fasse une cible facile pour les brutes de Martinez. Il n'en était pas sûr, mais ne prit pas le temps de la réflexion ; il découvrit que sa main s'était refermée sur une manche bleu marine et le mince bras dessous. Tout en tirant sa prise vers une porte de sortie, il cria à la nièce de Dennis derrière le bar :

— Appeler Police Secours ne serait pas une mauvaise idée, trésor.

Dès qu'il se trouva avec la femme dans la ruelle à l'arrière du bar, l'atmosphère douce de la Floride lui tomba dessus comme une brique. On n'avait pas ce type de climat dans le Michigan, et il n'y était pas encore habitué. Bien que les larges baies vitrées du *Café Tropico*, ouvertes, ne soient qu'à un jet de pierre, des murs en stuc les entouraient sur deux côtés, et la porte qui se referma derrière eux réduisit le boucan à un bourdonnement bas, régulier.

Maintenant qu'ils étaient seuls, la femme baissa les yeux vers l'endroit où il la tenait toujours, puis les releva, le regard sombre. Elle avait les yeux bleus. Et ses cheveux étaient dorénavant plus auburn que cuivre.

— Bon sang, qui êtes-vous et que croyiez-vous être en train de faire ? lança-t-elle avec hargne. Veuillez me lâcher immédiatement.

Rogan se contenta de ciller, incapable de savoir s'il était amusé ou irrité.

— Vous relâcher ? Qui êtes-vous ? La reine d'Angleterre ?

Les yeux écarquillés, elle semblait médusée.

— Comment osez-vous me tirer hors de là ainsi !

Rogan baissa le menton d'un air pragmatique.

— Je déteste avoir à vous l'annoncer ainsi, mon cœur, mais j'ai sauvé vos petites fesses. Vous tirer hors de là était un acte de pitié.

À travers les fenêtres le long de la ruelle, on pouvait entendre les bruits de la rixe à l'intérieur ; des femmes poussaient des cris stridents, des types hurlaient, il y avait de la casse. Puis, le gémissement strident mais encore distant d'une sirène apaisa l'esprit de Rogan. L'ordre serait bientôt ramené. Ce qui signifiait qu'il pouvait se concentrer sur ce qui se passait dehors, ici même.

Cette femme belliqueuse était encore plus attirante qu'il ne s'en était rendu compte. Il aimait la teinte chaude de ses cheveux et la manière dont ils brillaient lorsque la lumière les frappait, comme le reflet de la lune sur de l'eau... Bon sang, il aurait vraiment aimé les voir relâchés, autour de son visage ! Elle avait le regard limpide, empreint de détermination. Et ses lèvres semblaient être faites pour être embrassées. Et… elles pourraient bien convenir pour autre chose aussi… Ce n'était que maintenant qu'il constatait comment son tailleur épousait son corps, en soulignant les courbes et la rendant bien moins mal fagotée qu'il ne l'avait pensé. En fait, en dépit de son attitude, l'avocate commençait à lui apparaître franchement sexy.

— Je dois retourner à l'intérieur vérifier comment va Kayla, lui dit-elle en essayant de libérer son bras.

Il tint bon. Pour plus d'une raison. Son aine avait commencé à se tendre.

— Elle va bien, douces rondeurs. Il y a plein de gens pour s'occuper d'elle maintenant. Et elle n'est pas le même genre de cible que vous.

Elle tressaillit sous sa poigne.

— Douces rondeurs ?

Un rire bref échappa à Rogan.

— Désolé, j'ai émis une hypothèse.

Ses fesses l'étaient-elles autant qu'il se prenait à l'imaginer ?

Et quand le visage de la femme s'empourpra, il sut qu'elle avait lu dans ses pensées. Il n'aurait pas dû dire cela, mais quelque chose en elle rendait la chose trop facile, trop tentante pour y résister. Il pouvait voir à quel point elle travaillait dur à être guindée, convenable et professionnelle. Et déjà il sentait quelque chose de bien plus intéressant qui bouillonnait là, juste sous la surface.

Alors qu'elle rougissait sans rien dire, il continua de la détailler. Un teint trop ivoire pour une ville comme Miami. De longs cils. Des yeux d'un bleu profond, sombre, ici dans cette ruelle sous l'ampoule faible de la porte, mais qu'il devinait, à la lumière du soleil, électriques.

Une touche sombre attira son regard plus bas et il découvrit un décolleté appétissant pointant de sous un simple chemisier en soie blanc ; une courbe et une ombre suffisamment délicieuses qui lui apprirent qu'un bouton avait dû se défaire entre le moment où elle s'était redressée pour faire face à Juan Gonzalez et maintenant. Qu'elle l'apprécie ou pas, elle n'était plus boutonnée si étroitement.

Et ces yeux qui étaient passés de la colère à l'embarras se faisaient... sensuels. Une douce rougeur enflammait encore ses joues, mais cela tenait maintenant à la lente chaleur qui naissait en eux. Elle avait les lèvres légèrement ouvertes, le rendant affamé.

Il n'avait toujours pas relâché son bras. Mais elle avait arrêté de le lui demander. Elle avait même arrêté de se débattre. Il aimait avoir prise sur elle. Il aimait savoir qu'elle ne pouvait pas s'éloigner si lui ne le souhaitait pas. Mais il appréciait tout autant qu'elle ne semble plus si désireuse de s'enfuir.

Leurs regards se verrouillèrent. Du coin de l'œil, il s'imprégna du mouvement subtil du chemisier de l'avocate, sentit sa propre poitrine se soulever légèrement. Il expira, conscient du désir qui palpitait soudain entre eux comme une onde vivante.

Ce fut alors que les lèvres de la jeune femme se mirent à trembler. Un tressaillement. Et une pointe de peur se lut dans son regard tandis qu'elle levait sa main libre pour désigner du doigt la porte métallique par laquelle ils étaient sortis.

— Je… hum… C'est ma cliente.

Sa voix était plus douce.

— J'avais compris, répondit-il vivement.

— Mais…

À son tour, elle expira bruyamment, comme si elle avait retenu sa respiration pendant tout ce temps. Elle secoua la tête et ses yeux glissèrent avec gêne sur le torse de Rogan. *Mon Dieu… lorsqu'elle a suggéré qu'on se retrouve ici, je n'aurais jamais imaginé qu'il puisse s'agir d'un endroit où son mari traînait. À quoi cette fille pensait-elle ?*

— Elle veut divorcer, ajouta-t-elle, semblant éprouver le besoin de se justifier. (Puis elle ferma les paupières une seconde et marmonna :) Bon sang, je n'aurais pas dû vous dire ça, cela ne vous regarde pas.

Elle paraissait nerveuse maintenant, et il sut, avec certitude, qu'ils restaient tous deux très conscients du fait qu'il la tenait encore.

Ce fut Rogan qui cessa le premier de se contrôler et se laissa aller aux désirs pressants qui pulsaient à travers son corps. Agrippant toujours fermement le poignet de la jeune femme d'une main, il leva l'autre pour la poser sans douceur sur sa nuque et se pencha pour l'embrasser. Il n'y avait rien de tendre dans ce geste, ce n'était pas son intention. Il voulait l'embrasser durement, et même s'il s'attendait à une résistance, il voulait qu'il soit difficile à la jeune femme de lutter contre ce baiser, de le repousser sans se donner une chance de s'y abandonner.

Et c'est exactement ce qui se passa. Au début, elle poussa contre le buste de Rogan de sa main libre, essayant un instant de se retirer, sa tête luttant contre la main du flic. Un petit gémissement de protestation lui échappa. Mais il continua à l'embrasser, durement. Lorsqu'il pressa plus avant sa bouche sur ses lèvres douces, il se rendit compte avec surprise que la paume contre sa poitrine se détendait et que la bouche de l'avocate rencontrait la sienne dans un abandon total.

Une profonde chaleur se déversa dans son corps tandis qu'il continuait de l'embrasser dans la ruelle, de plus en plus conscient que la nana boutonnée jusqu'au cou dans son tailleur de femme d'affaires ne lui résistait pas le moins du monde.

2

April parvenait à peine à analyser ce qui se passait. Comment cela s'était-il produit ? Était-elle vraiment en train d'embrasser un type aux cheveux sombres, grand, large d'épaules, avec lequel elle avait à peine échangé deux mots ? Comment, bon sang, s'était-elle retrouvée avec lui dans cette ruelle ? Et, Dieu du ciel, il l'avait malmenée. Pire, il continuait ! Elle détestait ça. Non ?

Elle avait essayé de le repousser, évidemment, mais sa poigne était trop serrée, et puis, et puis… arrivée à un certain point, elle avait juste cessé. Cessé de lutter, de se débattre. Elle avait choisi l'acceptation. Et aimé cela. Elle avait commencé à prendre un grand plaisir à la réaction de sa propre bouche, de son corps. Elle s'était appuyée contre lui, avait laissé ses seins toucher son torse. La minute d'avant, elle discutait avec Kayla Gonzalez, celle d'après, elle se retrouvait étourdie par le plaisir le plus puissant et le plus inattendu de sa vie.

Je ne fais pas ça. Je n'embrasse pas des inconnus.

Et pourtant, quand la langue de cet homme s'immisça entre ses lèvres, la sienne vint à sa rencontre. Comme il était étrange de faire quelque chose d'aussi intime avec quelqu'un qu'elle ne connaissait pas et qu'elle était sûre de ne pas apprécier !

Elle réalisa soudain qu'il avait la main dans ses cheveux et avait détaché sa barrette. D'autres sons auraient dû couvrir ce bruit et pourtant, elle entendit ses épingles à cheveux tomber une à une sur le sol. Ou… peut-être ne les entendit-elle pas ; elle les sentait qui s'échappaient, la quittaient, ne retenaient plus ensemble les choses comme elles étaient supposées le faire. Tandis que ses cheveux venaient lui encadrer le visage, la barrette percuta à son tour l'asphalte. Les doigts de l'étranger couraient maintenant dans sa chevelure. Ses dix doigts… Il avait enfin relâché son poignet. Malgré elle, ce contact sur son bras lui manqua, lui donna le sentiment d'être un peu trop libre.

C'est le moment d'arrêter tout cela. Utilise cette porte de sortie et recule !

C'était sans compter les baisers de cet homme qui pénétraient son corps et faisaient naître en elle un tourbillon de plaisir. La dernière fois qu'on l'avait embrassée remontait à si longtemps, et ses lèvres étaient affamées de ce qu'il lui offrait… Même si elle endurait en même temps la sensation qu'il était d'une manière ou d'une autre en train de la dévorer. Mais par quelque bout qu'elle envisage la situation, ses baisers étaient trop brutaux et délicieux pour y mettre un terme. Ses cheveux détachés semblaient former un voile autour de leurs visages.

Elle n'avait aucune idée du temps qui s'était écoulé depuis qu'ils s'embrassaient. Deux minutes ? Trois ? Cinq ? Un temps qui lui semblait infini et pleinement satisfaisant.

Et lorsqu'il finit par y mettre un terme en se reculant, elle inspira profondément, surprise. Surprise que cela soit fini. Surprise que cela se soit produit. Surprise de l'avoir laissé faire, de l'avoir désiré, de ne pas s'être échappée à l'instant même où cette fuite aurait été possible. Pendant un moment, tout le reste avait cessé d'exister. Maintenant la vue et l'ouïe lui revenaient : les gens continuaient de se quereller dans le bar, la police arrivait et, enfin, prenait le contrôle de la situation.

Elle se sentait à la dérive, debout dans cette ruelle. Comme si tout cela n'était qu'un rêve. Elle ne parvenait pas à se concentrer sur la situation, comme si elle était devenue quelqu'un d'autre.

Comme s'il avait fait d'elle quelqu'un d'autre.

Raison pour laquelle elle se laissa aller à une nouvelle impulsion… et lui envoya sa main dans la figure. Elle n'avait jamais giflé qui que ce soit auparavant, et cet acte la rendit fière. La claque était ferme, atterrit comme prévu sur la joue de l'inconnu et elle fut satisfaite du bruit qu'elle produisit. Elle reprenait le contrôle comme elle en avait l'habitude.

Pendant une brève seconde, l'inconnu sembla surpris, portant la main à sa joue.

— Un peu tard pour ça, Ginger.

Elle recula légèrement, comme s'il avait proféré une grossièreté.

— Ginger ?

— Comme dans *l'Île aux naufragés*, précisa-t-il. Tu me rappelles le personnage de Ginger[1].

Elle ne dit rien, incapable de trouver une repartie. Elle n'avait vu que quelques épisodes de la série. Est-ce que Ginger n'était pas le genre de star de cinéma sensuelle et ultra-sexy ? Elle se contenta de fixer des yeux le torse de l'homme, concentrée sur son tee-shirt noir – elle avait appris plus tôt durant leur confrontation que c'était bien plus facile que de le regarder dans les yeux. Elle aurait voulu que tout ceci soit terminé, elle aurait voulu être n'importe où mais ailleurs. Plus précisément, elle aurait voulu que rien de tout cela ne se soit produit.

Les yeux toujours rivés à son tee-shirt, elle sentait qu'il la détaillait de haut en bas. Comme s'il la touchait du regard, courant en douceur sur tout son corps. Ses seins se soulevaient légèrement sous la dentelle qui les retenait. Ses tétons se voyaient-ils à travers son chemisier et son soutien-gorge ?

Mais, attends… j'ai ma veste, donc, cela n'a pas d'importance. Il ne peut pas voir cette partie de mon anatomie.

Alors elle vacilla, se demandant au nom de quoi bon sang, cette prise de conscience la décevait. Qui était-elle ? Qui était-elle devenue dans les bras de cet homme ?

---

1. *L'Île aux naufragés* est une série américaine du milieu des années 1960, mettant en scène un groupe d'hommes et femmes échoués sur une île après le naufrage de leur navire. Parmi eux, Ginger Grant, interprétée par Tina Louise, est une star de cinéma à la chevelure rousse, comme son prénom le laisse supposer. (*N.d.T.*)

Lui lançant un regard espiègle – oh mince, elle avait malencontreusement levé les yeux vers son visage ! –, il dit :

— Tu m'as l'air un peu secouée. Viens. Laisse-moi te ramener à ta voiture.

Et il eut un geste décontracté dans la direction d'Ocean Drive, au bout de la ruelle.

April resta immobile, abasourdie. Il l'avait embrassée comme il l'avait fait et maintenant ils en avaient juste... fini ? Ils n'échangeaient pas leur nom, ne discutaient pas de leur rencontre, rien ? Même si elle avait envisagé sa propre fuite quelques secondes plus tôt, elle se sentait blessée que lui désire mettre un terme à leur échange, et si facilement.

Malgré tout, aurait-elle voulu en discuter, reconnaître que tout ceci avait existé ?

Non, elle avait eu raison au départ, même si la nonchalance que l'homme affichait la piquait. Il serait plus facile de tout oublier et de passer à autre chose, plus facile de se souvenir de qui elle était. Certainement pas une femme qui embrassait des inconnus dans des ruelles mal éclairées.

Elle répondit donc :

— Merci, mais je m'en sors très bien toute seule, répondit-elle donc, rassurée par le ton calme et posé de sa voix, reflet de sa forte personnalité.

L'homme hésita ; puis ses yeux sombres pétillèrent.

— Cela fait débat, mais comme tu veux. Bonne soirée, Ginger.

Lorsqu'il se détourna pour partir, elle commença à se détendre... juste avant qu'il fasse volte-face. Il leva les deux mains pour délicatement rapprocher les pans de la chemise d'April sur sa poitrine. Elle baissa les yeux et eut un doux halètement. En voyant qu'un bouton s'était détaché. En découvrant les mains de l'inconnu sur son vêtement. Malgré elle, le tissu se tendit autour de ses seins gonflés par leur désir d'être touchés. Ils restèrent tous deux à contempler le bouton qu'il faisait lentement repasser dans la boutonnière.

— Il a dû se défaire, dit-il d'une voix profonde.

Puis il se détourna et s'éloigna.

Le lendemain matin, April était assise à son bureau, abattue. En partie parce qu'elle avait mal dormi et était arrivée en retard au travail, aussi parce qu'elle avait découvert que la chemise qu'elle avait décidé de porter avait une tache, et qu'elle se sentait médiocre pour avoir décidé de la mettre quand même et de garder sa veste fermée toute la journée.

Entre les clients, son travail *pro bono* et ses engagements familiaux, elle avait trop de choses inscrites à son agenda, comme d'habitude. Ce qui lui rappela de ne pas oublier de prévoir quelques minutes avec Ellen pour discuter du divorce de Kayla et voir s'il était possible qu'elle s'en occupe personnellement.

Et… et puis, il y avait ce type de la veille qui l'avait embrassée à lui en faire perdre la tête. Elle ne connaissait même pas son nom ! Comment avait-elle laissé une telle chose se produire ? Cela ne lui ressemblait tellement pas.

Peut-être parce qu'il était si beau.

Elle laissa échapper un soupir en prenant conscience de cela. *OK, oui, il était superbe.* Un mètre quatre-vingt-dix probablement, des cheveux noirs comme la nuit et un teint mat, ombré par sa barbe de trois jours qui avait si légèrement écorché son visage à elle, rendant ses baisers plus virils encore. Il était habillé avec simplicité, d'un jean et d'un tee-shirt noir qui moulait ses larges épaules et son torse musclé. Ajouter à cela sa poigne robuste et elle avait une idée exacte de sa force. En fait, elle pouvait presque encore sentir la main de l'homme sur son bras, comme un étau dont elle n'avait aucune chance de s'échapper.

Me rappeler cela – le sentiment d'être piégée, détenue contre ma volonté – devrait m'horrifier. Mais ce qui l'horrifiait à ce moment précis, c'était de se rendre compte que ces souvenirs la faisaient fondre. Bon sang, que se passait-il ? Elle n'en avait aucune idée. Cela n'avait aucun sens, aucun. April était une femme comme beaucoup dans le monde. Débordée, stressée parfois, mais qui trouvait là un sens à sa vie. Et elle aimait qu'il en soit ainsi.

Peut-être que ce n'est qu'une réaction au fait qu'il m'ait embrassée de cette manière.

La dernière fois qu'elle avait eu quelqu'un de sérieux dans sa vie remontait à des années auparavant. Elle arrêta son calcul : elle avait trente-trois ans et avait rompu avec Greg à l'âge de vingt-neuf ans. Waouh ! Cela faisait plus longtemps qu'elle ne le croyait. Depuis, elle avait fréquenté quelques hommes, mais cela n'avait pas conduit à des relations intimes ou mêmes à de folles embrassades – certainement rien de comparable à ce baiser dans la ruelle derrière le *Café Tropico* la nuit précédente ! Non qu'elle ne puisse obtenir de rendez-vous galants, simplement elle avait d'autres priorités. Autre raison probable, elle ne se rendait pas souvent dans ces lieux qui facilitaient les rencontres. Elle était trop occupée à faire son devoir – être là pour les gens qui dépendaient d'elle – et sa vie sociale passait en second. Ce qui généralement voulait dire : jamais.

Cela ne la gênait pas. Il n'y avait pas de quoi en faire une histoire. Elle espérait se marier et avoir des enfants un jour, et elle supposait que le jour où elle en ferait une priorité, son vœu serait exaucé. Elle n'était pas fleur bleue, mais n'enchaînait pas non plus les relations sexuelles. Elle avait aimé le sexe avec les quelques hommes qu'elle avait fréquentés de manière sérieuse, mais elle ne se sentait pas en manque sans. Pas en manque au point de perdre son âme et son corps dans une ruelle du moins !

Donc peut-être que cet événement étrange – et sa réaction face à cet homme – était le moyen que son corps avait trouvé de lui dire qu'il avait besoin d'un peu plus d'attention. Ou peut-être était-ce la manière que Dieu avait de lui sommer de sortir et de fréquenter plus d'hommes, de crainte de finir par recourir à une cession de pelotage brûlante avec un inconnu. Elle leva les yeux au ciel à cette idée. Puis un petit frisson la traversa de nouveau au souvenir de ces quelques instants. *Arrête.*

À qui s'adressait-elle donc ? Son corps ? Son cerveau ? Les deux ?

À cet instant précis, son portable sonna et le numéro de sa sœur s'afficha.

— Salut Amber ! Comment ça va ? lança-t-elle en décrochant.

— Salut ! Tu pourrais venir à un vernissage avec moi ce soir ?

Sa petite sœur semblait jubiler, à peine capable de le dissimuler.

Et April détestait être porteuse de mauvaises nouvelles, mais…

— Eh bien, je suis un peu étonnée… Comment peux-tu aller à un vernissage ce soir ?

La jubilation retomba net.

— Que veux-tu dire ?

April soupira.

— Oh, Amber. Tu as promis d'aller chez Mamie ce soir pour l'aider à faire ses courses. Comme ça, je peux travailler tard et faire quelque chose de vraiment égoïste comme de faire nos courses.

Amber s'était installée chez April quelques années plus tôt.

— Flûte ! J'avais oublié. Mais maintenant… Oh April, il s'est passé un truc complètement incroyable ! Parce qu'il ne s'agit pas de n'importe quel vernissage. Je voulais te faire la surprise… Il est organisé pour moi !

D'étonnement, April battit des cils, dans la solitude de son bureau.

— Pour toi ?

Un bourdonnement attira son attention sur le téléphone fixe qu'elle avait sur son bureau, lui faisant savoir qu'elle avait un appel professionnel, mais son esprit tourbillonnait. Qui que ce soit, il devrait attendre.

— Tu sais, mon ami qui connaît des gens dans cette galerie de Wynwood ? commença à babiller Amber. Eh bien, ils organisent une grosse expo avec plusieurs artistes, vernissage ce soir, et écoute ça : un des artistes a dû annuler ! Et mon ami m'a eu la place ! Tu imagines ? J'ai une expo, April ! Dans une vraie galerie ! À Wynwood !

April était assise là, sans voix. Elle était sincèrement heureuse pour Amber : depuis des années, cette dernière vendait sur la plage durant les week-ends des petites peintures aux thèmes tropicaux et des verres teints, mais elle n'avait jamais eu l'opportunité de présenter ses œuvres de plus grande taille. Et une exposition dans une galerie… eh bien oui, c'était vraiment sensationnel ! Un merveilleux moment dans la vie de sa sœur.

Elle aurait juste aimé ne pas être aussi fatiguée. Et occupée. Encore plus occupée depuis cette nouvelle.

— C'est… incroyable, Amber, finit-elle par dire.

La voix de sa sœur était plus tendue.

— Merci. Et… bon, je suis désolée de te demander cela, mais ça t'ennuierait de faire les courses de Mamie ? Et tu peux faire d'une pierre deux coups : fais les nôtres en même temps. Ça se goupille bien, non ?

Pas vraiment. Produits frais ou congelés et chaleur de Miami ne font pas bon ménage… Cela signifiait deux voyages au supermarché. Et ce n'était pas comme si elle pouvait ne faire qu'entrer et sortir chez leur grand-mère. Elle devrait passer un peu de temps avec la femme qui les avait élevées. Amber aussi, et April le lui rappellerait. Bientôt. Mais pas tout de suite.

— Bien sûr, je peux m'en charger, répondit-elle à sa sœur.

Amber passa en mode petite-fille-exubérante.

— Merci, sœurette ! Merci, merci, merci !

Maintenant qu'April y réfléchissait, Amber était souvent de cette humeur, même à vingt-cinq ans et qu'elle ait besoin d'une faveur ou pas. C'était son caractère après tout.

— À charge de revanche, murmura-t-elle doucement.

— Je sais. Et… c'est mon tout premier vernissage, donc… tu penses que tu pourrais venir après les courses ? Parce que cela n'a aucun intérêt sans toi, tu sais ?

April soupira. Amber avait raison. Elle se devait d'y faire un saut. Elle n'allait quand même pas manquer la grande soirée de sa petite sœur.

— Bien sûr. Je vais te dire, une fois que j'aurai fait les emplettes de Mamie et que j'aurai passé un peu de temps avec elle, je viendrai à la galerie. Puis, je ferai nos propres courses sur le chemin du retour. C'est une soirée habillée, je suppose ? ajouta-t-elle après un temps d'arrêt.

— Eh bien, pas jusque-là, mais… genre buffet avec plateau de fromages et vin.

April laissa échapper un soupir de lassitude.

— Je garderai mon tailleur.

Qu'est-ce que quelques heures de plus en talons hauts ?

— Merci, April. Et je promets que je me rattraperai.

— Bien sûr, répondit April en la taquinant.

Elle aimait Amber de tout son cœur, mais elle savait que faire en sorte que sa sœur tienne sa promesse relèverait de l'exploit.

— Tu devrais vraiment aller rendre visite à Mamie bientôt. Demain ou dans les prochains jours, se permit-elle d'ajouter sans grand espoir.

— Eh bien, entre l'exposition et plusieurs trucs que j'ai prévus avec des amis, j'ai vraiment beaucoup à faire en ce moment, mais j'essaierai.

Quelques minutes plus tard, April raccrocha pour prendre l'appel sur son autre ligne. Elle eut juste le temps d'envoyer un e-mail à Ellen à propos du divorce de Kayla avant que son portable sonne de nouveau. Cette fois-ci, il s'agissait d'Allison, son autre sœur. Cette dernière était de quatre ans sa cadette et avait deux enfants en bas âge.

— Serait-il possible que tu t'occupes de Jayden et Tiffany demain soir ? demanda-t-elle d'entrée.

Contente-toi de dire non.

— Pour être honnête, je suis lessivée, j'ai vraiment besoin de prendre une soirée de repos demain.

Allison expliqua alors qu'Amber avait appelé pour parler de son exposition. Elle-même et son mari ne pouvaient s'offrir une baby-sitter, et elle savait qu'April se rendrait au vernissage le soir même, mais elle avait promis qu'elle et Jay pourraient au moins venir le lendemain.

— Amber compte sur nous, évidemment. Donc... peut-être que je pourrais laisser les enfants chez Mamie pour une heure ou deux, suggéra-t-elle.

April se raidit. Allison savait pertinemment que leur grand-mère n'était pas en état de s'occuper d'enfants en bas âge ; l'idée même paraissait ridicule, et le but était visiblement de faire flancher April. Au moins, quand Amber avait besoin de quelque chose, sa supplique était franche et elle faisait de son mieux pour exprimer sa reconnaissance, alors qu'Allison était passée reine dans l'art de la manipulation. April savait qu'elle allait devoir remédier à un tel comportement, mais là, tout de suite, elle ne parvenait pas à contrer ses arguments. Elle finit donc par dire :

— Bien, je m'occuperai d'eux. Mais seulement pour une heure ou deux.

Après avoir raccroché, elle se plongea dans une facturation qui devait être déposée au service comptable le jour même – bien que son esprit vagabondât. Comment en était-elle arrivée à être la seule personne sur qui sa famille puisse vraiment s'appuyer ? *Peut-être que tu as fait l'erreur d'être le pilier. Laisse-les tomber à plusieurs reprises et peut-être commenceront-elles à prendre dans leur vie quelques responsabilités*. Malheureusement, April avait ça dans le sang. On ne se réveillait pas un matin en étant le roc inébranlable sur qui tout le monde pouvait se reposer. Elle était ainsi et l'avait toujours été, ses sœurs le savaient et comptaient dessus.

Leurs parents avaient trouvé la mort dans un accident de voiture, chez eux, dans l'Ohio, quand April avait douze ans. Les trois filles avaient été envoyées en Floride pour vivre avec une grand-mère paternelle qu'elles connaissaient à peine. Cette dernière était plus âgée que la plupart des grands-mères d'enfants de leur âge, ayant eu son fils tard. Elle avait fait de son mieux, accepté les trois petites filles et s'était retrouvée avec une famille à laquelle elle ne s'était pas attendue et qu'elle n'avait pas demandée. Elle avait toujours été bonne avec elles. Pourtant, inévitablement, en tant qu'aînée, April avait endossé un rôle maternel envers ses sœurs. Elle ne l'avait pas prévu, ou décidé, ne s'en était même jamais rendu compte, mais elle était devenue celle qui pansait les plaies, aidait aux devoirs, donnait des conseils concernant les garçons… et bien plus encore.

Et d'une façon ou d'une autre, malgré ses meilleures intentions, elle n'était pas encore parvenue à dépasser ce rôle. Elle avait même choisi de devenir avocate pour que sa famille ne se trouve jamais dans le besoin. En conséquence, elle subvenait la plupart du temps aux besoins d'Amber, qui enchaînait les petits boulots mal payés tout en poursuivant ses activités artistiques, et elle « prêtait » régulièrement de l'argent à Allison et Jay, en sachant pertinemment qu'elle ne serait jamais remboursée.

L'argent ne l'inquiétait pas autant que le simple temps que cela prenait pour répondre aux besoins de chacun. Quelle que soit la chose à faire, cela tombait sur elle. Les courses pour Mamie, le babysitting, les rendez-vous chez le médecin pour Mamie, aller chercher ceci, faire cela – il n'y avait qu'à demander. Et quand elle essayait parfois de dire non, elle craignait dans le même temps que cela ne soit jamais fait. En particulier lorsqu'il s'agissait de Mamie.

Voilà pourquoi elle n'avait pas vraiment le temps de prendre en charge l'affaire de Kayla. Ou d'embrasser des inconnus dans les ruelles, d'ailleurs.

Peut-être que de peloter ce type lui avait permis d'évacuer un trop-plein de stress. Peut-être avait-elle eu besoin de se laisser aller pendant quelques minutes.

Levant les yeux de son travail administratif, elle se retrouva à rechercher distraitement sur Google des informations concernant Ginger de *l'Île aux naufragés*. Elle haussa les sourcils devant l'image d'une femme qui, effectivement, lui ressemblait un peu. Si les cheveux de Ginger avaient été plus auburn, et si la femme sur la photo s'était montrée un peu plus classique – ou bien plus classique.

Pendant une brève seconde, elle s'autorisa à se sentir flattée. C'était drôle, plutôt surprenant, de se voir comparée à quelqu'un de si glamour, de si séduisant, une femme que les hommes devaient courtiser.

Elle secoua la tête pour chasser ces idées. C'était idiot.

Et rien de tout cela n'avait d'importance parce que c'était fini.

Même si elle sentait encore les baisers de l'homme sur ses lèvres.

Même si elle sentait encore ses doigts si proches, et pourtant si loin, de ses seins encore douloureux.

Une semaine plus tard, April avança rapidement sur Ocean Drive pour un nouveau rendez-vous avec Kayla. Avec l'aide et les conseils d'Ellen, elle était arrivée à la conclusion qu'elle pouvait se charger du divorce de la jeune femme sans trop de difficultés. Avec de la chance, l'affaire serait rapide, nette et sans bavure. Le fait que le couple n'ait ni enfants, ni biens pour lesquels se déchirer aidait. Et, toujours avec de la chance, son rendez-vous de ce soir – chez un marchand de yaourts glacés près du lieu où Kayla travaillait en ce moment, à quelques rues du *Café Tropico* – serait lui aussi net et sans bavure, contrairement au précédent. Son premier impératif en tant qu'avocate lorsqu'elle avait appelé Kayla pour organiser la rencontre fut d'expliquer qu'elle ne pouvait avoir lieu dans un établissement où son mari avait l'habitude de venir avec ses amis.

— C'est pour ça que j'étais pressée la dernière fois, avait soutenu Kayla. Je travaille dans une boutique de souvenirs juste au coin de la rue et je devais le retrouver au bar. J'ai pensé que ça ne poserait pas de problème puisqu'il était supposé finir plus tard que moi. Mais il s'est pointé et... je suis désolée.

Elle avait donné l'impression d'être un chiot blessé et April s'était sentie coupable de la réprimander ainsi.

— Eh bien, avait repris l'avocate sur un soupir, l'essentiel c'est que vous alliez bien, qu'il ne vous ait pas fait de mal. C'est le cas, n'est-ce pas ?

Kayla lui avait alors expliqué avoir passé la nuit chez une amie mais que Juan lui avait ordonné de rentrer chez eux le lendemain matin.

— Il était en colère, mais pas trop dur avec moi. Il a fini par croire ce que vous aviez dit, que nous étions juste tombées l'une sur l'autre par hasard.

April avait eu un profond soupir de soulagement. Cela n'aurait pas été sa faute si Juan Gonzalez avait battu Kayla, mais elle n'aurait pas aimé savoir qu'elle avait été impliquée dans quoi que ce soit provoquant ce genre de violence physique. Et, bien sûr, il finirait par découvrir qu'elle était l'avocate de Kayla mais, avec un peu de chance, cette dernière serait déjà hors d'atteinte.

— Et vous, ça a été, hein ? avait alors demandé la jeune femme. Il ne vous est rien arrivé de moche ? Quand vous avez disparu, je me suis inquiétée.

Une vague de chaleur avait alors parcouru April au souvenir de sa « disparition » dans la ruelle, une chaleur qu'elle n'avait pu attribuer aux températures de Miami.

— Bien sûr, avait-elle murmuré dans le combiné. Ça a été. Tout s'est bien passé pour moi.

Mais alors qu'elle écoutait le bruit de ses propres talons sur le trottoir, et la vague mélodie d'une musique latine rythmée s'échappant d'un club qu'elle venait juste de dépasser, elle fut ramenée quelques jours en arrière, cette nuit même dans la ruelle. *Est-ce que* quelque chose de mal lui était arrivé ce jour-là ? Elle ne parvenait pas à trancher. Elle aimait à penser que oui, mais le fait de sentir encore les baisers de cet homme si viril l'embêtait. Cela s'était passé une semaine plus tôt après tout. Le souvenir aurait dû s'affaiblir.

Et pire... à cette simple évocation, son bas-ventre se contractait et une chaleur humide naissait dans son entrejambe. Mon Dieu ! Sa poigne ferme. Son ton brusque. La dureté de ses baisers qui l'avaient transpercée.

C'était une expérience hautement inhabituelle, donc, bien sûr, elle va te coller à la peau pendant un moment. Ce serait pareil pour n'importe quelle femme, et d'autant plus pour toi qui n'as pas été embrassée depuis longtemps... Évidemment, un interlude étrange comme celui-là ne peut que t'affecter.

Pourtant, ce n'était pas le simple fait que cette rencontre la poursuive qui l'ennuyait le plus. Non, elle le savait. C'était... C'était... Oh et puis zut !

C'était cette sensation qu'elle ne parvenait pas à accepter. C'était… à quel point elle avait aimé… être maintenue dans son étreinte, pas seulement d'être embrassée. Son emprise sur elle, surtout. De ne pas avoir le choix. Dieu tout-puissant, la vérité était qu'elle avait aimé… être contrainte !

Donc, voilà. Tu l'as fait. Tu l'as admis.

Et le résultat ? Pendant qu'elle continuait à remonter la rue, son corps fondait littéralement de désir. Ses sous-vêtements en étaient trempés. Elle aurait voulu plus de cette expérience.

Tu dois être timbrée. Qui es-tu ? Comment pourrais-tu désirer qu'un homme que tu ne connais même pas t'oblige à l'embrasser ? Ou… plus.

Soudain, il lui était difficile de reprendre sa respiration. Elle était une femme intelligente et saine d'esprit. Romance et sexe ne faisaient pas partie de sa vie. Elle était quelqu'un de sensé et l'avait toujours été. Et les hommes comme Juan Gonzalez, qui utilisaient leur force brutale pour contrôler leur femme et probablement n'importe quelle autre qui se mettrait sur leur chemin étaient des animaux ! Moins que ça, même. Ils la rendaient malade.

Pourtant, elle, April Pediston, voulait qu'un homme la domine ?

Soudain, l'air de Miami se fit plus oppressant, rendant sa respiration difficile et elle hoqueta. Ses propres émotions s'entrechoquaient sans qu'elle puisse en dégager aucune logique. Pas étonnant qu'elle n'ait pas voulu admettre cela – c'était impensable. Une idée insupportable.

Brutalement vaincue par la chaleur, elle s'arrêta et défit le bouton de sa veste, avant de reprendre sa marche. Une délicieuse brise marine choisit cet instant pour la rafraîchir, soufflant doucement depuis South Beach. Baissant le regard, elle vit que son haut en soie couleur crème lui collait à la peau, et cela vint s'ajouter à toutes les étranges sensations qui l'étourdissaient. En particulier, la manière dont le tissu moulant révélait sa poitrine la fit se sentir sensuelle, lui rappelant une fois de plus combien elle était devenue très consciente de ses seins depuis que l'homme mystérieux et bourru avait refermé son chemisier sur eux. Le tissu glissant, lisse, contre son ventre, ses côtes, lui donnait presque l'impression d'être... touchée. L'homme de la ruelle l'avait laissée plus consciente de son corps qu'elle ne l'avait été depuis très longtemps.

Ce fut alors qu'elle la vit. La scène de crime. Sans vraiment s'en rendre compte, elle se trouvait de nouveau devant le *Café Tropico*.

Elle n'avait même pas pensé à cela : que la place de parking qu'elle avait trouvée la mènerait à passer devant le lieu même où cet épisode envoûtant s'était déroulé.

Peut-être que c'est pour cela que tu ne penses qu'à ça ! Te trouver ici a ravivé tes souvenirs.

Mieux encore : *Peut-être que quand tu auras dépassé le café pour atteindre la boutique de yaourts glacés, cela s'estompera. Au moins un peu.* N'importe quoi aiderait, arrivé à ce point-là.

Elle pressa donc le pas. Mais ce faisant, elle fouillait des yeux la devanture du bar, notant des détails, comme si elle cherchait à en tirer quelque chose. La peinture verte passée, qui s'écaillait par endroits, les vieilles voiles qui faisaient tente au-dessus de la terrasse, les fenêtres ouvertes du restaurant, et l'obscurité indistincte à l'intérieur. Son cœur se mit à battre plus vite malgré elle.

Mais elle comprit pourquoi une seconde plus tard. Apparemment, son cœur avait su quelque chose qu'elle ignorait.

— Pardon.

Elle tourna la tête juste avant de percuter un type sur le trottoir.

Levant les yeux, elle découvrit l'homme de la ruelle.

3

April sentit sa respiration se bloquer dans sa poitrine quand leurs regards se rencontrèrent ; il l'avait reconnue.

— Ginger ?

La réplique aurait pu être drôle – cela allait finir par devenir son vrai prénom ! – si elle n'avait été aussi terrifiée.

Ce qui se déroulait sous ses yeux ne pouvait être en train de se produire ! Quelles en étaient les probabilités ? Il vivait là ou quoi ? Peut-être y travaillait-il, en fait. Elle n'y avait pas pensé. Mais en quoi cela la concernait ? *Ne reste pas là bouche ouverte devant ce grand dadais superbe ; fais quelque chose !*

S'enfuir, s'enfuir, s'enfuir...

Elle n'était pas préparée pour faire face à cette situation. Même si, un instant, elle s'était laissée aller à penser qu'elle puisse vouloir plus de ce qui s'était passé dans la ruelle. *Non, impossible !* Et elle n'avait pas rêvé que l'option se présenterait, qu'elle se retrouve de nouveau nez à nez avec lui.

— Excusez-moi, fit-elle d'une voix qu'elle jugea trop faible.

Elle fit brusquement un pas de côté et reprit sa marche sur Ocean Drive aussi rapidement que ses pas voulaient bien la porter.

Bien qu'il n'ait pas dit un mot et n'ait pas tenté de l'arrêter – Dieu merci ! – elle sentait le regard de l'homme peser sur elle alors qu'elle s'éloignait. Que fuyait-elle exactement ? Lui ? Ou quelque sombre partie d'elle-même qu'elle ne connaissait pas encore ?

Rogan s'installa au bar, sur ce même tabouret qu'il occupait régulièrement au *Café Tropico*, en face de la même serveuse mignonne et de sa bière habituelle. Mais on était vendredi soir, et les affaires commençaient plus tôt que d'ordinaire. La nièce de Dennis était trop occupée pour le distraire de ses pensées – ce qui lui allait très bien.

Il ne parvenait pas à croire qu'il s'était trouvé nez à nez avec la rousse guindée. South Beach était un quartier animé, en perpétuel mouvement ; une rencontre liée au hasard semblait peu probable. C'était la raison pour laquelle il se sentait en sécurité entre les murs du *Café Tropico*. Suffisamment de gens entraient et sortaient chaque soir pour qu'il ait le sentiment de passer inaperçu, même après avoir été impliqué dans le raffut avec Martinez.

Aujourd'hui, la rousse ne lui avait pas donné l'impression d'être aussi coincée que la dernière fois. Il avait eu un meilleur aperçu de son corps et avait aimé ce qu'il voyait. Son petit haut chic collait à ses seins. Ces seins dont il ne pouvait s'empêcher de penser qu'ils empliraient joliment ses mains.

Bien sûr, elle semblait encore coincée. Elle avait eu l'air d'un cerf pris dans les phares d'une voiture, événement dont il avait été fréquemment témoin dans le Michigan. Le rencontrer l'avait tétanisée.

Il avait pensé lui donner la chasse. Mais il devait travailler. Et si elle était à ce point décidée à le fuir, qui était-il pour essayer de l'en empêcher ?

Tu l'as fait la dernière fois. Et vous avez tous les deux aimé ça. Beaucoup.

Son bas-ventre se tendit quand il se remémora la chaleur des baisers de la semaine passée. Il avait eu des expériences sexuelles qui n'avaient pas été aussi agréables que cela.

Et pourtant… cela avait été une occasion à saisir, rien de plus. Après tout, n'avait-il pas décidé que les seules parties de jambes en l'air enfiévrées lui convenaient ? Et, oui, il s'était bien agi de fièvre – et de sexe aussi, même si cela ne s'était pas concrétisé.

Et quoi qu'il attende d'une femme en ce moment, d'autres choses avaient la priorité dans sa vie : ses frères d'armes H.O.T., ses frères de sang et, dernièrement, son travail.

Mais pas de femmes ? D'amour ? Jamais ?

Qu'en est-il de Mira ? Est-ce qu'elle est sacrée à tes yeux ?

Il étouffa la douleur qui lui piquait les entrailles quand elle lui venait à l'esprit. Et qui, il fallait bien l'avouer, s'atténuait. Oui, Mira aurait pu être sacrée. Si elle l'avait voulu. Mais elle avait fait un autre choix, un choix qu'il respectait, parce qu'il savait bien qu'il était probablement le meilleur pour elle. La vie continuait.

Quant à ses frères d'armes, il s'était entraîné à leurs côtés à l'école de police il y avait maintenant plus de dix ans. Lui et un certain nombre de types présélectionnés avaient suivi une formation spéciale concernant les prises d'otages. Ils avaient tous montré des aptitudes particulières lors de situations où la pression était énorme. Il savait que cette compétence l'avait aidé à obtenir le poste à Miami, et qu'il serait prêt à utiliser cette carte chaque fois que cela serait nécessaire. Et même indirectement : ce qui le rendait excellent lors de prises d'otages faisait aussi de lui un flic efficace au quotidien.

Mais plus que l'entraînement qu'il avait suivi, ce qu'il retenait aujourd'hui était le lien qu'il avait formé avec les autres gars de l'équipe. Ses meilleurs amis. Ils se retrouvaient chaque été maintenant, parfois plus d'une fois, et ces longs week-ends étaient toujours comme de rentrer à la maison, qu'importe où ils se déroulent. Bien sûr, il était plus proche de certains que d'autres, mais ils se considéraient tous comme des frères, d'une manière ou d'une autre.

Et ses frères de sang ? Pfff… pour dire la vérité, il ne voulait pas penser à eux. Ils lui manquaient, mais la plupart des souvenirs qu'il avait d'eux étaient tristes. Bien sûr, ils étaient toujours sacrés à ses yeux et le seraient à jamais.

Après avoir pris une gorgée de bière, il se tourna sur son tabouret et prit la mesure de la salle. Comme tous les vendredis, la foule était au rendez-vous : le même mélange de touristes et de locaux venus là pour manger, boire, ou danser.

Il était presque la même heure que lors de l'esclandre de la semaine dernière, ce fameux jour où il avait fini dehors, en train de rouler des pelles à Ginger. Son bas-ventre se contracta encore un peu plus pendant qu'un lent sourire prenait possession de ses lèvres. Bon sang, peut-être aurait-il dû lui courir après.

S'il ne s'était agi que d'un moment unique, après tout, qu'est-ce qui avait provoqué cette seconde rencontre juste un peu plus tôt dans la soirée ? Et, vu l'expression de panique dans les yeux de Ginger, il était évident qu'elle n'était pas passée devant le *Café Tropico* dans l'espoir de le retrouver. Donc, plus il y pensait, plus cela ressemblait… à un coup du destin.

Mais c'était idiot. Il ne croyait pas au destin. Son credo chantait plus « laisse le passé derrière toi et prends-en de la graine » ou encore « que la vie soit belle ! ». Et pour cela, il lui fallait envoyer ces sales types au trou. Peut-être n'était-il pas devenu flic pour les bonnes raisons. Jeune, cela lui avait semblé une porte de sortie. Une manière d'avoir du pouvoir sur les autres après une enfance gâchée. L'impression d'être un dur. Mais maintenant il s'agissait de faire la différence, de faire le bien, et il aimait avoir suffisamment mûri pour s'être rendu compte de cela.

Et – bon sang ! –, dans cette ruelle, Ginger l'avait fait se sentir différent et étrangement bien. Puissance et plaisir avaient formé un cocktail explosif. Son rôle dans cette affaire… avait été d'apporter à cette nana le plaisir qu'elle ne savait même pas rechercher. Atteindre ce but l'avait propulsé au paradis ! Un paradis de baisers, certes, mais quelque chose dans le fait de parvenir à ce que cette femme se laisse aller à se sentir bien, à le désirer, avait offert à Rogan une euphorie qu'il n'était pas sûr d'avoir connue un jour.

Oui, il aurait dû se lancer à sa poursuite puisque le destin, Dieu ou n'importe quoi d'autre l'avait ramenée sur son chemin.

Merde ! Il se tracasserait de ça plus tard. Parce que Junior Martinez venait juste de franchir le seuil du bar.

Par chance, le type était seul pour une fois – ce qui le rendait bien plus vulnérable. Il se déplaçait en chaloupant à travers la salle, une paire de Ray-Ban sur le nez et vêtu de son habituel tricot de peau : l'image parfaite du voyou qu'il était. Un voyou qui semblait faire plus profil bas que d'habitude. Rogan en déduisit qu'il était peut-être sur un coup. Il avait passé pas mal de temps ici sur ses heures de repos et n'avait pas encore été témoin de ce qui pourrait passer pour un trafic de drogue. Ce soir, il aurait peut-être confirmation que les soupçons de Dennis étaient justifiés. Dans la mesure où vous ne pouviez arrêter un mec avant qu'il n'ait commis une infraction à la loi, l'attitude de Martinez était porteuse de bonnes nouvelles.

Rogan resta assis à regarder Martinez couper à travers la foule de danseurs pour s'engouffrer ensuite dans le couloir menant aux toilettes.

Une envie pressante ? Ce couloir menait aussi à la réserve et Dennis soupçonnait que les ventes se déroulaient là. Le verrou en avait été brisé deux fois de suite, et il ne s'était ensuite plus soucié de réparer la porte.

Rogan leva son verre à sa bouche avant de le reposer hâtivement et de se laisser glisser de son tabouret pour s'avancer d'un pas tranquille vers le couloir en question.

Il commença par se rendre dans les toilettes pour hommes – vides. Il n'y avait pas trace non plus de Martinez dans le couloir.

Excité, il patienta là, entre deux murs, l'oreille tendue. Il était difficile de bien entendre par-dessus le bruit des conversations et la musique venant de la salle, mais le couloir, petit et étroit, lui permettait aisément de discerner la voix de Martinez parlant à quelqu'un.

De là à deviner ce qu'il disait… Rogan ne saisissait que celle de Martinez, et en déduisit que ce dernier était probablement au téléphone. Très probablement en train de discuter avec la personne qu'il était supposé rencontrer là.

Rogan considéra les options qui s'offraient à lui. Il pouvait rester dans le couloir, mais cela semblerait suspect et il serait facilement repérable pour celui qui devait retrouver Martinez – sans mentionner ce qui se passerait si ce dernier revenait sur ses pas. Le bureau de Dennis, verrouillé lui, se trouvait juste en face de la réserve. Peut-être pourrait-il en obtenir la clé et s'en servir pour planquer ? Il ne serait pas capable de suivre grand-chose de là, mais au moins il serait couvert dans l'attente d'un acheteur – ou, pour ce qu'il en savait, d'un vendeur. Ce n'était pas une enquête officielle et il n'avait pas pu installer de caméra de surveillance dans la réserve même. Il était par conséquent seul pour le moment, et les choses se déroulaient aussi bien que possible.

— Hey, vieux, tu poireautes ?

Il pivota pour découvrir un touriste – identifiable par le tee-shirt South Beach de mauvais goût qu'il arborait – pointant du doigt la porte des toilettes. Ce crétin n'allait faire qu'attirer l'attention sur le fait qu'un type se tenait dans le couloir sans raison valable.

Rogan lui répondit rapidement à voix basse :

— Nan, vous pouvez y aller.

Pendant qu'il répondait, Martinez s'était tu.

— Ne quitte pas, mec, je dois vérifier un truc, perçut distinctement Rogan.

Merde ! Junior avait compris que quelqu'un traînait là ; Rogan devait s'éloigner, et vite.

Heureusement, il ne fallait faire que quelques pas pour se retrouver dans la salle principale. Il se faufila dans la foule qui se pressait autour de la piste de danse, pleine à craquer depuis que le groupe de musiciens avait commencé à jouer. Même ainsi, Rogan avait l'impression d'être repérable et son sixième sens le mettait en garde : Martinez n'avait pas vu son visage, mais il pouvait très bien avoir eu un aperçu de sa personne de dos. Le flic ne pouvait risquer de se retourner pour le vérifier, mais il suspectait Martinez de le suivre.

Il continua donc à avancer, rapidement mais sans hâte excessive afin de ne pas attirer l'attention sur lui. Il fit de son mieux pour se mêler à la foule, remerciant le ciel que les vendredis soir soient si animés ici. Pourtant, la sensation que Martinez l'avait bien vu sortir du couloir et qu'il le filait ne le lâchait pas. Peut-être son imagination lui jouait-elle des tours, mais il n'était pas quelqu'un de paranoïaque, et depuis son arrivée à

Miami, il avait appris à faire confiance à son instinct. Ce dernier ne l'avait encore jamais trompé.

Lorsqu'il se retrouva près de la porte qui menait à la fameuse ruelle, sortir lui sembla l'option la plus avisée. Non pas qu'il ait beaucoup de temps pour les passer toutes en revue. Mais s'éclipser mettrait un terme à cette situation, d'une façon ou d'une autre. Ou Junior ne le suivrait pas ; ou il le ferait, et Rogan serait prêt à l'attendre.

Une fois dehors, dans cette ruelle où il s'était retrouvé quelques jours plus tôt pour une raison bien différente – quoique en lien avec les revendeurs de drogue qu'il espérait épingler –, il laissa la porte se refermer derrière lui, fit un pas sur le côté, et se plaqua contre le mur, se préparant à la confrontation qui pourrait s'ensuivre.

La nuit était descendue sur les rues de South Beach quand le rendez-vous d'April avec Kayla prit fin. Tout en s'éloignant, l'avocate repensa à leur discussion et eut le sentiment qu'elle avait été productive. Elle espérait que ce serait la dernière fois qu'elle avait à s'aventurer dans ce quartier avant un bon moment. Elle le préférait de nuit, décida-t-elle en remontant Ocean Drive et en passant devant les vieux hôtels Art Déco. Probablement parce qu'elle se sentait un peu plus invisible, rassurée par l'obscurité, comme s'il était plus facile de s'y fondre.

Étape suivante : rentrer chez elle et se reposer.

Bien qu'elle eût aussi à téléphoner à sa grand-mère pour prendre de ses nouvelles. Allison avait prévu d'aller lui rendre visite avec les enfants, et donc April devrait probablement s'assurer que cela n'avait pas voulu dire les laisser là pendant que sa sœur allait faire autre chose. Ces derniers temps, les deux genoux de la vieille femme étaient douloureux à cause de son arthrite et elle pouvait à peine se déplacer dans l'appartement, alors se lancer à la poursuite de jeunes enfants.... Oh, cela lui ramena à l'esprit qu'elle devait aussi envoyer un SMS à Amber pour lui rappeler qu'elle avait promis d'emmener leur grand-mère chez le médecin le lendemain. *Et lui faire tenir son engagement cette fois-ci. Qu'importe son excuse ou combien elle donne l'impression qu'il y a plus urgent, ne propose pas de quitter le travail pour l'emmener toi-même.*

Se reposer semblait compromis. Elle qui se sentait si fatiguée !

Et, bien sûr, elle avait eu la malchance extrême de tomber sur M. L'Embrasseur de la Ruelle lui-même. Comment cela s'était-il produit ? Le timing avait été… époustouflant. Et horrible.

S'enfuir n'avait pas été ce qu'elle avait fait de mieux, mais une fois encore… elle était trop fatiguée pour une confrontation. *Tu es pardonnée.*

Vraiment, même si cela n'avait pas été un comportement des plus adultes, elle n'était pas sûre qu'une option plus intelligente ait existé, même si elle s'était sentie joyeuse, pleine d'énergie et sûre d'elle, un instant plus tôt. Qu'aurait-il pu sortir de bon d'une conversation avec lui ? *À moins que tu ne veuilles vraiment… plus… avec lui…, il n'y avait rien à dire*. Partir en courant prenait tout son sens. Évidemment qu'elle ne voulait rien de plus. Bien sûr que non !

À ce moment précis, elle franchit le coin de la rue qui dévoilait le *Café Tropico*. Alors que le lieu avait été calme à son premier passage, de la musique bruyante s'en échappait maintenant et il semblait si fréquenté qu'une partie de la clientèle débordait sur le trottoir. Des gens se tenaient là, en train de boire et de fumer. Pour une raison quelconque, elle regretta de ne pas avoir remis sa veste de tailleur qu'elle tenait à la main. Les températures n'ayant pas baissé avec l'arrivée de la nuit, elle ne l'avait pas fait. Bien qu'elle se soit sentie parfaitement à l'aise dans son débardeur depuis sa rencontre avec l'homme qu'elle avait embrassé, maintenant qu'elle se trouvait de nouveau là, elle eut instantanément l'impression d'être un peu trop... dévoilée.

Oh, là, là, et s'il était encore là ? Ce qui était probablement le cas.

Contente-toi d'avancer.

Elle suivit la voie de la raison sans pouvoir nier le désir ardent qui martelait l'intérieur de ses cuisses. Aussi étrange que cela puisse paraître, la sensation s'amplifiait à chacun de ses pas, la rendant plus consciente de son corps à mesure que les secondes défilaient.

Mais avance, bon sang !

Ce qu'elle fit. Elle se força à dépasser le *Café Tropico*, une douleur maintenant sourde entre les jambes.

Jusqu'à l'avoir laissé derrière elle. Dépassée, la foule sur le trottoir. Dépassés, la peinture verte écaillée et les vieilles voiles, et le son de « All Right Now », un classique du rock, qui faiblissait alors que les paroles lui rappelaient qu'elle avait peut-être juste besoin d'être embrassée.

Ce fut alors qu'elle s'arrêta devant l'hôtel de stuc rose qui jouxtait le bar, figée sur place par le souvenir. De ces baisers. De ce que cet homme lui avait fait ressentir.

Sur le moment, cela avait été… si merveilleux ! Elle s'était laissée consumer de désir – elle se devait de l'admettre maintenant. Et plus tard, après, eh bien… oui, cela avait été horrifiant. Et elle ne comprenait pas encore pourquoi – vraiment pas.

Tout cela finissait par l'angoisser. Elle avait un peu peur de lui. Un peu d'elle-même, aussi. C'était ce qui l'avait contrainte à s'enfuir en le voyant.

Donc, si prendre la fuite prend tout son sens, pourquoi t'arrêtes-tu maintenant ?

Elle se tenait là, dans la faible lumière d'un hôtel à la façade rose, à chercher une réponse.

Et si le merveilleux l'emportait sur la peur ? Et si la douleur entre ses jambes surpassait l'inquiétude de se trouver nez à nez avec Juan Gonzalez ?

Elle respira profondément et fit volte-face. Elle ne pouvait s'expliquer pourquoi elle relevait la longue lanière de son petit sac à main sur son épaule, agrippait sa veste d'une main légèrement plus ferme, avant de revenir sur ses pas avec lenteur. Son cœur battait trop vite dans sa poitrine pendant qu'entre ses seins, sa peau devenait humide. Le *Café Tropico* semblait l'attirer comme un aimant maintenant.

En veux-tu vraiment plus ? Plus de lui ? De sa force ?

Son esprit restait confus. Et ses jambes continuaient à la mener vers l'établissement, comme si elle avait perdu la capacité à contrôler son propre corps. Elle se sentait comprimée, ralentie et hésitante. Pourtant une force la poussait vers l'entrée du bar sans qu'elle puisse décider de ce qu'elle souhaitait vraiment en voir sortir.

Une image s'imposa à son esprit, et elle sut qu'elle avait la réponse aux questions qu'elle venait de se poser.

C'était la manière qu'il avait eue de la tenir, de ne pas la lâcher.

Une explosion de chaleur irradia son entrejambe et elle sentit son sexe gronder, comme si sa chair tendre criait son manque.

Tu as aimé ça. Tu as aimé être tenue contre ta volonté.

Elle expira bruyamment, révoltée par sa propre réponse.

N'y pense pas. Contente-toi de ne pas y penser.

C'est ce qu'elle fit. Essayer de ne pas y penser alors même qu'elle passait l'entrée et se faufilait entre toutes ces personnes qui se tenaient debout à bavarder. Essayer de ne pas penser, le cœur battant aux tempes, au milieu de cette lumière, de cette musique, de cette foule compacte. À gauche, derrière le comptoir, une jeune barmaid en nuisette moulante prenait les commandes à la hâte, mixait les cocktails, et laissait tomber lourdement les bouteilles de bière sur le comptoir devant ses clients assoiffés. Devant, les uns se mêlaient aux autres, interrompus parfois par une serveuse qui fendait la foule. Plus loin, le groupe qu'elle avait entendu depuis le trottoir jouait sur une estrade éclairée devant une piste de danse pleine à craquer. Mais elle ne vit l'Homme en question nulle part.

Elle fouilla de nouveau la salle du regard. Une troisième fois encore, parce qu'il était facile de manquer quelqu'un au milieu d'une telle foule. Mais après quelques minutes, elle n'eut plus d'autre choix que d'accepter le fait qu'il n'était pas là. Un étrange mélange de soulagement et de déception l'envahit.

Il est parti. Et rien de choquant, d'effrayant ou d'incroyable ne se déroulera ici ce soir.

Ce n'est pas grave, hein ! En fait, c'était probablement mieux ainsi. Parce qu'elle n'avait pas besoin de nouvelles complications dans sa vie. Qui plus est troublantes. Tout était pour le mieux. C'était écrit. *Rentre chez toi. Va te reposer. Rentre chez toi et souviens-toi de qui tu es et de tes valeurs. Rentre et sois toi-même. Le toi normal. Pas le toi avec les cuisses douloureuses et les dessous humides.*

La foule s'ouvrit alors légèrement, révélant la porte de sortie, celle par laquelle l'homme l'avait tirée dehors la semaine précédente. Tout son corps se tendit alors, comme pour contrer les sensations que cette vision faisait renaître. Des souvenirs de peur, et… d'excitation. *Oh, mon Dieu !* Une nouvelle sensation d'humidité entre ses jambes… Ses dessous devaient maintenant être trempés.

Aimerait-il ça s'il savait ? Où qu'il se trouve à la minute présente ? Est-ce que cela l'exciterait de savoir que les souvenirs de ces quelques minutes enfiévrées me rendent si prête à le recevoir ? Est-ce que son sexe durcirait ?

Elle hoqueta brusquement, choquée par le cheminement de sa pensée. Jamais elle n'avait été si… dévergondée. Même passée la porte de son jardin secret.

Arrête. Arrête tout de suite. Il n'est pas là et tu ne le reverras jamais. Oublie tout ça et va de l'avant.

Une autre inspiration profonde pour se donner du courage et s'apaiser. *Bien. C'est mieux.* Et alors que son regard restait fixé sur la fameuse porte, une pensée d'ordre pratique la frappa. En fait, c'était la première de ce genre depuis que le *Café Tropico* était apparu dans son champ de vision, un bon signe donc. Elle se demandait si sa barrette perdue – celle que l'homme lui avait retirée – pouvait se trouver encore dehors, dans la ruelle.

Ce n'était pas important, certes, et elle devait avoir disparu depuis le temps, mais April se connaissait et savait qu'elle regretterait plus tard de ne pas être allée vérifier. Et puis... cela ne ferait de mal à personne d'aller jeter un coup d'œil.

Donc, sans plus de cérémonie, elle prit la direction de la porte, tourna la poignée, l'ouvrit et fit un pas dans la chaude nuit de Miami.

Sa gorge se serra quand un bras musclé venu de derrière se referma autour d'elle comme un piège d'acier. Son corps se retrouva collé contre le mur de stuc proche de la porte, un poignet tordu dans son dos. Trop saisie pour pouvoir même hurler, elle se tendit sous le coup d'une peur comme elle n'en avait jamais éprouvé. Que se passait-il ? *On t'a attaquée. Agressée. Réfléchis. À quoi faire, à comment te sortir de là.* Mais elle était trop paniquée pour que des pensées rationnelles lui viennent.

Une voix familière dit alors :

— Ginger ?

Les mains qui la retenaient la lâchèrent.

Libérée, elle pivota pour faire face à l'homme à cause duquel elle se trouvait là, sans vraiment réaliser qu'elle l'avait devant les yeux.

— Vous ! cracha-t-elle.

Il l'avait rendue folle de terreur.

— Qu'est-ce qui cloche chez vous ?

Elle secoua la tête pour s'éclaircir les idées.

— J'ai cru qu'il s'agissait de quelqu'un d'autre. Désolé.

En termes d'excuses, elle trouvait cela plutôt bidon, et il était loin d'avoir l'air contrit.

— Qui ?

Quelqu'un qu'il se proposait d'attaquer sans problème ? Mais qui était ce type qu'elle avait embrassé ? Et… auquel elle pensait depuis.

— J'ai bien peur que cela ne te regarde pas, Ginger, répliqua-t-il avec un haussement des épaules qui la laissa plus furieuse encore.

Mais elle sentit alors les yeux de l'homme glisser sur son corps et le temps sembla ralentir. S'arrêter. Comme plus tôt dans la soirée, elle eut une bouffée de chaleur et il lui devint un peu plus difficile de respirer. Ce qui, elle le craignait à juste titre, faisait se soulever légèrement sa poitrine.

— Je suis content que tu sois revenue, murmura-t-il.

Quelque chose dans son ventre se serra. Elle ne savait que dire, comment réagir. Alors même qu'elle était venue là à sa recherche, elle n'avait pas élaboré de plan. Ce qui ne lui ressemblait absolument pas. Et elle ne s'était certainement pas attendue à être projetée contre un mur en signe de bienvenue.

D'une certaine manière, elle ne parvenait pas à admettre qu'elle était là pour lui. C'était ridicule. Pourquoi avait-elle fait ça ? Qu'espérait-elle ? Quel mauvais moment pour commencer à agir dans sa vie sans rien prévoir.

— J'avais soif, s'entendit-elle dire.

Dans le genre bidon…

Et la légère inclinaison de ce beau visage masculin, accompagnée de ce regard amusé, entendu, le lui confirma. Mais il n'insista pas. Au lieu de cela, il demanda :

— Pourquoi t'es-tu enfuie ? Tout à l'heure, sur le trottoir ?

Elle prit une rapide inspiration. Encore une chose à laquelle elle n'avait pas de réponse. *Trouve vite quelque chose. Et de sensé cette fois*.

— J'étais pressée.

— J'ai pu m'en rendre compte.

— J'étais en retard. J'avais rendez-vous, poursuivit-elle.

Il inclina la tête légèrement de l'autre côté cette fois.

— Ah.

Elle était incapable de dire s'il la croyait ou s'il se montrait sarcastique. Et son regard sombre était trop brûlant pour qu'elle puisse réfléchir à la question. Être scrutée ainsi la rendait nerveuse. Particulièrement lorsqu'il s'agissait d'un homme vers lequel elle se sentait si étrangement attirée.

— Où est ton verre ? s'enquit-il, la commissure de ses lèvres levée en une expression arrogante.

— Je l'ai fini, mentit-elle sur un ton acerbe, lui laissant savoir qu'elle n'appréciait pas son interrogatoire et qu'elle n'accueillait pas bien sa suffisance.

— Tu n'as plus soif ? demanda-t-il.

Elle secoua doucement la tête, essayant de chasser l'étourdissement qui l'assaillait. En même temps, elle était devenue étonnamment consciente de son propre corps. Ses seins, sa taille, ses cuisses. Et elle savait que seul le regard de cet homme était en cause.

— Peut-être as-tu faim, alors ? suggéra-t-il, dubitatif.

Faim. Il voulait dire… avoir faim de lui. Faim de sexe. La poitrine d'April se serra, mais elle essaya de rester calme.

— Non.

Un nouveau regard entendu.

— Tu en es sûre, Ginger ?

Elle déglutit nerveusement et vit qu'il s'en était rendu compte. *Mon Dieu !* Mais elle maintint :

— Oui.

Alors même qu'il se penchait plus près.

Alors même qu'il soufflait :

— Je ne te crois pas.

— Crois ce que tu veux, répondit-elle dans un murmure.

Et elle ne fit pas un mouvement lorsqu'il rapprocha son visage du sien – oh, il était si douloureusement proche ! Et qu'il l'embrassa.

Oh, mon Dieu ! Oh, oui ! Elle ne pouvait faire autrement que de réagir à ce baiser qui s'immisçait en elle comme… un soulagement. C'était la réponse à ce qu'elle avait ardemment désiré et pensait ne plus jamais vivre. *Enfin ! Hmmm ! Oui, oui, oui !*

Ces baisers enfiévrés et enchaînés – l'un laissant la place à l'autre, puis au suivant – étaient la chose la plus agréable qu'elle ait éprouvée de la semaine. Ou… eh bien, la triste vérité était qu'elle n'était pas sûre d'avoir jamais éprouvé quoi que ce soit de si délicieusement envoûtant. Tandis que les mains de l'homme modelaient chaudement ses hanches, ses paumes à elle vinrent s'appuyer légèrement et sans qu'elle y pense sur le torse de son partenaire.

Oh, Seigneur ! Elle lui rendait ses baisers si facilement ! Pour lui montrer qu'il avait raison ? Pour asseoir son arrogance de mâle ? Qu'est-ce qu'il lui prenait ? Et oui, bien sûr, elle était revenue au *Café Tropico* exactement pour ça, pleine de désir, mais… elle aurait espéré discuter d'abord. Peut-être aurait-elle aimé en découvrir plus à son sujet et décider s'il était quelqu'un de bien avant qu'il lui fasse de nouveau tourner la tête. Ne voulait-il pas en savoir plus sur elle ? Elle avait dû s'imaginer qu'ils se retrouveraient comme deux personnes civilisées cette fois-ci, et que cela rendrait les choses plus… Ou peut-être n'était-elle pas allée aussi loin dans son raisonnement, mais maintenant qu'elle l'embrassait, elle ne pouvait que se rappeler pourquoi cela n'avait eu aucun sens la semaine précédente et pourquoi cela n'en avait pas plus maintenant.

En fait… Bon sang, à quoi pensait-elle ? Comment même s'était-elle retrouvée là, comme ça, de nouveau ? *Il m'est juste impossible de faire ça. Je ne peux pas continuer à embrasser un inconnu de cette manière. Je ne peux pas.*

Ce qui signifiait qu'il n'y avait qu'une chose à faire. *Arrête ! Mets un terme à tout cela.*

Et donc, elle appuyait fermement ses mains contre le torse de l'homme pour essayer de le repousser.

Mais il ne céda pas. Et il l'embrassait toujours.

Même lorsqu'elle pencha la tête en arrière jusqu'à toucher le mur, la bouche de l'homme continua de la dévorer.

Elle commença alors à lutter, à montrer qu'elle n'était plus d'humeur, qu'elle voulait arrêter. Elle le repoussa plus fermement, tourna la tête de côté pour échapper à sa bouche et se retrouva à se tortiller dans ses bras pour tenter de se libérer.

Et pourtant… Oh, Seigneur ! En agissant ainsi, elle se retrouvait de manière inexplicable plus excitée encore. En particulier lorsque la seule conséquence de son attitude fut que l'homme agrippa ses hanches encore plus fermement et la pressa contre lui. L'entrejambe d'April s'enflamma de désir.

À son crédit, l'inconnu arrêta alors de l'embrasser – après avoir déposé un dernier baiser étonnamment tendre sur sa joue. Il se fit douloureusement immobile, son corps encore écrasé contre celui d'April. Elle pouvait entendre son propre souffle laborieux tandis qu'elle tentait de tourner la tête pour rencontrer son regard.

Oh, là, là, elle le trouva, à moins de dix centimètres d'elle. Son parfum mâle, musqué, chaud, infiltrait l'air, semblait vouloir l'envelopper tout entière. Elle pensa qu'elle ne l'oublierait jamais.

Alors que leurs regards étaient ainsi verrouillés, il se déplaça légèrement, appuya ses hanches contre celles d'April, et son membre étonnamment ferme vint se lover contre son entrejambe humide.

Elle déglutit péniblement. Pendant une longue seconde, elle resta en état de choc, incapable de percevoir autre chose que cela. Un roc. Une colonne. Calée là où elle ne pouvait que se faire une idée exacte de ses proportions.

Elle ne pouvait se l'expliquer, mais il s'agissait peut-être du moment sexuel le plus intense qu'elle ait jamais partagé avec un homme. Se regarder si intensément dans les yeux alors qu'il la maintenait en place à la force de son désir tout autant que des poignets et dans une ruelle sombre de Miami... Tous deux savaient qu'elle ne voulait pas être là. Tous deux savaient aussi que, secrètement, elle le désirait.

La lutte était donc perdue d'avance et, quand il se pencha de nouveau pour fouiller la bouche de sa rivale, April mêla aussitôt sa langue à la sienne en une danse langoureuse et enfiévrée. Elle crut perdre pied.

Elle sut qu'il ne s'agissait plus de lutter lorsqu'elle poussa faiblement sur le torse de l'homme, repoussant dans le même temps la femme qu'elle était d'ordinaire. Elle savait qu'elle ne voulait plus jouer à « Suis-moi, je te fuis, fuis-moi, je te suis ». Et lorsqu'il enferma ses poignets dans ses mains, releva ses bras de chaque côté de sa tête, accentua la pression de son sexe contre son pubis, April, contre le mur du *Café Tropico*, atteignit une extase qu'elle n'aurait jamais pu vraiment imaginer auparavant.

Une véritable reddition.

4

Ses lèvres la picotaient et sa poitrine se soulevait lourdement contre son haut en soie. Ces baisers la consumaient. Entre chacun d'eux, l'homme ne reculait pratiquement pas, et leurs visages restaient douloureusement proches.

La respiration d'April se fit plus audible, quand, lui tenant toujours les poignets, l'homme lui étira les bras lentement vers le haut, au-dessus de sa tête, jusqu'à ce qu'il puisse agripper les deux mains de la jeune femme d'une seule prise. Il posa sa paume à plat sur son épaule avant de doucement la faire descendre, et de s'arrêter sur son sein. Elle haleta doucement, le corps tendu, et – que Dieu lui vienne en aide ! – elle serra les dents de plaisir.

D'abord un sein, puis l'autre – il les explora méticuleusement, et chaque mouvement rendait April folle de désir. Il les serra, les modela avec sensualité, jusqu'à atteindre un téton qu'il attrapa entre l'index et le pouce à travers le soutien-gorge.

Vint alors le moment où elle livra de nouveau bataille, sans conviction et sans même l'avoir décidé. L'heure n'était pas à l'introspection ; elle savait simplement qu'elle s'opposait à lui, à ce qu'elle ressentait, elle. Bien sûr, l'homme la maintint en place. Il s'arracha à la contemplation de la poitrine qu'il caressait de manière si experte.

Leurs regards se verrouillèrent de nouveau pendant un long moment, d'une manière qui sembla bestiale à April.

— J'aime le rouge, grogna-t-il en la déshabillant du regard.

Elle cilla, abasourdie.

— Qu... Quoi ?

— Si tu dois porter un tailleur, le rouge est bien plus sexy que le bleu marine de la dernière fois.

Elle ne prit pas la peine de répondre. Mais se demanda vaguement ce qu'il était advenu de sa veste. Les tailleurs coûtaient cher. Un regard lui permit de constater que le vêtement gisait en tas à ses pieds où elle avait dû le faire tomber. Il lui permit aussi de voir son corps écrasé contre celui de l'inconnu. Et comme il était évident qu'elle avait perdu sur ce terrain-là, elle décida qu'il était grand temps de remporter la deuxième manche.

— Qui êtes-vous ? demanda-t-elle.

Les yeux de l'homme scintillaient sous la faible ampoule au-dessus de leurs têtes.

— Qui veux-tu que je sois ?

— Je ne sais pas.

Une réponse honnête. C'était tout ce qu'elle savait.

— Peut-être que je suis le grand méchant loup.

Elle réprima un frisson.

— Et cela fait quoi de moi ? Le petit chaperon rouge ?

Le loup se pencha près de son oreille.

— Tu n'es pas si innocente que ça ici, Ginger, chuchota-t-il. Et tu le sens.

April sentit sa peau parcourue de mille frissons. Il aurait été impensable d'acquiescer.

— Que voulez-vous dire ?

— Tu aimes ça, murmura-t-il encore, sa confiance frisant l'arrogance. Tout autant que moi.

— Vous ne m'offrez pas le choix.

— Je ne pense pas que tu en souhaites un.

L'accusation - qu'elle soit vraie ou pas - blessa son orgueil et la poussa à lutter contre la prise de l'homme, plus durement cette fois, avec l'idée fixe de se dégager. Son estomac se retourna quand elle réalisa à quel point il était fort et qu'elle n'avait, quelle que soit sa motivation, pas la moindre chance de se libérer.

— Laissez-moi, insista-t-elle en luttant pour reprendre possession de ses bras qu'il tenait toujours au-dessus de sa tête.

Sa poitrine tressauta sous l'effort.

— On dirait presque que tu le penses, lança-t-il avec malice.

— C'est le cas.

En réponse, il resta silencieux, le regard dubitatif.

— Écoutez... je ne suis pas celle que vous croyez, tenta-t-elle d'expliquer, exaspérée. Je ne fais pas... ce genre de choses. Je... je ne connais même pas votre nom.

— Rogan Wolfe.

Oh, donc il ne mentait pas, il était vraiment le grand méchant loup[1].

---

1. Jeu de mots sur *Wolf* (le loup en français) et le nom de famille de Rogan, Wolfe. (*N.d.T.*)

— Et tu es ?

— April, répondit-elle, pensant qu'il s'agissait de la présentation la plus étrange qu'elle ait vécue de sa vie. April Pediston.

— Hé !

Ils levèrent tous deux la tête, surpris, en direction de la voix qui s'était fait entendre depuis l'entrée de la ruelle.

April parvenait à peine à distinguer la personne qui se trouvait là, la silhouette maigre d'un homme musclé dans un débardeur blanc.

— Merde ! gronda le loup.

Aussitôt, il lui libéra les poignets, et les bras de la jeune femme retombèrent le long de son corps.

— Qu'est-ce qui se passe ? Qu'est-ce qui ne va pas ? demanda-t-elle doucement.

Mais Rogan n'avait pas le temps de lui répondre. Il fixait toujours Martinez.

— Barre-toi, Ginger ! Vite !

Du coin de l'œil, il mesura son expression hébétée tandis qu'elle murmurait :

— Qu... Quoi ?

Bon sang, elle le prenait personnellement ! Comme si elle pensait qu'il était soudainement fatigué de leur petit jeu et essayait de se débarrasser d'elle. Ne voyait-elle pas le voyou au bout de la ruelle, qui avançait maintenant vers eux ?

Réfléchissant à toute allure, il mit la main sur la poignée de la porte. Rentrer au *Café Tropico*, se fondre dans la foule, serait le meilleur moyen de se sortir de cette situation. Mais bon sang, impossible ! Il n'était pas retourné au bar par là la dernière fois qu'il s'était trouvé dans la ruelle avec Ginger et il n'avait pas noté que la porte se verrouillait automatiquement de l'intérieur. Ce qui voulait dire qu'il n'y avait qu'un autre mouvement à adopter.

— Tais-toi et cours, lui dit-il.

Et comme elle ne bougeait toujours pas, il lui attrapa la main et la tira plus loin dans la ruelle, la forçant à courir, talons hauts ou pas. Maintenant, elle n'avait pas le choix.

Rogan ne savait pas où la ruelle débouchait, mais c'était sa seule chance de continuer à empêcher Martinez de mieux le voir, tout du moins de pouvoir identifier son visage. De plus, le mec pensait visiblement, et à raison, que Rogan était le même type que celui qui l'avait écouté parler devant la réserve. Il ne semblait pas content. Rogan ne souhaitait pas en arriver à une confrontation dans une rue sombre, en particulier avec Ginger. Bon Dieu, compte tenu de ce qu'il savait d'elle, elle pourrait bien faire quelque chose de dingue comme se jeter entre eux et être blessée, ou pire.

— Où allons-nous ? Que se passe-t-il ? demanda-t-elle de nouveau tandis qu'il la tirait, ses talons cliquetant sur l'asphalte.

— Tu n'as pas entendu le « tais-toi » en début de phrase ? râla-t-il.

Et quand elle essaya de stopper net, apparemment outrée, il voulut l'étrangler. Mais il se contenta de lui lancer entre ses dents serrées :

— Écoute, ma puce, il y a un sale type qui nous a pris en chasse. On papotera plus tard, en attendant, bouge tes fesses.

Les baskets de Martinez martelaient le sol tandis qu'il continuait de les suivre, poussant Rogan à reprendre sa course, traînant sa partenaire de baisers au caractère inquisiteur derrière lui. L'excitation qu'il avait ressentie auprès de cette femme se trouvait supplantée par l'adrénaline.

Atteignant une rue transversale, il s'arrêta pour soupeser ses options. Continuer tout droit les mènerait sur Collins Avenue, parallèle à Ocean Drive ; prendre à droite lui permettrait de ne plus être dans le champ de vision de Martinez. Tirant sa compagne à sa suite, il tourna dans la rue sur laquelle s'ouvraient les sorties de secours des magasins et restaurants. Il ouvrit la première porte éclairée qu'il rencontra.

Rogan entraîna Ginger dans la cuisine de ce qui semblait, à l'odeur, être une pizzeria. Et malgré l'expression sur les visages des types qui se tenaient là avec leur tablier blanc, il poursuivit jusqu'à une petite salle de restaurant, dépassa la caisse et se retrouva dans Ocean Drive, le tout en moins de deux minutes.

— Et maintenant, interrogea Ginger, de sa petite voix essoufflée.

Rogan étudia la rue. Ils étaient encore trop proches du *Café Tropico*, et il était prêt à laisser tomber Junior Martinez et toute cette affaire pour la nuit. Le type ne se laissait voir nulle part pour le moment, mais...

— Pour ce que j'en sais, il nous a vus entrer par cette porte et doit se trouver juste derrière nous. Viens – et il la tira dans la direction opposée au *Café Tropico*.

— Où allons-nous ? demanda-t-elle en tirant dans l'autre sens, visiblement prête à argumenter de nouveau. Ma voiture est par là, dit-elle en montrant du doigt un point au-delà du *Café Tropico*.

— Eh bien, la mienne est juste ici, répondit-il.

Quelques pas de plus, et il fourrait la main dans la poche pour en sortir un trousseau de clés, appuyait sur le bouton permettant de déverrouiller les portières d'une Dodge Charger d'un noir rutilant garée contre le trottoir.

— Monte.

Mais il n'attendit pas qu'elle s'exécute et, ouvrant la porte, il poussa Ginger à l'intérieur.

— Hé ! se plaignit-elle.

Dieu merci, il la fit taire d'un simple regard menaçant.

Malgré cela, quand il eut fait le tour du véhicule au pas de course, fut installé derrière le volant et démarra le moteur, elle s'était déjà remise à parler.

— J'aurais pu rejoindre ma voiture à pied, elle est juste en haut de la rue. Je ne sais pas de quoi il retourne, mais je ne tiens pas à être impliquée. Et ma veste ? Elle est dans la ruelle, et n'était pas donnée ; je dois aller la chercher.

Il laissa échapper un soupir tout en jetant un coup d'œil dans le rétroviseur pour s'insérer dans la circulation.

— Tu ne peux pas y retourner, tout du moins, pas maintenant. Je vais te dire comment on va faire, Ginger. J'appellerai le propriétaire du café et peut-être qu'il pourra aller la chercher et la garder pour toi, en attendant que tu passes la reprendre. Ça te va ?

Elle hésitait entre acquiescer et renchérir.

— Je suppose, oui. Heureusement, j'ai mon sac à main avec moi. Au fait, je ne m'appelle pas Ginger.

Effectivement… Pourtant, il ne parvenait pas à se rappeler quel était son prénom. Dans la mesure où elle le lui avait appris au moment même où Junior Martinez les avait interrompus. Et en réalité, il s'était un peu plus soucié de ses seins, de sa bouche et du reste de son corps que de son prénom. Ce n'était pas qu'il n'en avait rien à faire, non, mais l'information avait été reléguée au second plan.

— Hum… Tu vas devoir me rafraîchir la mémoire, ma douce.

Elle marqua une pause, accompagnée d'un long soupir qui signifiait clairement qu'elle était agacée.

— April Pediston, dit-elle.

— OK, c'est noté.

— Ma voiture est garée dans la prochaine rue ; vous pouvez me laisser descendre à ce feu, ajouta-t-elle – au moment précis où il traversait l'intersection qu'elle venait de lui indiquer. Mais que faites-vous ? lança-t-elle avec colère. Pourquoi vous ne vous êtes pas arrêté ?

Il continuait de fixer la route. À cette heure-ci, Ocean Drive grouillait de voitures avançant à bonne allure et les piétons s'amassaient sur les trottoirs.

— Une pizza, ça te dit ? L'odeur de cette cuisine me pourchasse.

Il se concentrait sur la circulation mais pouvait sentir le poids de son regard noir, incrédule.

— Après cette… course-poursuite abracadabrante, vous voulez m'inviter à partager une pizza ?

— Quelque chose dans ce genre-là, soutint-il sans avoir vraiment de plan derrière la tête. Peut-être que… j'essaye de m'excuser.

Il savait seulement que sa proposition sonnait juste et, comme toujours, il suivait son instinct.

— Hum, dit-elle, se débrouillant pour avoir l'air à la fois irritée et satisfaite. Eh bien, c'est définitivement le geste le plus digne d'un gentleman que vous ayez eu jusque-là. Et je suis contente que vous reconnaissiez que présenter vos excuses est dans l'ordre des choses après la manière dont… eh bien, la manière dont vous m'avez tenue contre ce mur.

Rogan retint un sourire et lui jeta un rapide coup d'œil avant de reporter son attention sur la rue éclairée.

— Sauf que ce n'est pas pour cela que je m'excuse.

Une fois de plus, il sentit son regard noir sur lui.

— Et pour quoi alors ?

— Pour le fait qu'un voyou t'ait donné la chasse. Et que tu aies perdu ta veste.

— Mais pas pour le reste, insista-t-elle, cherchant visiblement à clarifier les choses.

— Nan. Tu as aimé le reste. Et moi aussi. Rien dont je doive m'excuser, Ginger.

— Mon nom n'est pas…

— Ginger. C'est vrai, je n'arrête pas de l'oublier. Pardon.

Il chercha rapidement dans sa mémoire, juste au cas où elle serait prête à se jeter sur lui.

— Tu t'appelles April. Bon, pizza alors ?

Elle prit plaisir à le faire patienter avant de répondre juste au moment où cela commençait à porter sur les nerfs de Rogan :

— Oui, bien sûr, pourquoi pas ?

— Très bien.

— Et qu'en est-il du type qui nous donnait la chasse ? De quoi s'agissait-il exactement ? Je veux dire, devrais-je... avoir peur de vous, Rogan Wolfe ?

— Tu sais quoi, répondit-il, je t'expliquerai tout pendant le repas. Et quant à savoir si tu devrais avoir peur de moi... eh bien, pas à cause de ce type à nos trousses. Mais si tu ne peux pas faire face à ce qui se passe entre nous, alors, oui, tu devrais avoir peur, Ginger.

C'était difficile, mais April se retint de lui demander où il l'emmenait manger cette pizza. Plus exactement, elle garda la bouche fermée. Elle avait encore un million de questions à lui poser, et parler la rendait moins nerveuse que de se contenter de rester assise là à prendre en considération l'habitacle sombre de sa voiture et à se demander qui était Rogan Wolfe. Mais lorsqu'il lui avait assuré qu'il lui expliquerait tout à table, elle avait eu le sentiment qu'il ne cherchait qu'à la faire taire. Non pas que cela suffise en temps normal à la réduire au silence. Avec qui que ce soit. Là, elle voulait le contenter. Bien qu'elle n'eût aucune idée du pourquoi.

Peut-être que les derniers mots de Rogan y étaient pour quelque chose. Que voulait-il dire exactement ? Qu'il allait se passer des choses du même genre que dans la ruelle ? Cela lui faisait-il peur ? Eh bien, un peu. Comme le fait de se retrouver elle ne savait comment dans une voiture avec un homme intimidant qu'elle ne connaissait pas et qui pouvait être, d'une manière ou d'une autre, impliqué dans un acte délictueux, ou tout du moins lié à des voyous à l'air violent. Pour être honnête, tout cela l'effrayait. Elle était une femme responsable, sensée et intelligente – qui ne se retrouvait pas dans ce genre de situation. Et OK, oui, s'il lui disait que la fièvre n'allait faire que monter entre eux, cela l'angoissait. Parce qu'elle n'était pas certaine de pouvoir y faire face, peu importe qui il était.

Cela la rassura un peu de l'entendre parler dans son portable à quelqu'un du *Café Tropico* au sujet de sa veste de tailleur. Il semblait aussi sûr de lui et capable de prendre les choses en main qu'il l'était depuis le début, mais d'une manière plus raisonnable, normale. Il paraissait... intelligent, ce qui était un bon point. Elle respectait et appréciait l'intelligence. La stupidité, elle, était juste totalement dangereuse.

Il raccrocha.

— OK, lui dit-il, Dennis a trouvé ta veste. Tu peux aller la chercher quand tu veux. Il va la mettre dans son bureau.

— Merci, répondit-elle.

Enfin une chose qui se déroulait bien !

Elle réalisa alors qu'ils avaient quitté la partie animée de South Beach où se trouvaient bars et hôtels pour se diriger vers le quartier plus résidentiel allant jusqu'à South Pointe. Parallèle à la partie moins touristique de Miami Beach, il se composait d'appartements, certains situés dans des tours modernes, d'autres dans des immeubles plus anciens, plus petits.

— Hum, où m'emmenez-vous ? Je croyais que nous allions manger une pizza.

Il entra alors dans le parking qui bordait un immeuble de deux étages couleur terra cota.

— C'est exact, mais chez moi. On se fera livrer.

Elle se contenta de ciller. Parlait-il sérieusement ? Elle avait déjà du mal à se remettre d'avoir été un sac qu'on balance dans une voiture… Pensait-il réellement qu'elle était d'accord pour aller chez lui ?

— Heu… Je ne crois pas, monsieur Wolfe. Je pensais que vous suggériez d'aller au restaurant, autrement je n'aurais pas donné mon accord.

Il se gara, coupa le contact, comme si l'affaire était conclue, et ce simple geste intensifia l'irritation d'April. Parce qu'apparemment, elle était bien plus elle-même maintenant que les deux fois où elle s'était retrouvée à l'embrasser.

Et le léger sourire qu'il lui décocha ne fit que l'enflammer davantage.

— Tout d'abord, Ginger, il n'est aucunement besoin de te montrer si formelle. Tu peux m'appeler Rogan, ajouta-t-il avec un clin d'œil. Et puis – désolé, ma belle – j'ai eu une longue journée et je ne suis vraiment pas d'attaque pour un restaurant. Et tu n'en donnes pas l'impression non plus.

Elle suivit le regard de Rogan quand il glissa de son visage sur sa poitrine, consternée de sentir ses seins gonfler de désir, et encore plus perturbée de se rendre compte que son débardeur en soie était taché de sueur et de poussière et que sa jupe portait, elle aussi, quelques traces de salissures. Oh, Seigneur, si ses vêtements avaient l'air si fatigués, à quoi ressemblait donc le reste de sa personne ? *Cela ne doit pas être si terrible que ça vu la manière dont il t'a embrassée, comme si demain n'allait jamais voir le jour.*

Elle ne parvenait pas encore à y croire. Ni à ce qui se passait sous ses yeux. Elle ne devrait pas être là.

— Malgré tout, je ne peux pas monter chez vous.

— Pourquoi pas ? demanda-t-il, comme s'il n'était pas capable de comprendre la raison pour laquelle elle pouvait avoir quelque inquiétude.

Elle lui jeta un coup d'œil acerbe, essayant d'ignorer à quel point elle trouvait ses yeux captivants... purement et simplement sexuels.

— Je... ne vous connais pas, lui rappela-t-elle.

— À bien des égards, si.

Oh, mon Dieu ! Son estomac se serra. Tout comme son entrejambe. Juste quand elle se disait que peut-être son désir inexplicable commençait à s'éteindre. Le rappel explicite de Rogan la désarçonna. Il était difficile de rester assise là comme si elle avait le contrôle d'elle-même, de la situation, lorsqu'elle savait qu'ils se rappelaient tous deux comment elle s'était offerte à lui dans la ruelle. Il était soudain malaisé de prendre une profonde inspiration. Et le regarder n'aidait pas. Elle n'avait jamais connu d'attraction si forte avec qui que ce soit.

Elle détourna le regard, regarda l'immeuble à travers le pare-brise.

— Même si...

À ses côtés, il soupira.

— Écoute, je ne suis pas un meurtrier à la hache.

Elle laissa échapper un souffle tremblant en priant pour qu'il ne l'ait pas remarqué. Et, avec précaution, elle reporta son regard sur lui.

— Alors, qui êtes-vous ?

— Un flic.

Elle tressaillit, cilla, profondément surprise.

— Vraiment ? demanda-t-elle en se redressant légèrement.

— Vraiment. On se sent mieux maintenant ?

Oui. Comment cela pourrait-il ne pas être le cas ? Cela ne voulait pas dire qu'il était un saint, mais cela signifiait aussi qu'il n'était probablement pas un délinquant non plus. Se sentant contrite, elle opina.

Ce à quoi il répondit :

— Bien. Maintenant, allons commander cette pizza. Je meurs de faim.

5

Chez lui, April se sentit aussi mal à l'aise que ce à quoi elle s'était attendue. C'était un appartement standard – bien que probablement hors de prix compte tenu de sa localisation – qui, d'une certaine manière, ne paraissait pas complètement installé. Des rideaux, ou peut-être quelques images au mur, l'auraient rendu plus accueillant. Peut-être n'aurait-elle pas dû être étonnée par la simplicité des lieux ; Rogan Wolfe n'offrait pas exactement l'image d'un homme sentimental, tout du moins qui se souciait d'un environnement un peu trop austère.

Elle était assise au bord d'un canapé en cuir noir, incapable de se détendre, pendant qu'il passait leur commande auprès du livreur le plus proche. Ils avaient choisi leur pizza sur un des menus dépliants qui remplissaient son tiroir. Elle ne fut pas surprise de constater qu'il mangeait le plus souvent sur le pouce et qu'il n'était probablement pas en secret un cuisinier raffiné.

Il était maintenant dans la salle de bains – il la lui avait proposée en premier afin qu'elle se rafraîchisse. Elle était décoiffée et avait découvert, à sa grande surprise, qu'elle trouvait ça presque joli. Ses cheveux en bataille lorsqu'elle était en peignoir le matin ressemblaient juste à... des cheveux en bataille. Mais il s'avéra que lorsqu'elle était en jupe et débardeur, même un peu salis, ils avaient soudain l'air... ébouriffés. Elle paraissait insouciante. Insouciante et même sexy.

Non pas qu'elle eût envie d'être sexy aux yeux de Rogan. Mais elle ne pouvait nier l'évidence. Elle n'était pas sûre de savoir ce qu'elle espérait voir se passer ici. En revanche, elle savait qu'elle voulait rester à ses yeux aussi digne d'être embrassée que dans la ruelle.

Lorsqu'il revint dans le salon quelques minutes plus tard, il avait échangé son jean et son tee-shirt sales pour des propres. Il sentait bon aussi –une odeur de savon, un peu musquée, masculine. Un parfum qu'elle aurait du mal à oublier. À son entrée, elle essaya de ne pas se montrer nerveuse, même si les vêtements frais de Rogan la rendaient encore plus consciente que les siens ne l'étaient pas.

Elle espérait qu'il s'installerait dans le fauteuil inclinable adjacent au canapé où elle avait pris place, mais au lieu de cela, il la rejoignit. Elle aurait aussi aimé qu'il allume la télévision, uniquement pour leur donner quelque chose à regarder qui ne soit pas eux-mêmes. Mais ça non plus, il ne le fit pas. Il affichait cette familière expression arrogante, amusée, lorsqu'il lui dit :

— Tu peux te détendre, Ginger. Appuie-toi sur le dossier. Mets-toi à l'aise.

Il s'étendit de manière plutôt sexy à l'autre bout du sofa, son corps bronzé et musclé en occupant une bonne moitié.

Elle rencontra son regard.

— Pourquoi continuez-vous à m'appeler comme ça, même maintenant que vous connaissez mon nom ?

Il pencha légèrement la tête.

— Je suppose que j'ai toujours trouvé Ginger diablement sexy. Exactement comme toi.

Elle essaya de reprendre sa respiration, les joues en feu. Elle n'avait pas vu venir la réponse, autrement elle n'aurait pas posé la question. Elle décida de ne pas renchérir. Bien qu'elle eût l'impression que ses tétons se voyaient outrageusement à travers son haut et son soutien-gorge, alors que ce n'avait pas été le cas une minute plus tôt.

— Donc, tu es flic, préféra-t-elle dire.

Il acquiesça, d'un hochement de tête.

— Et le type de la ruelle ?

— Quelqu'un qui, je pense, prépare un mauvais coup. Mais je n'ai pas encore de preuve. Et je ne voulais pas qu'il voie mon visage. En fait, qu'il me voie tout court, mais j'ai merdé sur ce coup-là, non ?

Il ne se départait pas de ce sourire séducteur et doux, et elle n'était pas sûre de savoir si elle devait répondre à cette question ou si elle était juste rhétorique. Elle choisit de poursuivre.

— Tu es inspecteur ? Tu travailles sous couverture ?

— Pas encore mais j'espère avancer dans cette direction.

— Montre-moi ton insigne.

— Quelque chose là-dedans t'allume, Ginger ? demanda-t-il avec malice juste quand la rougeur sur les joues d'April était en train de s'atténuer.

Non, cela ne l'allumait pas, pensa-t-elle les joues de nouveau enflammées, pas qu'elle le sache en tout cas. Cet homme l'embarrassait. Ou peut-être était-ce la manière qu'il avait de tout rapporter au sexe, et de manière si pragmatique, en plus.

— Non, assura-t-elle. C'est juste que je suis avocate. Je sais donc que certaines personnes sont de bons menteurs.

Le rire de Rogan contenait presque une touche de… oserait-elle penser : d'admiration ?

— Je reviens tout de suite, dit-il en se levant pour prendre la direction du couloir.

Bien sûr, si elle était si nerveuse que cela, elle aurait dû lui demander à voir son insigne dans la voiture. Mieux valait tard que jamais. Elle le croyait, oui, mais voulait être complètement sûre.

Il réapparut un instant plus tard pour lui tendre le badge argenté où se trouvait un aigle, l'inscription MIAMI BEACH POLICE, un drapeau américain drapé de chaque côté. Elle le lui prit des mains et, lorsque leurs doigts se frôlèrent, elle essaya de se comporter comme si ce simple contact n'envoyait pas de picotements tout le long de son bras.

— Juste pour que tu sois au courant, dit-il en reprenant sa place sur le canapé, je fais beaucoup de choses, mais je ne mens jamais.

Tout en hochant la tête, elle tentait de donner l'impression de se sentir aussi sûre d'elle qu'elle l'était habituellement. Qu'y avait-il dans cet homme qui la déstabilisait tant, la faisant se sentir si... inexpérimentée ? C'était comme d'avoir seize ans et de se retrouver à son premier rendez-vous galant. Sauf que même les hormones enragées de l'adolescence ne l'avaient jamais préparée au genre de passion qui l'avait submergée dans cette ruelle avec lui. *C'est pour cela qu'il t'a troublée. La manière dont il t'a embrassée. Ton incapacité à l'arrêter. Ton désir d'être forcée à...*

Elle tenta de réprimer un frisson sans y parvenir.

— Tu as froid ? demanda-t-il.

Elle inventa un mensonge.

— Peut-être un peu. Sans ma veste.

Même si la douceur de l'air du soir frôlait la chaleur, malgré l'heure tardive.

— Tu veux que je baisse l'air conditionné ? Que je te réchauffe ? ajouta-t-il avec un sourire charmeur.

Elle secoua la tête.

— Merci, ça va aller.

Lorsque le bruit de la sonnette leur apprit que la pizza était arrivée, Rogan s'excusa et se dirigea vers la porte pour aller payer. Se sentant alors presque désespérée à l'idée de n'entendre que leur voix ou le silence, elle repéra une chaîne stéréo près de la télévision à écran plat. Se saisissant de la télécommande, elle appuya sur un bouton et – Oh, miracle ! – la radio s'alluma et une douce musique s'en échappa, une vieille chanson de Whitney Houston, « *You Give Good Love* ». Oh zut ! Peut-être n'était-ce pas une si bonne idée.

Elle ne savait pas comment changer la fréquence et un simple coup d'œil à la télécommande ne fit que l'embrouiller. Elle ne souhaitait pas commencer à appuyer sur tous les boutons et dérégler le système – elle savait d'expérience, lorsque les enfants d'Allison s'amusaient avec sa propre télécommande de la télévision, combien cela pouvait arriver facilement.

Elle avait le regard fixé sur les lumières de la chaîne stéréo, impuissante, lorsque Rogan revint dans la pièce.

— J'ai mis de la musique, dit-elle et elle se sentit immédiatement stupide, non seulement parce que c'était évident, mais aussi parce qu'elle avait le sentiment d'avoir involontairement préparé la scène pour y introduire une touche de séduction.

Le grand méchant loup se contenta de sourire.

— Bien, dit-il en posant la pizza sur la table basse. Que veux-tu boire ? J'ai des boissons gazeuses, de la bière, du vin...

En temps normal, elle aurait pris un soda.

— Du vin, répondit-elle au lieu de cela, pensant que cela l'aiderait à se détendre et à se comporter comme la femme sûre d'elle qu'elle était.

Et elle regretta presque aussitôt son choix. Rester vigilante, nerveuse ou pas, était peut-être préférable. Mais elle ne voulait pas revenir sur sa réponse et que cela entraîne des questions de la part de Rogan. *Seigneur, tu te montres vraiment immature ! Arrête ça maintenant. Tu es une femme pleine d'assurance, responsable. Tu as déjà dîné avec un homme. Il n'y a pas de raison d'en faire un drame.*

Ils bavardèrent de choses et d'autres en mangeant, et April se surprit à se détendre. La cause ? Le verre de vin blanc qu'il lui avait offert ? Se rappeler qui elle était et se redonner du courage ? Ou juste s'habituer à la présence de Rogan ? Quoi qu'il en soit, elle se sentait un peu plus elle-même.

— Donc, monsieur le flic, demanda-t-elle – *Bon Dieu, mais que vas-tu chercher là ! Arrête le vin !* –, as-tu jamais attrapé de très, très sales types ?

Elle eut l'impression que la question lui faisait plaisir. Ou peut-être était-il juste content qu'elle se détende enfin.

— Je ne suis pas sûr de savoir ce que tu entends par « très sales types », mais non ; pas déjà en tout cas. Je suis encore jeune, malgré tout, dit-il avec un clin d'œil. C'est pour cela que je suis venu à Miami.

— Tu viens d'où ?

— Un coin perdu du Michigan.

Malgré sa surprise, April décida de ne pas partager avec lui le fait qu'elle était originaire de l'Ohio, l'État juste au sud du Michigan. Elle avait appris depuis longtemps que cette information menait à parler de la mort de ses parents. Quand les gens découvraient trop tôt qu'elle était orpheline, ils la considéraient alors comme abîmée, ou fragile d'une certaine manière – alors qu'elle était tout sauf ça. La plupart du temps, en tout cas.

— Et à quoi ressemble le Michigan rural ? demanda-t-elle comme si elle n'avait jamais vécu ailleurs que sous les vives lumières de Miami.

— C'est calme, dit-il et ils s'esclaffèrent tous deux. Trop calme.

— Et tu as besoin d'action, s'entendit-elle formuler sans y avoir réfléchi.

— Ouais, je n'attends que ça, répondit-il en plongeant dans son regard.

Grave erreur qui la plaça de nouveau dans un équilibre précaire. Comment cela se faisait-il qu'elle pouvait regarder la plupart des gens dans les yeux toute la journée avec facilité, mais qu'avec cet homme, cela lui faisait penser au sexe, sentir l'attirance invisible entre eux, si facilement et indubitablement ?

Elle baissa la tête vers l'assiette sur ses genoux, se concentrant sur les rondelles de pepperoni qui parsemaient sa part de pizza.

— Eh bien, Miami est définitivement le bon endroit pour ça.

— C'est ce que je suis en train de découvrir.

La chaleur dans sa voix semblait indiquer qu'il ne parlait pas seulement de son travail de policier. *Pose une autre question, quelque chose sans sous-entendu.*

— Tu es ici depuis combien de temps ?

— Six mois, répondit-il, et elle se détendit un peu plus encore, suffisamment pour lever les yeux et le regarder attraper sa bouteille de bière sur la table basse et en boire une gorgée.

— Ah.

Elle n'avait déjà plus de questions à poser.

— Donc, tu es avocate, hein ?

— Oui. D'où le tailleur.

Les mots qu'il avait prononcés dans la ruelle lui revinrent à l'esprit. *Si tu dois porter un tailleur, le rouge est bien plus sexy que le bleu marine de la dernière fois.* Elle essaya de faire abstraction de ce qu'elle avait éprouvé lorsqu'il avait dit ça.

— Je l'avais plus ou moins deviné après notre première rencontre.

C'est vrai qu'elle avait fait allusion à l'affaire Kayla.

— La fille avec qui tu avais rendez-vous la semaine dernière, poursuivit-il, que sais-tu de son mari ?

— Que c'est une ordure. Probablement violent physiquement, et en tout cas dans ses propos.

Il eut un bref hochement de tête.

— Rien d'autre ? Parce que c'est l'un des types que j'ai à l'œil. Je pense qu'il y a des chances que lui et son pote se livrent à un commerce illégal dans la réserve du *Tropico*.

Il ne fallut à April que quelques secondes pour décider de ne pas respecter le secret professionnel cette seule et unique fois – puisque cela pourrait être bénéfique à Kayla et qu'elle se trouvait dans l'intimité du salon de Rogan. Elle parla de la première affaire lors de laquelle elle avait représenté Kayla, de comment elle avait suspecté Juan Gonzalez d'être le coupable des faits reprochés à sa femme. Et qu'il avait laissé cette dernière porter le chapeau.

— Ça me fait penser à quelque chose : en installant son business au *Café Tropico*, il coince Dennis, le propriétaire, qui a l'air coupable si les forces de l'ordre sont avisées que des drogues transitent par là. Cela fait de lui une cible bien plus facile qu'un groupe de types qui y jouent au billard deux ou trois soirs par semaine.

— Mais… tu représentes les forces de l'ordre ?

Il lui expliqua qu'il enquêtait sur le mari de Kayla et le type de la ruelle en dehors de ses heures de service, faveur non officielle qu'il faisait à Dennis.

— Dès que j'aurai des preuves, je redeviendrai officiellement un représentant de la loi.

Sa pizza terminée, April posa son assiette vide sur la table basse, avant de remarquer que Rogan avait fait de même. Elle utilisa ces quelques minutes de calme, tandis que la musique sensuelle jouait, pour analyser ce qu'il venait de lui apprendre.

— Donc... ce que tu fais n'est pas... complètement honnête, chercha-t-elle à clarifier.

Il se contenta de hausser les épaules.

— Cela dépend du point de vue que tu adoptes, je suppose.

Et comme elle ne répondait pas, il ajouta :

— Je fais ce que je peux pour aider le propriétaire d'un commerce et éloigner des rues quelques dealers de drogues. Il m'est difficile de trouver quoi que ce soit de mal à ça, Ginger.

Et – oh, bon sang ! – le vin était probablement responsable du fait qu'elle ne pèse pas sa déclaration suivante avant de la formuler.

— Tu sembles être le genre de type qui érige ses propres règles. Et qui considère que ce n'est pas un problème.

Rogan resta de marbre.

— Toutes les règles ne sont pas bonnes. J'aurais cru qu'en tant qu'avocate, tu savais ça.

— Mais il y a toujours une raison à leur existence.

— Pas toujours intelligente, contrecarra-t-il.

Elle ne savait pas comment la chose était possible, pourtant, d'une manière ou d'une autre, même cet échange avait pris une tournure… sexuelle. Peut-être parce que la conversation dérapait lentement. Ou parce qu'ils ne pouvaient décrocher le regard l'un de l'autre. Peut-être était-ce juste l'intense alchimie qui se répandait entre eux comme de l'électricité. Chaque fois qu'elle rencontrait son regard, elle se sentait prisonnière d'un courant auquel elle ne pouvait échapper.

— Avec les règlements, c'est ou tout blanc, ou tout noir, poursuivit-il. Mais parfois, la vie se déploie en… teintes grises, et les règles ne peuvent alors plus s'appliquer.

April ne répondit rien. Parce qu'elle en était incapable. Rogan était maintenant légèrement penché vers elle. Elle savait exactement de quoi il allait parler avant même qu'il n'ouvre de nouveau la bouche. Parce qu'elle pouvait le lire dans ses yeux. Son cœur à elle, qui battait trop fort, le lui criait aussi.

— Par exemple, murmura-t-il, chaque fois que nous nous sommes embrassés, tu me disais que tu ne le voulais pas. Alors qu'il était évident que tu le désirais.

Elle bloqua sa respiration. Elle aurait voulu nier, mais, comme lui, elle n'était pas une menteuse. Ni une idiote.

Et Dieu seul savait à quel point elle ne tenait pas à avoir cette conversation. Elle était quelqu'un de franc, pourtant, là, elle se trouvait décontenancée par la brusquerie de Rogan, et elle parvenait presque à trouver impoli qu'un flic l'oriente sur ce terrain-là. *Tu es une femme sensée et intelligente. Tu sais comment agir avec autrui. Tu peux faire face à cet homme. S'il veut en parler, tu le peux aussi.*

— Je ne te connaissais pas ! Je ne suis pas le genre de personne qui se retrouve à embrasser des inconnus.

Il se pencha un peu plus en avant, si proche qu'April sentit le tissu se tendre sur ses seins. L'air devenait lourd autour d'eux. Il ne la touchait pas mais elle se sentait enflammée comme s'il l'avait fait.

— Tu veux savoir quelque chose, April Pediston ? (Il n'attendit pas sa réponse.) Quand tu luttais, que tu essayais de me faire lâcher prise, alors que je savais que tu ne le souhaitais pas vraiment, cela m'a excité comme jamais rien auparavant.

Il devint encore plus difficile à April de respirer sous le poids de cette déclaration. De découvrir que pour lui non plus, il ne s'agissait pas d'un simple baiser volé. Qu'ils avaient ressenti la même chose. Cela avait quelque chose de... rassurant. Cela la faisait se sentir moins seule face à ses propres réactions.

Pourtant... cela l'effrayait d'une manière totalement nouvelle.

Était-elle supposée se lancer dans une discussion profonde à ce sujet ? S'abaisser à admettre qu'elle voulait qu'il la force, qu'elle avait dit non lorsqu'elle voulait dire oui ? *Non veut dire non. Tout le monde sait ça*. Des milliers de procès pour viols s'étaient construits autour de cette seule phrase. Tout un chacun l'avait intégré. Il lui était encore difficile de saisir qu'elle avait fait cela – dire non alors qu'elle souhaitait désespérément qu'il continue. Dire non alors qu'elle attendait avec impatience qu'il resserre sa prise sur elle et l'oblige à se soumettre.

Tu t'es monté la tête avec toute cette histoire. Et sur ce canapé, elle avait fini par s'attendre à ce qu'il se comporte en gentleman et laisse tomber le sujet. Elle avait commencé à croire qu'ils mangeraient une pizza, auraient une conversation civilisée, et qu'il la reconduirait à sa voiture, l'invitant peut-être en route à un vrai rendez-vous galant. Oubliant les rencontres enfiévrées dans la ruelle, reprenant tout au commencement. Elle se rendait compte que tout cela n'avait été qu'un faible espoir déjà éteint.

Ce qui se passait en réalité... eh bien, son côté réfléchi et sensé ne comptait plus. Il y avait quelque chose dans ces échanges qui réveillait une part d'elle à laquelle elle ne pouvait, ne voulait, simplement pas faire face.

Elle se mit debout sans prévenir.

— Je crois que tu devrais me ramener à ma voiture maintenant, ou appeler un taxi, ajouta-t-elle, pensant que cela serait plus raisonnable.

Bon sang, elle irait même à pied s'il le fallait !

— Non, pas déjà, répondit-il, et il tendit la main pour attraper le poignet d'April et la faire se rasseoir sur le canapé.

Elle étouffa son inquiétude quand leurs yeux se rencontrèrent, quand il agrippa vivement son autre poignet tout en la poussant dos contre le coussin. Il la surplombait, si proche, son regard toujours planté dans le sien, et malgré elle, elle sentit une onde de chaleur se répandre dans son bas-ventre. Elle ne voulait pas que cela se produise ; elle ne voulait pas de cette excitation qu'elle ressentait. Elle ne souhaitait pas ce qui se préparait, vraiment pas. À ce moment précis, plus que jamais depuis qu'elle avait rencontré cet homme, elle désirait que toute cette étrange histoire, toute cette passion non dissimulée, disparaisse afin que tout en elle puisse de nouveau être normal.

Sa respiration se fit laborieuse, mais elle se débrouilla pour ânonner :

— Que fais-tu ?

Son ton lui sembla trop chuchoté, enfiévré.

Le désir envahissait les yeux de Rogan. Et il répondit en l'embrassant, sa bouche dure et insistante sur celle d'April.

Pourtant, elle ne voulait pas de ça. *Je ne veux pas, non, non, non !*

Et donc, elle lutta.

Elle essaya de libérer ses poignets. Elle essaya de se dégager pour ne plus se trouver sous lui sur le canapé, mais les genoux de Rogan la maintenaient fermement.

Et à chaque mouvement qu'elle faisait, son excitation décuplait. Ses seins étaient douloureux là où les jointures de Rogan y appuyaient. Un besoin désespéré grandissait entre ses jambes.

Elle ne comprenait toujours pas comment la détermination du flic pouvait la faire chavirer à ce point, pourquoi elle ressentait le besoin de s'opposer à lui pour qu'il la tienne toujours plus fermement et qu'il la fasse… se rendre, se soumettre à tout ce qu'il voulait.

Ce besoin prit le dessus et elle essaya plus vivement de récupérer l'usage de ses mains, sachant pertinemment que c'était inutile et qu'elle ne voulait pas vraiment qu'il la laisse partir. Rogan avait arrêté de l'embrasser et, tout aussi durement, l'obligea à lever les bras de chaque côté de sa tête. Une fois de plus, elle découvrit le regard brûlant de cet homme sur elle, à peine quelques centimètres au-dessus d'elle.

Elle ne mesura pas la portée des mots qu'elle laissa tomber.

— Je ne peux pas faire ça. Je ne peux pas le vouloir.

— Mais tu le fais, répondit-il d'une voix grave.

Désespérée, incapable de lui faire face et d'accepter une telle évidence, elle nia.

— Non, murmura-t-elle, bien trop faiblement.

Elle sentit son mensonge s'afficher sur son visage. Il avait été idiot de dire non.

Alors qu'il la tenait ainsi, il fut capable d'incliner la tête avec présomption tout en baissant le menton pour énoncer d'une voix craquante :

— Allons, Ginger. Plus tu luttes, plus tu le veux. Je peux le sentir à chacun de tes mouvements. Laisse-toi aller, ma belle. Laisse faire. Abandonne-toi à moi.

Oh, là, là ! Maintenant il... le lui demandait ? Il n'allait pas continuer à la forcer ? *Il est flic. Il connaît les règles. Il sait que si je continue à dire non et qu'il n'arrête pas, c'est un viol.* En était-ce un ? En serait-ce un dans ce cas précis ? Seigneur, elle ne pouvait mettre de l'ordre dans ses pensées ! Car tout était trop intense. Et il attendait. Qu'elle dise quelque chose. Ou fasse quelque chose. Qu'elle l'assure de son contentement.

Le fait était qu'elle n'avait aucune idée de ce qu'elle voulait à la minute présente. Son corps bouillait de désir. Mais sa tête... Oh, jamais elle ne s'était sentie si perdue. Elle n'avait jamais eu de plan cul. Ou d'expériences insolites. Et cela en serait. Avec un homme qu'elle ne connaissait qu'à peine.

Il commençait à avoir l'air – oh non ! – en colère. Lorsqu'il finit par parler, il s'exprima à travers ses dents serrées.

— Dis quelque chose, Ginger.

Elle ne le faisait pas, en était incapable, perdue entre sa personnalité de tous les jours et celle, sauvage, vigoureuse qu'elle ne reconnaissait pas vraiment.

— Bon sang, dis quelque chose. Dis-moi que c'est OK. Dis-le et tu peux recommencer à te battre autant que tu le veux.

Son corps tout entier se tendit en entendant la dernière partie de sa phrase. Le fait qu'il sache, qu'il comprenne, ne faisait qu'ajouter à son horreur. Et il était difficile de réfléchir alors qu'il la pressait de répondre.

Donc, elle réagit avec... honnêteté. Mais une honnêteté calme. Parce que d'une certaine manière, c'était comme si, plus elle parlerait calmement, plus elle se rapprochait de cette femme qu'elle était au quotidien et qu'elle connaissait. Elle leva la tête autant qu'elle le put, compte tenu du fait qu'elle était vissée au canapé, et murmura à l'oreille de Rogan aussi doucement que possible :

— Ne me le demande pas. Non. Je ne peux pas dire oui.

Lorsqu'elle reposa de nouveau la tête sur le coussin, le regard du flic plongea immédiatement dans le sien, sa frustration s'étant visiblement transformée en compréhension.

— Alors, ne dis pas non, non plus, dit-il avec douceur d'une voix rauque. Compris ?

Et maintenant, sa frustration à elle allait croissant. Parce que – elle le voulait, elle le désirait ardemment ! Elle ne pouvait s'en empêcher. Et elle ne pouvait continuer à se le cacher. Elle détestait encore l'idée de l'admettre, mais elle s'entendit dire, bien trop désespérément :

— Juste… juste, fais-le.

Après cela, la réalité se brouilla et le temps ralentit sa course.

À certains moments, elle continuait de lutter – parce que c'était agréable. Parce que la poigne serrée de Rogan ou le poids plus lourd de son corps sur elle lui donnait la sensation qu'elle ne devait pas permettre cela, qu'elle n'était pas d'accord avec le fait d'avoir une aventure avec un inconnu. De toute façon, il ne lui laissait pas le choix, se persuadait-elle.

À d'autres moments, elle oubliait de lutter et cela ressemblait plus à ce qu'il avait déclaré quelques minutes plus tôt, comme si elle s'abandonnait à lui. Elle se détendait, le laissait lui faire certaines choses. Et même là, il était facile de faire semblant, de se dire qu'il l'avait épuisée, qu'elle savait qu'elle ne pourrait lui échapper et donc n'avait pas d'autre choix que de se rendre.

Lorsqu'il lui lâcha les poignets, il y eut un nouveau moment de lutte qu'elle n'avait pas prévu. Elle se retrouva à batailler, se tortillant sous lui. Il réagit simplement en les lui agrippant de nouveau, puis en les tenant d'une seule main au-dessus de la tête d'April, comme il l'avait fait dans la ruelle.

Et comme dans la ruelle, il eut une main de libre pour explorer ses seins. La respiration d'April se fit plus courte tandis qu'il faisait courir avec audace ses doigts sur l'un, avançant lentement, minutieusement, délicieusement, avant de passer à l'autre. Elle baissa les yeux, regarda la large main qui modelait et caressait son corps. Elle vit ses seins se soulever à chacune de ses respirations hachées, son décolleté se faisant de plus en plus plongeant. Contre toute attente, cette vision ajouta à son excitation.

Il l'embrassa avec plus de fougue pendant que sa main s'aventurait plus loin, tirant sur le bas de son débardeur. Cette fois-ci, elle s'autorisa à lui rendre ses baisers. Ou plutôt, elle oublia de ne pas se l'autoriser, et sa bouche répondit à celle de Rogan, affamée d'en obtenir plus de lui.

Lorsque la langue du flic se fraya un chemin entre ses lèvres, elle se sentit pleinement envahie et n'hésita pas à aller à sa rencontre. Pourquoi embrasser cet homme semblait bien plus intime qu'avec tous les autres ? *Peut-être est-ce une vraie alchimie, une vraie passion. Peut-être n'as-tu jamais vraiment connu ça auparavant. Tu le croyais, mais il aura fallu cette rencontre pour te montrer ce qu'est un désir consumant*.

Bien sûr, ils faisaient plus que s'embrasser maintenant. À cet instant précis, il repoussa le débardeur d'April par-dessus son soutien-gorge, s'installa plus fermement entre ses jambes et une érection puissante vint reposer entre les cuisses de la jeune femme. Peu importe qu'ils portent encore leurs vêtements ! Elle ne pouvait se rappeler la dernière fois où quelque chose lui avait paru si bon, et un soupir de contentement lui échappa.

Lorsqu'il mit un terme à leur baiser, elle jeta un coup d'œil à son soutien-gorge couleur crème en dentelle qui galbait ses seins. Une vue des plus sexy qui lui fit remercier le destin d'avoir enfilé un sous-vêtement affriolant ce jour-là. Elle suivit des yeux la main de Rogan tandis que le plaisir l'envahissait. Elle dut se mordre la lèvre pour ne pas gémir.

— Si je te libère, murmura-t-il d'une voix sourde à son oreille, tu penses pouvoir être une gentille fille et ne pas t'opposer à moi pendant un petit moment ?

La vérité était qu'elle préférait être tenue ainsi, étirée, légèrement cambrée, les seins en avant, comme si elle n'avait pas le choix. Mais elle comprit qu'il voulait la toucher à deux mains et, comme de son côté elle le désirait ardemment, elle céda d'un bref hochement de tête.

Quand il relâcha ses poignets, elle garda les bras relevés au-dessus de la tête et l'observa prendre ses seins à pleines mains, ses pouces disparaissant dans les bonnets du soutien-gorge. Et il se pencha pour embrasser ses mamelons à travers la dentelle.

La respiration d'April se fit plus bruyante et, d'instinct, son bas-ventre se souleva pour aller à la rencontre de la dureté incroyable qui se trouvait là. Ils commencèrent alors à bouger lentement, en rythme, simulant l'acte sexuel.

Très vite, son grand méchant loup fit baisser du bout des doigts le tissu de son soutien-gorge jusqu'à ce que ses seins soient entièrement révélés, seulement encadrés par la dentelle crème. Ses tétons, sans surprise, pointaient d'excitation. Les voir exposés entre eux deux envoya une décharge électrique à travers le corps d'April. Et lorsque la bouche de Rogan s'abattit sur l'un d'eux, elle s'abandonna au plaisir qui pulsait en elle.

Elle aurait voulu agripper quelque chose et serra les poings, ses ongles mordant la chair de ses paumes. Quelques gémissements aigus lui échappèrent. Elle pouvait maintenant discerner de manière plus audible le souffle de Rogan. Qu'y avait-il chez cet homme pour qu'elle adore l'exciter ? Elle finit par baisser les bras et ses doigts plongèrent dans les cheveux sombres, épais du flic pendant qu'il suçait un téton, puis l'autre.

Les hanches d'April se pressaient plus durement contre lui, comme si son corps était animé d'une volonté propre, sauvage et brûlante, qui engloutissait tout sur son passage. Elle allait bientôt jouir de simplement se mouvoir contre son membre turgescent.

À peine en eut-elle pris conscience que l'orgasme se rapprocha, atteignant cet instant périlleux où elle savait qu'elle n'en était qu'à quelques secondes. Elle murmura :

— Oh, mon Dieu ! Mon Dieu !

Et elle jouit, s'épanouissant en elle comme une fleur de serre désespérée de fleurir, ses pétales épais ondulant en elle presque violemment. Elle cria le plaisir qui la consumait et qui secouait son corps, par vagues successives,et pensa qu'il était possible qu'il s'agisse du plus satisfaisant de sa vie ; et Rogan n'était même pas encore en elle !

Elle s'immobilisa lorsque ce fut fini. Seulement alors il relâcha le téton qu'il avait dans la bouche.

— Tu es si foutrement sexy, Ginger, lui déclara-t-il d'une voix rauque à l'oreille, sa sombre barbe de trois jours égratignant légèrement la joue tendre de la jeune femme.

La guerre qui se livrait en elle reprit alors, lorsqu'elle se souvint qu'elle faisait quelque chose d'impensable et ne pouvait accepter le fait qu'elle y participait de son plein gré. Sur une impulsion, elle se surprit à batailler de nouveau, son corps se démenant sous celui de Rogan.

Quand, une fois encore, il lui épingla les poignets au-dessus de la tête, elle eut l'impression d'être sauvée.

Jusqu'à ce qu'il déclare, le regard sombre.

— Non ! Arrête. Pas maintenant. Maintenant, tu dois être une gentille fille. Sois une bonne fille et laisse-moi te prendre. Comme tu as besoin de l'être.

6

Elle gisait sous lui, ses seins nus montant et descendant au rythme de sa respiration haletante. Ses mots l'excitaient au-delà de toute raison ; oui, elle le désirait en elle. Cette prise de conscience la poussait à continuer à lutter, pour de vrai maintenant, à essayer de se dégager et à s'enfuir de son appartement coûte que coûte.

Pourtant, elle avait accepté tout cela. Et le désir ardent de l'avoir enfin en elle était au moins tout aussi fort que son instinct de fuir. Elle était allée jusque-là. *Faux ! Tu l'as laissé t'entraîner aussi loin. Tu t'es soumise. Abandonnée. Et c'était si bon*. En vérité, la lutte et la reddition qui s'était ensuivie avaient semblé aussi délectables que tout le reste ; elle n'en comprenait toujours pas la raison, mais cela avait marqué chaque seconde depuis le moment où il l'avait repoussée sur le canapé.

Elle ne dit rien pendant un long moment, mais arrêta de gigoter sous lui. Avec délice, elle sentait le sexe dressé de Rogan contre son pubis, entre ses jambes ouvertes. Ses cuisses restaient coincées par celles de Rogan.

— Tu vas être sage pour moi, ma belle ? demanda-t-il.

Elle acquiesça. Aussi simplement que ça. Parce que cela semblait être la seule option. La seule à faire sens en tout cas. Elle était sous son contrôle dorénavant.

— Bonne fille, murmura-t-il.

Puis, lentement, avec précaution, il relâcha sa prise sur les poignets d'April. Mais ses mains ne les quittèrent pas complètement ; il fit courir le bout de ses doigts là où il l'avait tenue, comme pour masser la peau captive. April fut parcourue d'un frisson qu'elle ne put contenir. Ils ne se quittaient pas des yeux.

Après une minute entière, il se redressa légèrement et souleva avec douceur les mains d'April pour venir les poser sur son torse. À travers le tee-shirt de Rogan, elle sentait ses muscles noueux, le battement de son cœur. Ce moment tranquille ne fit pas taire son excitation. Mais Rogan lui sembla plus humain et elle entrevit la possibilité qu'ils aient plus en commun qu'un simple désir charnel. Une pure illusion bien sûr – elle partageait cette même humanité avec Kayla, et avec le mari de Kayla en l'occurrence, et pour autant, elle n'avait rien en commun avec eux –, malgré tout, en cet instant, elle s'accrochait à cette idée nouvelle qu'ils partageaient plus que ce lien sexuel étrange et puissant. Peut-être avait-elle besoin de cela. Prétendre que cela allait au-delà d'une attirance purement physique serait la seule chose qui l'empêcherait de lutter pour se libérer.

Lorsqu'il retira ses mains de celles de la jeune femme, elle partit à la découverte de son corps, évasant ses doigts sur son torse, laissant ses paumes glisser légèrement. Elle l'avait touché ainsi dans la ruelle, mais là, c'était différent, plus intense. Même si elle avait alors pensé que rien ne pourrait être plus fort que ce rapprochement. Quelle erreur !

Il se mit à modeler sa poitrine, puis à épouser la courbe de ses seins.

— Ils sont incroyables, Ginger.

— Mon nom est…

— April, la coupa-t-il avec un regard de loup. Je le sais maintenant, ma belle. J'aime juste t'appeler Ginger. J'aime ces cheveux roux. (Son regard tomba plus bas.) J'aime ces tétons durs. Je parie qu'ils pointent souvent comme ça, non ?

Elle n'était pas sûre de savoir ce que des tétons dressés avaient à voir avec le fait de l'appeler Ginger, et elle était sûre que la réponse était « rien du tout », mais elle s'entendit lui dévoiler une chose sur laquelle elle ne s'était jamais arrêtée.

— Vingt-quatre heures sur vingt-quatre, sept jours sur sept.

À supposer que cela soit possible… Le regard de Rogan se voila d'un désir encore plus enfiévré.

— Vraiment ? Même quand tu dors ?

Sa poitrine de nouveau montait et descendait légèrement.

— Pour autant que je le sache. Lorsque je me couche et quand je me réveille. Ils sont toujours comme ça.

— Bon sang, c'est sexy.

Et il laissa retomber sa tête pour érafler des dents l'une des pointes rosées, comme pour en faire l'éloge. April haleta, tandis que la sensation se répercutait dans tout son corps.

Leurs regards restèrent rivés l'un à l'autre une minute de plus, minute d'une grande intimité, comme s'ils venaient de partager des secrets, puis la bouche de Rogan reprit celle d'April en un baiser dur et passionné. Elle s'était rarement sentie aussi désirée par un homme qu'à ce moment-là. La manière dont il l'embrassait n'était ni calculée ni planifiée ; Rogan n'avait tout simplement pas pu s'en empêcher.

Elle n'en était plus capable elle-même, et elle lui rendit son baiser avec un abandon total, oubliant tout de sa lutte ou de sa timidité.

Pendant qu'ils s'embrassaient, les mains de Rogan descendaient sur sa jupe, les siennes venaient se poser sur la nuque du flic à laquelle elle s'accrochait, souhaitant que leurs baisers ne cessent jamais. Et lorsqu'il toucha ses cuisses, elle sut que les choses prenaient une nouvelle ampleur, et une minuscule part d'elle-même fut poussée à lutter, à s'enfuir. Elle se rappela alors qu'elle lui avait promis d'être sage, et donc, elle s'y appliqua.

Le plaisir et le désir grimpaient le long de ses cuisses pendant que les doigts de Rogan passaient sous sa jupe, grimpant lentement vers ses hanches. Son érection appuyait encore entre ses jambes. Elle comprit que ses cuisses écartées avaient probablement relevé sa jupe depuis un bon moment, mais elle sentait maintenant le tissu remonter encore plus haut jusqu'à ce que les doigts de Rogan rencontrent ses dessous.

Mais soudain, ils disparurent alors que Rogan et elle continuaient de s'embrasser. Pourquoi ? Elle avait eu la sensation qu'ils ne faisaient que se rapprocher de l'instant où ils feraient vraiment l'amour. Puis cette pression enivrante entre ses jambes s'allégea aussi, et elle connut un sentiment de perte douloureux.

Elle s'entendit gémir de frustration contre la bouche de Rogan et planta les ongles dans ses épaules, prière silencieuse pour qu'il reprenne sa place initiale. La respiration du flic était tout aussi forte que la sienne tandis qu'incapables de se détacher l'un de l'autre, ils continuaient de s'embrasser avec passion. Elle finit par se rendre compte que ses mains n'étaient parties que pour se faufiler entre eux et défaire son jean.

Elle tremblait de désir et d'excitation ; tous deux étaient maintenant essoufflés. *S'il te plaît, s'il te plaît !* Elle ne laissa pas son désespoir franchir la barrière de ses lèvres ; son comportement était déjà assez fou sans qu'elle se livre plus qu'elle ne l'avait déjà fait.

Les baisers cessèrent lorsque le flic se souleva légèrement, et elle put jeter un coup d'œil entre leurs deux corps pour apercevoir son sexe large, dur, vision qui lui coupa le souffle. Puis les mains de Rogan furent de nouveau sous sa jupe, cette fois-ci pour écarter le tissu entre ses jambes. Vint la première poussée régulière, ferme.

Elle cria lorsqu'il entra en elle, à la fois déterminé et tendre. Et elle s'accrocha de nouveau à ses épaules. Oh, Seigneur ! Il était en elle. Si large.

L'emplissant totalement. C'était comme si elle avait oublié quelles sensations cela offrait. Combien c'était embrasant. Combien cela la comblait de satisfaire cette partie de son corps. Et même s'ils étaient tous deux absolument immobiles à ce moment-là, elle ne s'était jamais sentie prise avec autant de force par un homme.

Leurs respirations étaient hachées, audibles. Les lèvres d'April tremblaient.

— Tu es si étroite, avoua-t-il dans un grondement. Et humide, ma puce. Tu es sacrément trempée.

Ni l'une ni l'autre de ces constatations ne surprit la jeune femme. La première, conséquence de son manque de vie sexuelle ; la seconde due à... Rogan.

— S'il te plaît, chuchota-t-elle.

Oh, Seigneur, c'était sorti de sa bouche sans qu'elle y prenne garde ! C'est parce qu'elle voulait plus maintenant, elle avait terriblement besoin qu'il bouge en elle.

— S'il te plaît, quoi ?

— Baise-moi, répondit-elle du même ton.

Des mots qu'elle n'avait jamais dits auparavant. Parce qu'elle ne s'exprimait pas ainsi. Mais c'était ainsi qu'il avait nommé les choses plus tôt. Et elle en avait autant besoin que d'air pour respirer.

— Ah, ma puce, dit-il d'une voix rauque et sexy.

Elle ne parvenait pas encore vraiment à croire qu'elle avait dit ça, mais elle aimait que cela l'excite. Et qu'il lui obéisse. Il se mit à bouger en elle. Sa seconde poussée, lente, profonde et puissante, lui donna presque la sensation qu'il entrait de nouveau en elle.

— Hmm... gémit-elle en sentant une vague de plaisir se répercuter à travers tout son corps.

Il commença à aller et venir en rythme et elle ondulait sous lui, cherchant à le faire entrer plus profondément encore. Les sensations qui émanaient de cette friction devenaient de plus en plus fortes, lui faisaient tourner la tête.

Il continuait de la regarder et, à chaque poussée, ses yeux crépitaient comme un feu puissant. Sans savoir pourquoi, elle ne parvenait plus à soutenir son regard, et se concentrait donc sur sa bouche. Cette bouche qui l'avait embrassée si longtemps et si bien. Cette bouche qui avait sucé ses seins. Qui lui avait ordonné d'être une bonne fille, ne perdant rien de son autorité naturelle même lorsqu'elle s'exprimait calmement.

Parce que ses propres lèvres tremblaient et qu'elle était si perdue de voir combien elle aimait plaire à cet homme, elle se souleva pour l'embrasser de nouveau. L'idéal pour la distraire de ses pensées !

Il lui retourna ses baisers avec vigueur. Longs et passionnés au début, ils se firent plus succincts, plus durs tandis qu'il plongeait en elle avec lenteur et précaution. Chaque poussée la faisait se sentir absolument... dominée. Et... domptée. Comme un animal de compagnie bien dressé. Quel sentiment étrange. Et pourtant... d'une certaine manière, cela n'avait rien de malsain, comme si cela relevait d'une entente commune. Pourquoi ? Elle ne parvenait pas à savoir mais, pour l'heure, elle avait des choses plus importantes sur lesquelles se concentrer.

Il la pilonnait avec impétuosité. Elle s'enivrait de ce plaisir nouveau. Il n'y avait rien d'autre à faire. Comme tout cela était étrange et choquant ! La lutte était terminée, seule la jouissance restait. Et, bien sûr, ses pensées. Qui disparurent quand les poussées de Rogan se firent plus exigeantes, plus rapides. Chaque impact secouait son corps tout entier, réveillait des sensations qui la firent s'accrocher à lui, les bras enroulés étroitement autour de son cou, comme à une bouée de sauvetage. Des cris de passion montaient de sa gorge sans qu'elle ne puisse rien contrôler.

Elle écoutait les gémissements sourds qui échappaient à Rogan, appréciait de sentir ses mains sur sa peau alors qu'il plongeait dans son humidité offerte. Réalisant qu'elle avait pris les cuisses du flic entre ses jambes, elle espéra que les talons de ses chaussures ne s'enfonçaient pas trop profondément en lui. Elle se détendait, se laissait aller plus loin encore, permettant à la situation de l'emporter, la bercer, comme un bébé. Pas de prises de décisions, pas de responsabilité. C'était agréable. Cela la surprenait, parce qu'elle n'avait jamais imaginé un monde où, même brièvement, elle serait désireuse d'abdiquer, de jeter réflexion et intelligence en échange du plaisir. C'était pourtant ce qui se passait alors qu'elle restait allongée sous Rogan, levant ses hanches à la rencontre des siennes pour emmener son membre merveilleusement rigide si loin en elle.

Lorsque les gémissements du flic se firent plus brefs, comme de petits grondements de plaisir entre ses dents serrées, elle ouvrit plus largement les cuisses pour l'accueillir dans la douceur de son sexe. Elle le tint plus fermement. Elle n'avait plus aucun problème pour rencontrer son regard.

— Ah, ma puce, dit-il le souffle chaud, je vais jouir. Je vais jouir sacrément fort dans ta petite chatte chaude et étroite.

Une nouvelle vague d'excitation inattendue l'envahit – c'était comme si la partie de son corps dont il venait de parler se contractait à cette idée pour le tenir plus fermement encore. Un grognement plus audible s'échappa des lèvres de Rogan. Avait-il réellement senti ses chairs se resserrer sur son sexe ? Était-ce le fruit de son imagination ou avait-elle produit elle-même ce genre de spasmes ?

— Ah, merde, maintenant ! murmura-t-il en accélérant brutalement ses va-et-vient, donnant le sentiment à April d'être écrasée contre le canapé.

Ils crièrent tous deux lorsqu'il vint en elle, et les paupières de la jeune femme se fermèrent sur la joie qu'elle éprouvait face à la jouissance de cet homme. Il y avait quelque chose de plaisant et de satisfaisant à savoir qu'il avait atteint l'extase dans ses bras, même si les chemins pour y parvenir avaient été surprenants.

En luttant contre lui.

Et en abdiquant. En étant un docile petit animal de compagnie.

Malheureusement, maintenant qu'il s'était immobilisé en elle, son corps musclé tombant doucement sur le sien, le sentiment d'acceptation qu'elle avait éprouvé pendant un temps déclina. Parce que c'était fini. Et ses pensées faisaient leur réapparition. Ce qui signifiait : faire face à tout cela. Au fait d'avoir couché avec un flic bourru qu'elle ne connaissait pas. Le plaisir qu'il y avait à être dominé par lui. Un plaisir plus grand encore à se soumettre.

Qui suis-je ? Que suis-je devenue ?

Et comment me retrouverai-je jamais ? Comment serai-je jamais la même de nouveau ?

La question du retour à la réalité la submergea.

La femme qu'elle était et celle étendue de manière si inélégante sous cet homme, les vêtements sens dessus dessous, étaient deux personnes différentes. Avec deux façons de penser. Deux manières d'appréhender la vie. À ce moment précis, Rogan Wolfe se souleva, se retira d'elle, et elle ne sut comment gérer cette nouvelle image qu'elle renvoyait d'elle-même.

Elle resta allongée, abasourdie, essaya de remettre son soutien-gorge en place, et replia ses genoux à la première opportunité, se demandant ce qu'une femme était censée dire ou faire après une expérience pareille – celle de se laisser aller à être une gentille fille. Rogan lança alors :

— Oh, merde !

Lui aussi avait des regrets ? Compte tenu qu'il ne semblait pas être le genre de type à s'en encombrer, April fut surprise. Son regard passa de sa jupe au visage du flic.

— Je n'avais jamais fait ça auparavant, expliqua-t-il.

Elle inspira et, bien qu'une partie d'elle-même ne souhaitât que disparaître, elle trouva la volonté de parler.

— Fait quoi ?

— Oublier de mettre un préservatif.

Oh, mon Dieu ! « Merde » était effectivement le terme approprié. Elle ne s'en était même pas rendu compte. *Comme as-tu pu laisser faire ça ?* La séduction, la passion et l'abandon qui s'était ensuivi avaient été trop intenses pour qu'elle pense aux détails pratiques. Même au fait de se protéger.

C'était la première fois qu'elle lisait le remords sur le visage du grand méchant loup.

— Mais j'ai toujours pris mes précautions, lui précisa-t-il. La seule fille avec laquelle je n'ai pas utilisé de préservatifs depuis l'époque où j'étais jeune et con est en bonne santé, j'en suis sûr.

Elle opina d'un air hébété sur le coussin. Et lorsqu'elle se rendit compte qu'il semblait attendre qu'elle dise quelque chose, elle répondit :

— Pas de problème de mon côté non plus. Et je suis sous contraceptif.

Mais elle n'alla pas jusqu'à mentionner que sa contraception lui servait à réguler son cycle ; il n'avait pas besoin de savoir quand elle avait eu des rapports sexuels pour la dernière fois.

Il eut un bref hochement de tête en réponse et passa sa main dans ses cheveux bruns.

— Bon sang, je suis quand même désolé pour ça, Ginger ! assura-t-il en secouant la tête d'un air absent comme s'il était perdu. Tout était si…

Il s'arrêta et plongea son regard dans le sien. Un regard limpide et sincère.

— Si chaud ! Plus chaud que quoi que ce soit que j'aie jamais fait.

April sentit une boule se former dans sa gorge. Parce qu'elle aurait pu être flattée de découvrir que l'expérience avait si fortement affecté Rogan si ces mots ne lui ramenaient pas à l'esprit son propre comportement. Que la lutte qu'elle avait menée les avait excités tous deux. À cet instant, elle fut juste aussi effrayée par cet homme que par cette partie d'elle-même qu'elle avait découverte.

Un homme qui prenait plaisir à ce qu'elle se batte contre lui ? Qui prenait plaisir à l'idée de la contraindre, de la contrôler ? Même s'il ne l'avait pas contrainte, même s'il s'était assuré qu'elle était consentante, eh bien, en vérité... cela semblait malsain. Et dangereux.

Comme une chose qu'elle devait fuir. Immédiatement.

Elle rajusta ses dessous, puis abaissa rapidement sa jupe, posa les pieds par terre, s'assit et se redressa.

L'esprit encore confus, elle se sentait peu soignée, et même mal assurée sur ses talons, mais le fait était qu'elle devait sortir de là.

— La salle de bains est à l'autre bout du couloir, dit-il avec aisance, interprétant mal son attitude.

Elle s'entendit lui répondre :

— Je dois y aller.

Assis sur le canapé, le jean déboutonné, il lui attrapa le poignet.

— Quoi ?

Mais sa poigne n'était pas assez rapide ou assurée cette fois-ci, et elle se libéra d'un geste brusque, recula de quelques pas.

— Je dois y aller. Je ne peux pas faire ça. Je ne suis pas cette femme, dit-elle.

Et après avoir attrapé son sac à main sur le bout de canapé où elle l'avait posé en arrivant, elle se dirigea d'un pas ferme jusqu'à la porte d'entrée, l'ouvrit, avança dans le couloir et sortit de l'immeuble un moment plus tard pour retrouver la douceur de la nuit.

Et maintenant ?

Elle baissa les yeux pour contempler les dégâts ; elle avait exactement l'air de ce qu'elle était : une cadre qui venait juste d'avoir un rapport sexuel non prévu. Mais elle ne voulait pas s'arrêter de peur qu'il la suive. Elle était incapable de rester en sa compagnie pour le moment, pas même juste le temps qu'il la ramène à sa voiture. Elle ne pouvait plus faire face. À lui. À ce dans quoi il l'avait entraînée. Elle avait repris ses esprits. Son sens des responsabilités, ses neurones et son contrôle sur tout.

Elle eut quelques inspirations tremblantes et continua de marcher. Sa respiration finit par se calmer. Elle rentra son débardeur dans la ceinture de sa jupe qu'elle lissa de la main, c'était le minimum qu'elle puisse faire. Elle aurait aimé avoir sa veste pour dissimuler les preuves de son comportement – le tissu froissé, la transpiration.

Ses talons frappaient le trottoir tandis qu'elle prenait la direction d'Ocean Drive, reconnaissante que cette partie de la ville soit construite selon un quadrillage qui rendait la navigation facile, même à pied. Compte tenu de toute la marche à laquelle elle s'était déjà livrée ce jour-là sur ses escarpins rouges, ses orteils étaient atrocement douloureux et, après quelques rues, elle pensa retirer ses chaussures, mais résista, n'ayant pas envie d'avoir l'air encore plus vulgaire que ce n'était déjà probablement le cas. Une rue de plus, et elle repéra un taxi auquel elle fit signe de s'arrêter. Elle fuit le regard du chauffeur hispanique, redoutant d'y lire le moindre jugement.

Atteindre les lumières vives et les bâtiments Art Deco d'Ocean Drive lui donna un sentiment de bien-être, comme le fait d'être en terrain familier, de se rapprocher de la vie qu'elle connaissait et de la personne qu'elle était. Elle paya en silence, se précipita dans sa voiture, et prit la direction de chez elle.

En chemin, elle espéra qu'Amber ne serait pas là, ou que peut-être elle dormirait, et elle fut soudain reconnaissante de l'emploi du temps erratique de sa sœur et de son absence de routine. Puis, elle commença à penser aux choses qu'elle avait à faire, aux tâches ménagères qui l'attendaient chez elle, et à sa journée de travail du lendemain.

Chaque fois que Rogan Wolfe ou l'expérience sexuelle enflammée qu'elle avait partagée avec lui voletait jusqu'à son esprit, elle passait à autre chose aussi vite que possible. Elle ne comprenait pas ce qui s'était passé ce soir-là, mais il y avait une chose dont elle était sûre, c'était qu'elle laissait tout cela derrière elle et ferait comme si rien ne s'était jamais produit.

7

Une autre soirée. Une autre bière au *Café Tropico*.

Rogan supposait qu'il devrait se fatiguer de traîner là si souvent. Mais il avait décidé que c'était la meilleure façon de conserver sa couverture – il avait partagé les lieux avec Junior Martinez et sa joyeuse bande de voyous à quelques reprises depuis la course-poursuite, et Junior ne semblait pas l'avoir remarqué ou reconnu. De plus, c'était un lieu sympa, en particulier en début de soirée, avant que les foules ne l'envahissent. Rogan n'avait jamais été du genre à se complaire dans une routine – le besoin de plus d'action et de changements était ce qui l'avait attiré en premier lieu à Miami. Mais maintenant que son boulot lui offrait exactement cela, peut-être était-il en train d'apprendre que d'avoir quelques trucs à lui et une routine établie pouvaient être des choses sympas.

Ou peut-être que tout simplement, il vieillissait.

Ou peut-être espérait-il qu'April – bon sang, il ne parvenait toujours pas à se souvenir de son nom de famille ! – franchirait cette porte un soir où il serait là. Cela faisait une semaine qu'elle s'était enfuie de son appartement comme si elle était dévorée par les flammes.

Non, pas « comme » si elle l'était. Car elle l'était bien. D'une manière dont elle ne voulait l'admettre. Et à laquelle il ne pouvait s'empêcher de penser.

Il avait l'impression d'être un goujat de ne pas avoir retenu son nom, mais il s'était passé trop de choses, trop d'électricité avait crépité entre eux pour qu'il ait pu se souvenir de quoi que ce soit d'autre que cette fusion incroyable.

— Une autre bière ? demanda la nièce de Dennis derrière le bar.

Il avait appris que son nom était Taylor.

— Pas pour le moment, merci, dit-il d'un air décontracté.

Mais alors qu'il commençait à s'éloigner, il ajouta :

— Cette veste rouge est toujours dans le bureau de Dennis ?

Il avait posé la question à Taylor chaque soir où il était venu depuis une semaine. La jeune femme pouvait le savoir parce que la réponse se trouvait dans le bureau de son oncle où elle enfermait son sac à main avant de prendre son service.

— Ouais, toujours.

Il eut un bref hochement de tête, puis la laissa retourner à son travail.

Avec le raffut que Ginger avait fait au sujet de sa veste, il ne parvenait pas à croire qu'elle n'était pas revenue la chercher. Mais, une fois encore, elle semblait avoir le diable aux trousses lorsqu'elle était partie de chez lui. Juste quand il avait pensé qu'elle se détendait un peu. Il s'était senti bien, à l'aise, comme si tous deux avaient enfin accepté l'avalanche d'émotions qu'ils s'offraient l'un l'autre. Et là, elle avait déguerpi.

En réalité, il n'avait jamais connu ce genre de relations sexuelles lui non plus.

En fait, pas à ce point. Mais... hum, en y réfléchissant à deux fois, peut-être avait-il flirté avec les frontières de la domination et de la soumission de temps à autre et avait trouvé qu'il pouvait s'agir d'un petit jeu assez excitant. Avec April, bon sang, cela pouvait être plus que chaud ! Un volcan en éruption ! Et, bien qu'il n'ait jamais été avec une femme qui voulait clairement être tenue, la situation l'avait immédiatement excité. Il était suffisamment bien dans sa peau et à l'aise avec son identité sexuelle pour ne pas s'être inquiété de ses propres réactions une seule seconde.

Bien sûr, en termes de sexe, il avait fait le tour. Il avait vécu quelques expériences dont il savait que tout le monde ne les tenterait pas ou ne saurait comment les supporter. Il avait une fois fait partie d'un plan à quatre sur un yacht sur le Lac Michigan avec deux de ses frères H.O.T. et une fille dont il avait entendu dire que l'un des deux allait l'épouser bientôt. Et il avait partagé un torride ménage à trois[1] avec un autre membre de leur unité spéciale et Mira, la fille dont il s'était rendu compte trop tard qu'il était amoureux, celle qui était partie. C'était lors de ce week-end-là d'ailleurs, qu'il avait pris conscience de ses sentiments,

1. En français dans le texte. (*N.d.T.*)

mais elle était déjà tombée amoureuse de quelqu'un d'autre, quelqu'un qui, au bout compte, Rogan le savait, la rendrait probablement plus heureuse que lui ne le pourrait. En fait, c'était avec Mira qu'il n'avait pas utilisé de préservatif. Il ne voulait aucune barrière entre eux lorsqu'ils faisaient l'amour.

Avec Ginger, malgré tout, ne pas se protéger avait été une erreur, purement et simplement, mais... peut-être l'absence de préservatif expliquait-elle pourquoi cela avait-il été si bon, si torride. Il ne pourrait oublier ce petit sexe, chaud et humide, dans lequel son membre avait si bien glissé, même quand l'étroit passage en avait enserré chaque centimètre. Il s'était senti si bien dans cette humidité qui ne voulait pas le lâcher.

Mais cela n'expliquait pas tout. La lutte était une autre raison de l'instant magique qu'ils avaient connu. Tout comme le fait qu'elle avait fini par s'adoucir et que son moi coquin s'était bien comporté. Bon sang, en y repensant, il souffrait d'un besoin urgent de l'avoir à quatre pattes devant lui et de lui donner une bonne fessée. C'était là un désir qu'il avait déjà ressenti et expérimenté avec Mira auparavant. Qu'il remonte à la surface maintenant et soit inspiré par Ginger montrait à l'évidence que leur rencontre sortait de l'ordinaire et qu'elle le stimulait de manière totalement nouvelle.

Mais peut-être que ses expériences sexuelles sauvages dans le passé rendaient facile pour lui d'accepter quelque chose de nouveau. Alors que pour une femme comme elle... Une femme qui se montrait guindée d'apparence... Peut-être était-ce plus difficile d'accepter ses propres désirs débridés.

Son sexe se raidissait à ces souvenirs, souhaitant en vivre plus. Parce qu'il était loin d'être rassasié de cette femme ! Il voulait jouer à des jeux malsains, cochons avec elle, voulait voir à quel point ils pourraient mutuellement s'exciter en prenant en compte le penchant de Ginger pour la soumission et son propre désir grandissant de la discipliner, de la faire plier à sa volonté.

En ce qui concernait la vraie vie, il doutait que tous deux aient quoi que ce soit en commun. Mais il croyait dur comme fer qu'ils pourraient s'éclater niveau sexe si seulement elle lui faisait confiance, et se faisait confiance. Après, il savait que, quoi qu'ils partagent, rien ne durerait très longtemps.

Rogan se félicitait d'avoir renoncé à l'idée de vivre une relation sérieuse. Ginger lui rappelait que, quand les circonstances étaient favorables, et aussi longtemps que tout le monde était sur le même mode, une histoire essentiellement basée sur le sexe pouvait être extrêmement plaisante et parfaitement satisfaisante.

Mais rien de tout cela n'importait vraiment s'il ne la revoyait jamais.

C'était la raison pour laquelle il se morigénait de ne pas se souvenir de son nom de famille. Elle était avocate et se prénommait April, c'était tout ce qu'il savait. Très peu pour démarrer. Et ouais, il supposait qu'il pouvait procéder méthodiquement en partant de la femme de Juan Gonzalez et en essayant d'obtenir l'information auprès d'elle, mais il devait penser à son affaire en cours et se mettre sur le chemin du bras droit de Junior ne serait pas avisé.

— Hé, Taylor, lança-t-il à la barmaid qui se tenait plus loin derrière le comptoir, flirtant pour obtenir des pourboires.

Elle pivota pour lui faire face.

— Tu es prêt pour une bière ?

— Pas exactement, dit-il en lui faisant signe de s'approcher.

Lorsqu'elle fut à sa hauteur, il lui fit passer une carte de visite.

— Si jamais cette nana se montre pour sa veste, et que tu travailles ce jour-là, fais-moi une faveur. Appelle-moi et essaie de la coincer jusqu'à ce que j'arrive.

Taylor pencha sa jolie tête de côté.

— Et qu'est-ce que j'y gagne ?

Rogan retint un soupir. En tant que flic, il n'aimait pas l'idée de payer quelqu'un pour avoir des renseignements, mais ses observations sur la serveuse lui avaient déjà montré le chemin menant à son cœur.

— Que dirais-tu de cinquante dollars ?

— Et tu ne diras rien à mon oncle ?

— Cela reste entre nous.

En réponse, elle lui lança un sourire et lança :

— Affaire conclue, chéri.

April se tenait devant la cuisinière de chez sa grand-mère, en train de préparer des sandwichs grillés au fromage sur une poêle à frire tout en réchauffant la soupe aux vermicelles et poulet qu'elle avait concoctée chez elle la veille au soir d'après une recette de sa grand-mère. Cette dernière avait une préférence pour la nourriture simple, mais n'aimait pas la soupe en conserve, et April trouvait que le moins qu'elle puisse faire pour la vieille femme était de lui préparer à l'occasion quelque chose qu'elle appréciait vraiment.

— Donc, qu'as-tu de prévu pour le reste de la journée ? demanda Mamie depuis la table de la cuisine où elle était installée.

April ne travaillait pas ce samedi-là.

Une partie d'elle-même aurait aimé pouvoir dire à sa grand-mère qu'elle avait quelque chose de sympa en tête, comme un rendez-vous galant ou un dîner avec un ami, mais elle chassa rapidement cette idée de son esprit. Elle ne pourrait avoir plus d'amis même si elle le voulait ; elle avait si peu de temps à consacrer à sa vie sociale.

— J'ai plein de courses à faire cet après-midi et je dois nettoyer la salle de bains. Amber, comme tu t'en souviens peut-être, n'est pas la personne la plus ordonnée qui soit. Et ce soir, je vais probablement regarder un peu la télé tout en passant en revue quelques dossiers.

— Oh, April, la réprimanda sa grand-mère, du travail un samedi soir ? Pourquoi tu ne laisses pas tomber tes dossiers pour sortir et t'amuser un peu tant que tu es jeune ?

Elle remua la soupe sur le brûleur du fond.

— Cela ne me gêne pas de travailler certains week-ends, Mamie, et c'est le seul moment où je peux rattraper le retard pris dans la semaine. Je préfère vraiment le faire le samedi plutôt que d'arriver stressée au bureau le lundi.

— J'apprécie ta manière de raisonner, ma chérie, mais tu sembles stressée la plupart du temps, alors qu'est-ce que cela change ?

April se laissa aller à rire, à sa propre surprise. Peut-être parce qu'elle pensait arriver à dissimuler sa nervosité, mais aussi parce que cela lui rappelait combien il était difficile de cacher quoi que ce soit à sa grand-mère.

— Eh bien, imagine à quel point je le serais si j'accumulais encore plus de retard dans mon travail, fit-elle remarquer.

Mais sa grand-mère ne fit que rejeter son argument d'un mouvement de la main.

— Pshiit ! Tu en fais trop. Les choses attendront. Cette salle de bains attendra. Ou mieux encore, elle serait nettoyée si tu disais à ta sœur que tu la jetterais dehors si elle ne commence pas à nettoyer son propre bazar.

April se contenta de regarder sa grand-mère. Elles avaient souvent eu cette conversation, et la réponse était toujours la même, même si elle la donnait calmement.

— Tu sais qu'il est dur pour moi de m'en prendre à elle. Ou à Allison.

— Tu es trop gentille avec ces deux filles ; tu l'as toujours été, répondit la vieille dame.

— Je sais, reconnut April en attrapant une spatule et en faisant glisser les sandwichs sur deux petites assiettes. Mais elles dépendent de moi et je...

— Bla-bla-bla, la coupa sa grand-mère.

April ne s'en formalisa pas. Elles avaient juste une vision différente de la situation. Mamie, bien qu'elle ait été une aide familiale aimante, avait toujours fait en sorte que les trois filles ne comptent que sur elles-mêmes et s'occupent d'elles-mêmes, plus que ce dont elles avaient eu l'habitude avant la mort de leurs parents. April étant la plus âgée, elle y avait fait face plutôt bien et cela avait fait d'elle la plus forte des trois. Mais Allison et Amber s'étaient effondrées sous cette nouvelle charge, et April avait alors servi de pilier. Maintenant, elle avait le sentiment que si elle arrêtait, ses sœurs s'écrouleraient. Elles se retrouveraient perdues dans ce monde sans avoir la moindre idée de comment se débrouiller. Et April les aimait plus que tout. Avoir perdu leurs parents jeunes était un lien fort entre elles trois. April s'en était remise depuis longtemps, mais elle n'était pas sûre que ses cadettes y soient jamais parvenues.

Un moment plus tard, la jeune femme posait devant sa grand-mère sa soupe et son sandwich, puis revenait ensuite avec les siens. Et le ton de la vieille femme se fit tendre et compréhensif, comme la plupart du temps où elle parlait à sa petite-fille :

— Tu n'avais pas à venir m'apporter de la soupe, tu sais. J'apprécie que tu l'aies fait, et j'aime ta compagnie, mais cela ne serait pas un problème si tu sautais un week-end de temps à autre, April.

— Eh bien tu oublies que j'aime moi aussi ta compagnie, répliqua-t-elle.

Bien que, si elle pouvait s'appuyer sur ses sœurs pour rendre visite à leur grand-mère plus souvent, elle prendrait parfois un week-end rien que pour elle.

— Et peut-être que je trouve relaxant de faire de la soupe.

Ce qui n'était pas totalement faux. Si elle n'avait pas eu à essayer de caser cette tâche parmi dix autres, mais ça, sa grand-mère n'avait pas besoin de le savoir.

— Tu sais de quoi tu as besoin dans ta vie, jeune dame ?

— De quoi ? répondit April distraitement.

— D'un homme, dit Mamie.

April tressaillit.

— Que penses-tu qu'un homme pourrait faire pour moi que je ne puisse faire ?

Sa grand-mère se contenta de pencher la tête sur le côté et d'indiquer d'un regard une direction évidente. Le sexe.

Mais April ne voulait pas penser au sexe. Et sûrement pas qu'elle en avait besoin. Elle avait essayé très fort de se sortir de l'esprit sa rencontre avec son grand méchant loup, et une discussion comme celle-là n'était pas ce qui l'y aiderait.

— Mamie, je vais bien. Et je suis vraiment trop occupée pour avoir un petit ami en ce moment. Je suis parfaitement bien comme ça.

Sa grand-mère ayant l'air dubitatif, elle insista.

— Vraiment.

La vieille femme laissa tomber le sujet pour passer à celui de son voisin irritant, puis informa April d'un rendez-vous médical la semaine suivante, et la jeune femme lui assura qu'elle s'occuperait de l'y emmener, elle ou l'une de ses sœurs. Sachant pertinemment qu'il y avait de fortes chances que cela soit elle, une fois de plus.

Ce n'est pas un problème. J'aime Mamie et cela ne me gêne pas de m'occuper de la femme qui était là quand nous en avions besoin. Tout est sous contrôle. Tout va bien.

C'était sans compter la vision de Rogan Wolfe qui s'imposa à son esprit juste à ce moment-là. Lui sur elle. Ces yeux sombres semblant l'épingler sur place comme un papillon qu'il aurait capturé pour sa collection. Elle pouvait encore sentir la partie la plus dure de son anatomie entre ses jambes. Possédée, comblée, elle se rappelait combien cela avait été bon de se laisser aller. De s'abandonner. De le laisser la prendre. D'accepter que cela soit agréable.

Sois une bonne fille et laisse-moi te prendre. Comme tu as besoin de l'être.

Il avait utilisé ces mots crus avec facilité et décontraction et, maintenant, d'une manière ou d'une autre, cela lui semblait naturel à elle aussi. Et pourtant… il n'y avait rien eu de bon enfant – à ses yeux en tout cas – dans ce qui s'était passé sur le canapé du flic. C'était exactement comme lorsqu'elle avait été attirée dans le *Café Tropico* cette nuit-là à sa recherche : un besoin dévorant de découvrir plus que ce qu'elle avait déjà expérimenté avec lui pulsait dans ses veines comme un désir insatiable, encore plus viscéral maintenant, quelque chose qu'elle pouvait sentir gronder entre ses cuisses sous son pantalon corsaire.

Pourtant, retourner au bar s'était révélé être une énorme erreur. Dont elle tentait encore de se remettre si elle était honnête avec elle-même. L'évitement, les distractions et le déni étaient les seules manœuvres capables d'empêcher les souvenirs de cette nuit-là de venir hanter son esprit. *Avec le temps, tu reprendras le dessus. Et bientôt, cela ne sera plus qu'un... rêve, comme une chose qui ne s'est jamais vraiment produite. Continue juste à repousser ces souvenirs.*

C'était ce qu'elle avait fait lors de la mort de ses parents, c'était ainsi qu'elle avait traversé cette épreuve et avait pu rester forte pour ses sœurs. Chaque fois que le sentiment de perte écrasant lui effleurait les épaules, elle le repoussait, s'enfonçant dans le déni le plus total. À certains moments, elle avait prétendu que son père et sa mère étaient quelque part ailleurs, que quelque chose les retenait loin, mais qu'ils étaient vivants et en bonne santé, et qu'elle leur manquait tout comme ils lui manquaient. La douleur avait fini par s'adoucir, par devenir une sorte de rêve qu'elle n'avait pas vraiment besoin d'accepter.

Même si tout cela ne semblait pas très sain psychologiquement, elle se connaissait et savait que cela avait fonctionné une fois, que cela fonctionnerait de nouveau. Et alors, elle n'aurait jamais vraiment à faire face au fait qu'elle avait voulu qu'un homme la contraigne à avoir des rapports sexuels.

Lorsqu'un frisson la traversa à cause de ce bref aveu qu'elle avait laissé passer, Mamie dit :

— Dieu du ciel, ma chérie, tu as froid ? Je sais que je maintiens l'air conditionné fort, mais pas tant que ça, si ?

— Non, ce n'est qu'un frisson, répondit-elle avant de reprendre de la soupe.

Et elle claqua la porte de son esprit à Rogan Wolfe.

Le seul problème était qu'elle savait qu'il reviendrait à la charge d'une manière bien moins avouable plus tard dans l'après-midi lorsqu'elle aurait quitté sa grand-mère. Parce que sur sa liste de courses se trouvait un passage obligé chez le teinturier. Ce qui signifiait qu'elle avait repoussé de retourner au *Café Tropico* pour y récupérer sa veste rouge aussi longtemps qu'elle l'avait pu.

— Elle est là, mais on dirait qu'elle est pressée, tu ferais mieux de te dépêcher, avait dit Taylor au téléphone à Rogan, dont le cœur s'était mis à battre plus vite, uniquement d'entendre ça.

Merde ! Pourquoi réagissait-il ainsi ? Il avait su que cela l'exciterait de la voir de nouveau, mais… bon sang, peut-être qu'il commençait à se sentir un peu obsédé par cette nana.

Non pas que ses réflexions l'aient empêché de se précipiter au *Café Tropico*. Il était de service à ce moment-là, patrouillant le secteur branché autour de Lincoln Road, centre commercial à ciel ouvert, et avait fait tout ce qu'il avait pu pour ne pas brancher sa sirène et son gyrophare afin d'être sûr d'arriver sur Ocean Drive avant qu'elle ne quitte le bar.

Les places de parking n'étaient pas légion compte tenu de la foule permanente se rendant à la plage, mais Rogan sut créer un espace pour son véhicule de fonction dans une ruelle à deux pas du *Café Tropico*. Il n'aimait pas abuser de sa position d'officier de police, mais il considérait qu'il s'agissait là d'une légère infraction. Et surtout d'une affaire urgente.

En entrant dans le bar, l'air frais né de l'ombre et de quelques ventilateurs au plafond le frappa au visage. Il regarda autour de lui pour découvrir les lieux entièrement vides et se rappela que Dennis ne faisait pas restaurant le midi. Ginger se tenait là, sa veste rouge à un bras, en train de dire à Taylor :

— Une fois encore, merci d'avoir gardé ma veste, mais il faut vraiment que j'y aille. Je reviendrai boire un verre un autre jour.

Elle dut alors l'apercevoir à la périphérie de son champ de vision. Elle jeta un coup d'œil dans sa direction et tressaillit lorsqu'elle réalisa qu'il s'agissait de Rogan et non d'un flic quelconque.

— À temps, dit Taylor pragmatique.

Rogan jeta un regard à la jeune et jolie serveuse le temps d'un rapide merci avant de reporter son attention sur la femme qu'il était venu voir.

April lui semblait aussi différente que lui-même devait lui paraître dans son uniforme de police. Elle portait au-dessus de son corsaire kaki à la coupe féminine un haut blanc fluide saupoudré de fleurs pastel. Il tombait agréablement sur ses courbes, et le liseré qui en entourait le col dévoilait une touche de décolleté.

Ce ne fut que lorsqu'il se rendit compte que Taylor ne faisait pas mine de s'éloigner que Rogan lança :

— On réglera nos comptes plus tard.

La serveuse haussa légèrement les épaules avant de partir d'un pas nonchalant vers le couloir menant au bureau de Dennis et à la réserve.

Quand ils furent seuls, Rogan saisit cette opportunité pour étudier une fois de plus April de haut en bas, un sourire séducteur aux lèvres.

— Eh bien, tu es mignonne comme tout et pleine de douceur aujourd'hui.

Il s'aperçut alors que les yeux de l'avocate étaient écarquillés par la colère.

— Tu as payé cette fille pour qu'elle me détienne ? dit-elle d'un air outragé.

Il baissa le menton, le regard franc, même s'il était un peu amusé.

— « Détienne » est un mot fort, Ginger, donc non, ce n'est pas le cas. Je lui ai juste demandé de me faire savoir quand tu passerais et…

OK, son explication ne finissait pas bien.

— Et ?

Il se fendit d'un nouveau sourire, espérant que son attitude plus décontractée adoucirait April.

— Peut-être que je lui ai promis un bon pourboire.

Mais non, rien ne marchait. Elle s'était presque transformée en dragon lorsqu'elle marmonna :

— Je ne peux pas te croire. C'est la chose la plus méprisable que j'ai jamais entendue.

Plutôt que d'argumenter sur ce point – bien qu'il fût pratiquement sûr qu'elle en avait sûrement entendu de pires, en particulier dans son métier –, il répondit juste :

— Allez, Ginger, tu n'es pas contente de me voir ? Juste un peu ?

Il leva la main pour mimer des doigts la quantité.

Cela ne sembla pas l'amuser et, le dos raide, elle annonça :

— Je dois y aller.

Et elle se mit en marche pour le dépasser à grands pas.

Mais il ne s'était pas précipité ici et même garé sur un emplacement interdit pour la voir le planter là si vite. D'un geste impulsif, il lui attrapa le poignet pour l'arrêter. Son cœur fit un bond en entendant le doux halètement qui échappa à la jeune femme. Le regard d'April tomba sur la main qui encerclait maintenant son bras avant de se lever avec sévérité sur son visage. Sans peser ses mots, il dit ce qui lui semblait évident :

— Écoute, c'est du déjà-vu[1].

— Pas exactement, contesta-t-elle.

Il leva un sourcil interrogateur.

— Oh ! Et qu'est-ce qui est différent ?

Et mince ! Elle semblait totalement agressive lorsqu'elle dit :

— Cette fois-ci, je ne suis pas… intéressée. Vraiment pas.

— Je ne te crois pas.

— Crois ce que tu veux, je m'en fiche. Maintenant, lâche mon poignet.

Elle tira légèrement dessus, mais il ne desserra pas sa prise.

— Et si je ne le fais pas ?

Elle leva les yeux au ciel et lui lança un regard sec.

— Je dirais que j'appellerais la police, mais tu « es » la police. Donc, je te demande de me libérer.

Elle était ridicule et le savait sûrement. Ce qui s'était passé entre eux, et ce qui se passait maintenant, ne concernait pas le non-respect des lois ou l'obligation pour April de faire quelque chose contre son gré. Il ne contraignait pas les femmes.

---

1. En français dans le texte. (*N.d.T.*)

Mais celle-là… celle-là réveillait l'animal en lui. De plus en plus.

Et elle cajolait cette partie de lui à la minute présente, le poussant à se pencher plus en avant, suffisamment près pour qu'il sente l'odeur de framboise laissée dans ses cheveux par son shampoing, lui donnant envie d'obliger la jeune femme à reconnaître ce que tous deux savaient. Il parla calmement et à voix basse à son oreille.

— Ne nie pas que tu aimes que je te baise.

Elle resta sans voix, abasourdie, si étonnée que son regard s'égara. Mais elle ne nia pas.

Et le bas-ventre de Rogan se tendit tandis qu'il écoutait leur respiration dans le silence qui les entourait, entrecoupé seulement par le bruit vague des voitures passant dans la rue. Il se sentait happé avec elle par la réalité de ce qu'il venait juste d'exprimer, par les souvenirs qui refluaient. Les détails. La chaleur. L'humidité. La dureté. La douceur.

Cette fois-ci, il murmura plus tendrement, laissant ses lèvres effleurer l'oreille d'April.

— Tu devrais venir chez moi, Ginger.

— Mon nom n'est pas…

— April, termina-t-il à sa place, le souffle court, chaud contre son lobe délicat. Tu devrais venir chez moi, April.

Ce ne fut que lorsqu'il se recula un peu, tout en continuant de tenir son poignet, qu'elle le regarda, faisant visiblement tous les efforts du monde pour ne pas paraître affectée. Elle répondit, butée :

— N'es-tu pas supposé être en train de protéger les habitants de South Beach à la minute présente ? Même si tu fais un boulot à chier ?

Un rire bref lui échappa.

— Je ne parlais pas de maintenant. Mais de plus tard. Ce soir.

— Non, merci, répondit-elle.

Et lorsque leurs regards se rencontrèrent de nouveau, il sentit qu'ils essayaient de se jauger mutuellement. Lui, pour une fois, tentait de mesurer à quel point elle était sérieuse, si elle pensait vraiment ce qu'elle disait pour insister autant. *Combien de temps vas-tu résister, ma douce ?*

Il finit par lui dire :

— Si tu changes d'avis, je serai chez moi après 19 heures.

— Je n'en changerai pas, répondit-elle vivement.

Puis elle essaya une nouvelle fois de récupérer son poignet, mais il ne la lâcha toujours pas.

Il se pencha encore pour dire d'une voix rauque et pleine d'assurance :

— Tu le devras. C'est foutrement bon entre nous, et tu le sais. J'en veux plus.

Son sexe se faisait plus dur de seconde en seconde. Et lorsque cette fois-ci il se recula pour rencontrer le regard d'April, il crut presque l'avoir vue hésiter. Elle commençait à avoir l'air un peu perdue, un peu tentée, un peu faible. Mais elle ne dit rien. Et du moins, resta suffisamment fidèle à elle-même pour ne pas détourner le regard.

Il se contenta donc d'ajouter :

— Penses-y. Je peux te donner ce dont tu as besoin, Ginger.

Des mots qui assombrirent aussitôt les yeux de la jeune femme.

— Comment oses-tu présumer avoir la moindre idée de ce dont j'ai besoin ?

Mais son ton n'était pas aussi tranchant que plus tôt, et cela apprit à Rogan tout ce qu'il avait besoin de savoir.

Cela nourrit même sa réplique suivante.

— Je présume parce que je comprends. Moi aussi j'ai quelques neurones, Ginger. Je t'ai cernée, ma belle.

Et il se pencha une fois de plus pour murmurer :

— Et je veux si méchamment te baiser à la minute présente que si Taylor n'était pas là, je pourrais bien te porter sur le bar, t'y épingler et prendre ta petite chatte.

Son sexe se fit encore plus dur en voyant le rouge envahir les joues d'April.

Il suivit alors une autre impulsion : déposer un doux baiser, là, sur sa pommette.

— Je ne suis pas si mauvais que ça, Ginger. Passe me voir.

Il relâcha enfin le poignet de l'avocate et sortit du bar, envahi par le manque.

April le regarda partir, perdue, un peu comme si elle s'était laissé surprendre par la marée et se retrouvait seule au milieu d'une mer déchaînée. Comment cela s'était-il produit ? Oui, il avait visiblement été présent à son esprit lorsqu'elle était revenue au bar, mais elle n'aurait jamais pu imaginer qu'il s'y trouverait. Au milieu de l'après-midi. Ou que – que Dieu lui pardonne ! – il paierait quelqu'un pour l'alerter si elle se présentait.

Ce fut alors qu'elle aperçut la fille qui travaillait là – elle se tenait sur le seuil du couloir, observant visiblement la scène. April se demanda ce qu'elle avait vu exactement. Leurs yeux se rencontrèrent, et, April, embarrassée, se précipita dehors. Elle recula dans l'embrasure de la porte pour que Rogan ne puisse la remarquer et attendit sagement qu'il s'éloigne.

Une minute plus tard, elle entendit claquer une portière et se pencha en avant pour jeter un coup d'œil et découvrir l'arrière d'une voiture de patrouille sortant d'une ruelle qui ressemblait beaucoup à celle où ils s'étaient embrassés. Quelques secondes plus tard, le véhicule recula et s'éloigna.

Soulagée qu'il soit parti, elle jeta un coup d'œil à la veste de tailleur qu'elle tenait dans ses bras, commençant à se demander si la récupérer en valait le coup. Son cœur tambourinait dans sa poitrine. Et une douleur sourde montait de son entrejambe. Sa chatte, l'avait-il appelée.

Ce terme lui avait toujours semblé si... vulgaire. Jusqu'à lui. Dans sa bouche, il avait paru simplement... viril, naturel... terriblement excitant, même si encore un peu cochon.

Prenant une profonde inspiration pour essayer d'apaiser toutes les réactions de son corps qu'elle ne parvenait plus à contrôler ces derniers temps, elle sortit sur le trottoir noyé de soleil et prit la direction de sa voiture.

Bien sûr, elle n'irait pas chez lui ce soir. Il devait avoir perdu la tête s'il pensait vraiment qu'elle le ferait.

La fois précédente avait été différente. Il l'avait conduite là-bas ; elle n'avait pas vraiment eu le choix.

Mais elle n'y retournerait certainement pas.

Qu'importe à quel point sa... « chatte » lui criait le contraire.

Elle pouvait se passer de sexe. Surtout avec un homme comme lui, un homme qui d'une manière ou d'une autre l'entraînait dans ce quelque chose qui semblait si mal et impensable.

Elle avait des dossiers à passer en revue. Et quelques factures à établir aussi, si elle en avait le temps. *Oui, pense dossiers et facturation. Oublie son érection, son sexe en toi. Oublie ses mains fortes, puissantes, sur toi. Pense à n'importe quoi d'autre. N'importe quoi.*

April était assise par terre, sur le plancher de son salon, des papiers étalés tout autour d'elle, un téléfilm à l'eau de rose sur l'écran plat devant elle. Amber, sans surprise, était sortie pour la soirée. *Et pourquoi ne serait-ce pas le cas pour toi aussi ? On est samedi soir, rappelle-toi, le soir des rendez-vous galants. Tu pourrais en avoir un aussi ce soir.*

Mais attends, non ! Ce que Rogan Wolfe avait suggéré pouvait difficilement passer pour un dîner et un film.

Y serais-tu allée si cela avait été le cas ? S'il t'avait invitée à dîner ?

Non plus. Parce qu'elle aurait su que le sexe ferait partie intégrante de la soirée. Elle savait de quoi il s'agissait entre eux : une alchimie, de la concupiscence, un désir douloureux. En lui demandant de venir chez lui, il s'était simplement montré honnête et était allé droit au but.

Ne pense pas à lui.

Ne pense pas aux sensations qu'il te donne quand il est en toi. Combien c'est incroyable d'avoir ses mains en train d'explorer ton corps. Ne pense pas à cette reddition étrangement joyeuse quand il te tient. Arrête de penser.

C'était sans compter l'intérieur de ses cuisses qui s'humidifiait de désir. C'était oublier ses seins qui se tendaient de frustration sous son haut. Tout son corps réclamait cet homme. Flûte ! En vérité, elle souffrait comme cela depuis qu'elle l'avait vu dans l'après-midi.

La vérité est que tu souffres depuis qu'il t'a prise sur son canapé. Depuis qu'il t'a embrassée dans la ruelle. Tu es juste bonne à repousser les choses, à chasser tes émotions.

Elle laissa échapper un soupir, essayant de se concentrer sur le travail étalé devant elle. Mais qui pourrait traiter des relations sous protection de la loi à un moment pareil ? Pas même un avocat. Elle leva la tête vers la télé et essaya de se plonger dans l'histoire de la femme à l'écran qui essayait d'échapper à un mari violent. Impossible, parce que se souvenir de ce qu'elle avait éprouvé en étant sous Rogan était bien plus attirant.

Et… un mari violent, ou une contrainte réelle comme un viol, n'est-ce pas bien différent de ce qu'elle avait expérimenté avec Rogan Wolfe ? Bien sûr que oui.

Donc… peut-être que ce qu'elle avait laissé se produire, peut-être que ce qu'elle avait voulu de lui… n'était pas aussi mauvais que ce qu'elle avait imaginé ?

Elle ne parvenait pas à faire le tri dans ses pensées et, lorsqu'elle se leva, éteignit la télévision et se mit à la recherche de son sac et de ses clés, elle se convainquit qu'elle n'allait faire qu'un tour en voiture. Uniquement pour s'éclaircir les idées.

Dieu seul savait à quel point elle avait l'esprit embrouillé ces derniers temps. Depuis la première fois où elle avait embrassé cet homme.

Je ne vais pas chez lui. Non. Pourquoi irais-je ? Cela serait fou. Jamais elle n'avait vécu ce genre de relation, purement sexuelle, et elle ne comptait pas commencer maintenant. Elle serait incapable de trouver cela satisfaisant. Seuls des migraines et un doute persistant sur ce qu'elle était vraiment en ressortiraient.

Et pourtant, alors qu'elle conduisait dans les rues proches de son appartement de Coral Gables, elle se retrouva à prendre la direction du nord dans des rues parallèles à la voie rapide. Et même lorsque sa voiture franchit le pont menant à Miami Beach, elle continua de se dire qu'elle n'allait nulle part en particulier.

Ou... peut-être à la plage. Pour une marche agréable. Pour calmer son trouble. Cela allait l'apaiser, la relaxer même. Elle n'y allait pas assez souvent pour quelqu'un qui en était si proche.

Elle renonça quand sa voiture se rapprocha de l'immeuble de Rogan, à quelques rues du bord de mer, et qu'elle prit la décision de pénétrer sur le parking qui le jouxtait. Elle s'arrêta à côté du Charger noir du policier.

Elle resta assise, fixant d'un air hébété l'immeuble moderne. *Qu'est-ce que je fais là ? Au nom de quoi je m'inflige ça ?*

Il était tard, presque 23 heures. Un début de soirée pour tous ceux qui se rendaient dans le quartier fourmillant de bars à quelques rues de là. Chez elle, si elle s'y était encore trouvée, il serait presque temps d'aller se coucher. Jusqu'à quelle heure

Rogan Wolfe restait-il debout ? Probablement jusqu'à l'aube. Peut-être avait-il trouvé mieux à faire finalement. Peut-être avait-il trouvé une autre femme à harceler. Ou posséder.

Malgré tous les doutes et admonitions qui traversaient son esprit, elle se retrouva à agir comme sur pilote automatique, sortit de la voiture, la verrouilla, se tourna vers la structure de stuc blanc qui faisait battre son cœur plus vite rien que de la regarder et de savoir qui – ce qui – l'attendait à l'intérieur.

Ses jambes gourdes la menèrent jusqu'à la porte de l'immeuble qu'un résident lui tint ouverte. Un signe du destin ? Ou sa ruine ? Mais quelque chose continuait à la pousser vers l'appartement, plus près, encore plus près, là où elle l'avait laissé la baiser une semaine auparavant. Baiser. C'était exactement ce qui s'était passé.

Alors qu'elle approchait de la porte, ses bras lui semblèrent engourdis eux aussi. Elle souffrait d'une sensation étrange, tout son corps lui paraissant à la fois plus lourd que d'habitude et pourtant incroyablement léger. C'était comme de marcher dans un rêve.

Elle s'entendit frapper à la porte plus qu'elle ne le sentit. Le son était discordant. *Oh, là ; là, pourquoi suis-je venue là ? Qu'est-ce que je veux ?*

Mais… peut-être souhaitait-elle simplement discuter. Mieux le connaître.

Peut-être voulait-elle que les choses cessent d'être si… intenses entre eux, si chargées sexuellement.

Peut-être que d'apprendre à le connaître rendrait ce qu'ils avaient fait… eh bien, un peu plus convenable.

Pourtant, lorsqu'il ouvrit la porte, diablement sexy, le regret la submergea.

Il avait l'air débraillé, mal rasé, les cheveux en bataille, vêtu d'un jean délavé et d'un tee-shirt blanc. Il mangeait une pomme. Et ses yeux s'écarquillèrent de concupiscence en la voyant.

— Je n'aurais pas dû venir, dit-elle trop doucement, baissant instinctivement les yeux.

Elle trouvait souvent difficile de soutenir son regard intense.

En réponse, il jeta simplement le reste de sa pomme dans la poubelle près de la porte, l'attrapa par le bras pour la tirer à l'intérieur, l'appuya contre le mur le plus proche, et l'embrassa avec passion.

8

Lorsque Rogan l'avait découverte sur le pas de sa porte, un désir fou l'avait envahi. D'un côté, alors même qu'il était en train de l'embrasser, il ne parvenait pas à réaliser qu'elle s'était vraiment pointée, mais d'un autre... eh bien, peut-être que lorsqu'on avait frappé, il avait su d'une manière ou d'une autre que c'était Ginger qui était derrière le battant. Peu importe après tout. Ce dont il était sûr, c'était ce besoin dévorant qu'il avait de prendre sa bouche.

Pour dire la vérité, il pensait à elle depuis qu'ils s'étaient séparés dans l'après-midi. Il était resté frustré, pestant pour que cette femme reprenne ses esprits, qu'elle fasse tomber les barrières et arrête de leur infliger autant de souffrance. Il n'y avait rien de mal à donner à son corps ce dont il avait besoin, et les pulsions qui les traversaient lorsqu'ils étaient ensemble le leur montraient clairement.

Tout en levant un pied pour refermer la porte, il se plongea dans l'odeur de la jeune femme, les sensations qu'elle lui donnait, leurs bouches se heurtant vivement. Dieu merci il avait laissé tomber l'idée de vouloir que sa prochaine relation amoureuse compte. Ce n'était pas qu'April Pediston ne comptait pas, mais il était évident qu'ils n'avaient rien en commun au-delà de la passion intense qui existait entre eux. Il se connaissait assez bien et avait bien cerné celle dont il heurtait la bouche. Mais ce n'était pas non plus le genre d'alchimie qui se présentait à sa porte tous les jours, et il ne la laisserait pas passer. En fait, il voulait l'explorer, totalement. On aurait dit qu'il pourrait bien finalement en avoir la chance.

Pendant de longues, somptueuses minutes, elle lui rendit ses baisers avec toute la puissance délicieuse qu'il éprouvait lui-même. C'était soudainement plus facile qu'avant, le genre de chauds baisers dans lesquels vous pouviez vous perdre. Les lèvres d'April étaient souples et douces sous les siennes, et elle ne se déroba pas quand ses mains vagabondèrent sur la courbe de sa taille, de ses hanches. Ses bras vinrent s'enrouler autour de son cou ; ses doigts jouèrent avec les cheveux à la base de sa nuque, et la sensation légère comme une plume se répercuta dans son corps jusqu'à son sexe. Son érection fut immédiate. Enfin, elle s'offrait à lui.

Quand ils se détachèrent l'un de l'autre pour reprendre leur souffle, Rogan appuya son front contre celui de la jeune femme.

— Hmm, salut, dit-il d'une voix grave.

— Salut, répondit-elle dans un murmure, les bras toujours sur ses épaules.

— Tu es venue.

— Je… Je ne sais pas pourquoi. Je n'aurais pas dû. Je…

Il appuya deux doigts sur la bouche d'April pour la faire taire.

— Est-ce que ça compte ? Ne réfléchis pas tant.

Arrivé là, il se dit que cela serait une bonne idée de l'embrasser pour l'empêcher de répondre – avant qu'elle ne puisse gâcher les choses d'une manière ou d'une autre. Il s'exécuta dans l'instant et vint entourer dans le même temps sa taille de son bras afin d'attirer plus fermement le corps de l'avocate contre le sien. Bon sang, ce qu'il aimait les sensations que cela procurait ! Le contact de ses seins pleins, si chauds contre son torse, fit se raidir un peu plus son sexe, qui se logea contre le ventre d'April, juste sous son nombril. Elle haleta doucement et il sut que c'était une réaction au contact rapproché de son sexe. Sauf que lui le voulait plus bas. Ce qui lui fit l'embrasser plus fort.

L'énergie entre eux circulait comme de l'électricité, et il arrêta de réfléchir lui aussi. Il continua seulement de suivre les inclinaisons de son corps : fouiller de sa langue la bouche de l'avocate avec plus d'avidité, faire glisser sa main sur ses fesses, presser leurs poitrines l'une contre l'autre plus fermement encore. Quelques secondes plus tard, il se laissa aller à assouvir un nouveau besoin : remonter sa main libre le long des côtes d'April pour venir la placer sur la courbe extérieure rebondie de son sein.

Il entendait maintenant sa respiration hachée sous ses baisers, son excitation grandissant en même temps que la sienne.

Il frôla le mamelon du pouce pour découvrir que le téton faisait saillie à travers son soutien-gorge et son haut. Son membre palpita en réaction à la sensation de cette petite perle dure sous son doigt, et un long et doux gémissement monta de sa gorge. Approfondissant leur baiser, il suivit son impulsion et caressa de sa paume ce téton affriolant, désireux d'en obtenir plus et prêt à s'en emparer.

Et la lutte commença. Le corps de la jeune femme se raidit entre ses bras. Il s'aperçut que d'une main elle tentait d'arracher la sienne de son sein, avant de poser ses paumes contre son torse pour le repousser.

Sauf que… il ignora son attitude.

Ce n'était pas sa réaction habituelle si une femme essayait de s'éloigner de lui, mais… mince, il la connaissait déjà trop bien. Il savait qu'il s'agissait de la même chose que d'habitude. elle, aux prises avec elle-même alors qu'elle voulait vivre ce qui se déroulait ; elle, aux prises avec lui pour faire en sorte qu'il… s'en charge. Et il savait que c'était aussi simple que cela. Elle voulait qu'il s'en charge. Elle voulait qu'il soit celui qui fasse en sorte que les choses arrivent.

Tout comme il savait aussi que si n'importe quel type lui racontait cette histoire, lui disant qu'une femme voulait coucher alors même qu'elle le repoussait, il conseillerait au crétin de remettre de l'ordre dans ses idées. Il irait même probablement jusqu'à lui rappeler que même s'il s'en foutait moralement ou ne prenait aucunement en considération l'idée d'un plaisir réciproque, il y avait des lois contre ce genre de comportements. Mais lui et Ginger étaient déjà bien au-delà de la moindre confusion que l'attitude de la jeune femme causerait en temps ordinaire. Il avait conscience jusqu'au plus profond de lui-même, sans le moindre doute, que c'était ce petit jeu qui excitait autant la jeune femme. Et qui lui permettait, en même temps supposait-il, de se dire après coup qu'elle était innocente et ne s'était pas vraiment abandonnée au désir.

Et donc, il continua à l'embrasser. Même si elle fit une faible tentative pour reculer la tête, il sentit la fièvre d'un désir amplifié, tissé de ce petit fil de perversité, les consumer tous les deux.

Bientôt, la tête d'April fut contre le mur pendant qu'il fouillait sa bouche de la sienne. Elle détourna la tête, mais lorsqu'il insista pour reprendre leur baiser, elle ne parvint pas à s'échapper alors même qu'elle bataillait pour se libérer de la prise dans laquelle il maintenait maintenant ses deux poignets.

D'un côté, il était irrité qu'elle s'oppose à ce qui leur procurait du plaisir, bousille ce qui semblait aller de soi, était facile et partagé. D'un autre, exactement comme elle, il sentait le désir monter. Une pensée le frappa alors. Peut-être devrait-il être ennuyé d'être excité par tout ça, l'obliger à s'abandonner. Mais il ne s'attarda pas sur cette idée et ne la laissa pas l'abattre. Cela ne l'allumait pas d'avoir à la contraindre, cela l'excitait de savoir qu'elle voulait qu'il le fasse ; d'être embarqué dans ce jeu, pervers et sexy que son attitude à elle faisait naître.

Arriva un moment où Rogan détacha ses lèvres des siennes. Ils avaient échangé des baisers si véhéments, presque violents et depuis si longtemps qu'il savait que leurs bouches seraient douloureuses. Et tout cela ne faisait que commencer. Mais même si elle continuait de se débattre contre sa poigne, contre ses hanches et son érection intensifiée qui la maintenait contre le mur, elle ne prononça pas un seul mot, ne dit jamais non. Cela ne fit que confirmer ce que Rogan savait déjà. Elle pouvait lutter autant qu'elle le voulait, elle désirait si fortement qu'il la prenne qu'elle le supportait à peine.

Lorsqu'il libéra ses poignets, attrapa les fesses d'April à pleines mains et la souleva, la joute continua ; elle repoussa de nouveau le torse de Rogan, ses jambes battirent l'air alors qu'il la soulevait maladroitement dans ses bras pour se détourner de la porte. Elle finit par ouvrir la bouche quand ils furent près du canapé.

— Pose-moi par terre, dit-elle d'une voix faible.

Il s'exécuta en la laissant tomber sur le sofa.

— Voilà.

Mais il ne lui offrit pas la chance de répondre ou de réagir avant de chevaucher fermement ses hanches, un genou de chaque côté du corps d'April.

Il y avait quelque chose de profondément bouleversant à être de retour à l'endroit exact où ils avaient couché ensemble la dernière fois. Il ne l'avait pas prévu, n'y avait même pensé lorsqu'il l'avait portée là, mais maintenant qu'il la surplombait, cela ne faisait que décupler sa faim d'elle. Il n'hésita pas à se pencher sur elle, la laissant sentir son poids, sa force comparée à la sienne. Il n'hésita pas à refermer ses mains sur ses seins à travers le haut fin et léger qu'elle portait.

Elle tressaillit sous ce contact audacieux, puis se tortilla d'avant en arrière comme si ses mouvements obligeraient les mains de Rogan à se détacher d'elle d'une manière ou d'une autre. Lui était pratiquement sûr que le contact, sous son vêtement, s'en trouvait renforcé. Elle capitula après quelques secondes, s'immobilisa, haletante, refermant ses mains autour des poignets de Rogan pour changer. Elle tenta de les repousser, mais son faible effort amusa presque le flic. Pas assez pour qu'il lui décoche un sourire, malgré tout, mais suffisamment pour que son sexe durcisse un peu plus.

Alors même qu'elle tenait ses poignets, Rogan commença à caresser et masser ses seins délicieux, qu'il tenait en sa possession. Leurs regards se rencontrèrent et elle prit un air horrifié, offensé. Sa lèvre inférieure tremblait.

Il éprouva le besoin saisissant de se pencher pour effacer le tremblement d'un baiser, mais résista, ne voulant pas rompre leur contact visuel. Parce qu'il commençait à y lire... exactement ce qu'il souhaitait. Elle ne pouvait le cacher. Combien c'était bon. Combien le désir la submergeait.

Ses poignets toujours tenus par l'avocate, il attrapa ses tétons entre le pouce et l'index à travers ses vêtements. Elle laissa échapper un bref cri désespéré et se mordit la lèvre. Ses paupières s'abaissèrent et il put sentir le plaisir fondre en elle, remonter le courant de ses seins jusqu'à sa tête, puis descendre en avalanche le long de son corps. Il pinça les pointes durcies, observa sa réaction qu'elle essayait de contenir, mais de petits gémissements lui échappèrent tandis qu'elle faisait visiblement de son mieux pour ne rien éprouver.

— Ar…rête, murmura-t-elle. Arrête, soutint-elle plus fort.

À cette injonction, Rogan se pencha sur elle, ses mains enfermant ses seins rebondis. D'une voix rauque, il dit :

— Tu sais que tu ne peux pas dire ça si tu ne le penses pas. Dis-moi que tu le penses, April, la défia-t-il.

Les yeux de la jeune femme s'ouvrirent si grand qu'il recula, s'asseyant presque.

— Tu m'as appelée April, dit-elle d'une voix douce comme une plume.

— C'est ton nom, non ?

— Je… je n'étais pas sûre que tu le saches, admit-elle, l'air un peu embarrassé.

Il se pencha de nouveau pour chuchoter à son oreille :

— Je sais, ma belle. Je sais exactement qui tu es.

À sa grande surprise, la prise sur ses poignets s'était soudainement affaiblie, et il saisit cette opportunité pour venir placer en douceur ses mains sur celles de la jeune femme. Leurs doigts se mêlèrent. Il lui tendit les bras au-dessus de sa tête. Pour le moment, elle avait cessé de lutter et le laissait faire. Peut-être devrait-il l'appeler April plus souvent… Il n'y avait accordé aucune pensée et n'avait aucune idée de pourquoi elle en avait été si surprise.

— Sois une gentille fille et laisse tes bras où ils se trouvent, lui dit-il tout en les effleurant du bout des doigts, avant de descendre sur ses seins puis jusqu'au bas du haut qu'elle portait.

Dieu seul savait combien de temps elle serait ainsi docile. Il lui fallait saisir cette occasion pour lui retirer son vêtement. Comme s'il s'agissait d'une enfant, il rassembla le tissu dans ses mains et le fit passer le long de sa tête et de ses bras levés. Dessous, elle portait un soutien-gorge en dentelle rose de la couleur de la barbe à papa qui s'harmonisait avec sa peau trop pâle pour une fille du sud de la Floride – un détail qui l'avait déjà frappé.

Il y avait quelque chose de pur et d'adorable dans ce tableau : ton pâle sur ton pâle, douceur du paysage. À cet instant, il eut le sentiment de la connaître mieux, il comprit un peu plus pourquoi s'abandonner était si difficile pour elle. D'une certaine manière, elle était aussi fragile qu'un pétale de fleur. Une solide coquille d'avocate avec ces tailleurs propres, au maintien parfait, mais dessous… de la dentelle rose et une peau que le soleil n'effleurait jamais. Peut-être ne l'avait-il pas vraiment saisi jusqu'à maintenant. Il l'avait vue lutter, mais n'avait pas beaucoup réfléchi aux raisons de cette lutte. Peut-être ne s'en était-il pas vraiment soucié. Il avait simplement voulu avoir ce qu'il désirait.

Mais heureusement, ils voulaient tous les deux la même chose. Même si elle avait besoin qu'il s'en empare par la force.

Les seins d'April, laiteux, débordaient des bonnets en dentelle de son soutien-gorge. Il utilisa ce moment calme, comme une parenthèse dans le temps, pour faire courir chaque index le long de la courbe de ses seins, jusque dans l'échancrure où les deux doigts se rencontrèrent. Elle bloqua sa respiration de manière audible, ce qui attira le regard de Rogan vers ses yeux bleu océan.

Elle se souvint alors apparemment qu'elle était censée combattre le plaisir qu'il lui procurait, le combattre lui. Elle baissa les bras et ses poings vinrent s'abattre sans trop de force sur lui, certains des coups atteignant son torse ou ses bras, d'autres ne trouvant rien d'autre que l'air. La question n'était pas de savoir si les coups devenaient violents ou pas. Il lui fallait mettre un terme à cette situation. Non seulement parce que ce changement permanent d'attitude était dur à suivre, mais aussi… bon sang ! Si elle voulait jouer à cela, peut-être était-il temps de jouer pour de vrai. Du coup, alors qu'elle continuait à le marteler, il fit de son mieux pour l'ignorer et travailla à défaire l'écharpe de soie d'un bleu clair qui lui servait de ceinture, enfilée dans les passants à sa taille et nouée à ses hanches.

Une fois qu'il y fut parvenu, il l'étira entre ses mains, testant sa résistance. April remarqua alors ce qu'il était en train de faire et s'en inquiéta. Elle s'immobilisa, poings levés.

— Qu'est-ce que tu…

Il ne la laissa pas terminer sa phrase ; il la souleva juste assez pour la retourner sur le canapé afin de pouvoir maîtriser ses bras dans son dos et il se mit à lui attacher les poignets avec l'écharpe. C'était facile pour lui, un peu comme de passer les menottes à un conducteur ivre et récalcitrant.

Il découvrit qu'il aimait prendre son temps, même si April essayait de se libérer. Il regardait ses propres mains au travail, la manière dont la soie bleue entourait les poignets de l'avocate. Il prit soin de serrer, mais pas trop, juste assez pour que le tissu tienne et qu'elle sente la friction lorsqu'elle tirerait dans l'espoir de se dégager de l'écharpe. Il comprenait d'instinct que cette friction faisait partie du reste, de ce qui rendait la lutte sexy. Il offrait encore plus de sensations à April dans lesquelles se plonger.

Et le fait de l'attacher… peut-être avait-il su que cela l'exciterait, peut-être était-ce pour cela qu'il avait choisi cette manière-là de la soumettre. Malgré tout, il était surpris de constater à quel point cela lui procurait un plaisir obscur de lier ses poignets ainsi. Il ne pouvait s'empêcher de penser à Mira, à ce week-end qu'il avait passé avec elle et Ethan dans cette cabane du nord du Michigan. Il l'y avait découverte sous un nouveau jour, l'avait perdue tout aussi vite. Mais ce dont il se souvenait à la minute présente était comment au cours du week-end, il avait pris la place du dominateur, chose qu'il n'avait pas planifiée. Plus il avait pris son rôle au sérieux, plus il avait pris le contrôle de la situation et avait ressenti de pouvoir, plus son désir s'était décuplé.

Ce qui se passait sur son canapé ressemblait un peu à cela. En plus pesant. Plus direct. Il était en train d'attacher une femme et de les exciter tous les deux. À ce point, son sexe lui donnait l'impression d'être prêt à jaillir de derrière sa fermeture Éclair, comme s'il était doté d'une vie propre.

Son regard remonta jusqu'au visage d'April, le corps de la jeune femme maintenant de côté, éloigné du sien. Pour tout dire, elle avait l'air effrayée. Mais il était suffisamment futé pour ne pas s'arrêter à cela. Il savait que toute peur qu'elle puisse ressentir était secondaire comparée à la chaleur qui courait dans ses veines. Et il fut alors frappé de constater combien la peur et la passion pouvaient se ressembler et combien cette réalité était étrange.

April parvenait à peine à croire à ce qui était en train de se passer. Qu'elle était venue chez lui. Qu'elle ait réagi à la présence du flic avec un tel abandon sauvage avant que son propre comportement erratique ne la frappe. Que maintenant, il soit en train de lui attacher les mains dans le dos. Dans son esprit, la confusion la plus grande régnait. Elle avait fait le tour de tout ça depuis qu'elle avait quitté son appartement, mais, depuis son arrivée chez Rogan, son esprit restait en ébullition. Oui. Non. Haut. Bas. Dedans. Dehors. Elle ne pouvait en vouloir au flic d'être frustré par son attitude dans la mesure où ce qu'elle semblait vouloir changeait à chaque minute. Et de manière radicale.

Sauf que… qu'est-ce qui change ? Au plus profond de toi ? N'est-ce pas ces teintes grises, ces nuances différentes que ton corps réclame ?

Tu dois admettre que même la lutte semble étrangement agréable.

Les rares moments où elle s'était détendue sur le canapé l'avaient été aussi. Lui au-dessus d'elle, tenant ses bras au-dessus de sa tête. Ces moments de reddition étaient presque comme… de trouver la paix, le repos. C'était bon de s'abandonner, de le laisser prendre l'initiative, de lui donner tout contrôle sur les événements. Se battre contre cela lui donnait l'impression… de faire son devoir, alors qu'elle se savait batailler contre elle-même autant que contre Rogan.

Elle ferma les yeux en serrant les paupières. *Tu as perdu l'esprit ? Bien sûr que tu dois lutter contre ça !* Derrière elle, il tordait et nouait les franges de tissu dont elle n'avait jamais rêvé qu'elles seraient utilisées ainsi lorsqu'elle les avait glissées dans les passants de son corsaire le matin même. *Tu n'es pas une femme qui renonce à contrôler les événements. En fait, tu es même l'opposé. Tu prends les choses en main et tu es forte. Tu tiens la barre. Tu prends soin de tes clients. Tu fais en sorte que tout fonctionne au bureau. Tu t'occupes de ta grand-mère. Tu t'occupes d'Amber et d'Allison, aussi.* En réalité, elle n'avait pas la moindre idée de ce que signifiait perdre le contrôle d'une situation, laisser les rênes à quelqu'un d'autre, et encore moins en matière de sexe.

Alors pourquoi est-ce aussi bon dans les moments où tu laisses cela se produire ?

Pourquoi es-tu allongée là, docile comme une enfant, permettant à cet homme de te ravir ton pouvoir ? Pourquoi, même si cela t'effraie de t'abandonner à lui, d'être si vulnérable, cette vulnérabilité même semble être... un soulagement ? Excitant et sauvage. Que tu veux secrètement explorer. Lorsque tu n'es pas trop occupée à le combattre.

De cela elle se souvint. Reprendre la lutte. Ne pas rester ainsi tandis qu'un homme qu'elle connaissait à peine lui faisait une chose impensable. Et humiliante. Même si elle savait qu'il n'en sortirait rien de bon, elle avait au moins à exprimer ce sentiment en bataillant contre lui. Plus qu'elle ne l'avait fait durant les dernières minutes.

Elle se mit à tirer, pousser et jouer des coudes sous lui, et – bon Dieu ! – cela aussi lui sembla agréable. Peut-être voulait-elle se libérer, peut-être pas. Elle faisait ce qu'elle était supposée faire quand quelqu'un vous maintenait pour vous attacher. Elle n'arrivait plus à analyser ses sentiments, elle savait seulement qu'une femme qui se respectait, avec autant de responsabilité dans la vie qu'elle était capable d'en supporter, ne pouvait pas se contenter de rester allongée sur ce canapé sans rien faire.

Mon Dieu, je n'aurais pas dû venir ici. À quoi ai-je pensé ? Pourquoi suis-je attirée par cet homme fort, brutal ? Il est le grand méchant loup incarné. Et à défaut d'autre chose, se battre la faisait se sentir mieux maintenant. Parce qu'elle était furieuse contre elle, contre lui, contre cette situation, et se rebeller contre les liens qui l'attachaient lui permettait au moins de laisser libre cours à une partie de sa frustration.

— Wow, wow, là, Ginger, calme-toi ! dit Rogan.

Elle se rendit compte qu'elle se battait peut-être plus qu'elle ne l'avait fait depuis un moment.

Et que – Seigneur ! – ce faisant, ses seins frottaient et se tendaient contre la dentelle de son soutien-gorge, provoquant une sensation des plus agréables qui se répercuta jusqu'à son entrejambe. Elle devrait peut-être accepter cela, après tout. Ils allaient de nouveau avoir une relation sexuelle, elle était allée bien au-delà du point de non-retour. Toute la difficulté résidait dans le fait de capituler.

— Tu es un homme de Néandertal, cracha-t-elle sans prévenir, le visage toujours tourné vers le tissu du canapé, se sentant saucissonnée comme un cochon sur le point d'être passé au tournebroche.

Elle n'aurait probablement pas dû être surprise lorsque cela provoqua un rire chez Rogan.

— Ouais, eh bien, si c'est le cas, tu es venue dans ma grotte, ma belle, dit-il.

Ces mots la frappèrent. Parce qu'il était de plus en plus dur de le nier. De plus en plus dur de se convaincre qu'elle ne voulait pas de cela, ne s'était pas jetée elle-même dans la gueule du loup. Une pensée horrifiante, mais c'était ainsi.

Elle se débattait maintenant, en colère contre elle-même, atterrée par son attitude. *Cela n'a aucun sens*. Des images de femmes soumises attachées et bâillonnées traversèrent son esprit. *Ce n'est pas toi !*

— Pour l'amour de Dieu, Ginger ! dit-il.

Sa fureur décupla parce qu'il avait recommencé à l'appeler Ginger, l'assimilant à quelque starlette bien faite, flamboyante, d'une vieille série télévisée, quelque femme objet qui n'existait même pas, et cela ne la fit que résister davantage.

— Tu ne peux pas te contenter d'être une bonne petite fille et de rester calme ?

Comme si c'était la chose à dire pour la calmer ! Elle lui jeta un coup d'œil par-dessus son épaule et tira encore plus désespérément sur les liens.

— Libère-moi, gronda-t-elle à travers ses dents serrées.

Jusque-là, elle était restée plutôt calme – une autre chose qu'elle parvenait à peine à s'expliquer – mais c'était allé trop loin.

— Détache-moi tout de suite !

En réponse, il soupira, comme si elle l'énervait ! Elle ne pouvait s'empêcher de tirer violemment et à coups secs sur l'écharpe, essayant de retrouver l'usage de ses mains, se disant que si elle y mettait assez de force, peut-être parviendrait-elle à déchirer le tissu.

— Tu n'as aucun droit, commença-t-elle à cracher, sans réfléchir à ce qu'elle disait. Tu n'as absolument aucun droit de…

— Je suppose que tu ne peux pas, dit-il plus fort, étouffant ses plaintes. Et tu sais ce qui arrive aux méchantes petites filles, Ginger ?

Cela la calma d'un coup. La fit frissonner.

Elle ne répliqua pas, mais finit par s'immobiliser et lever les yeux pour rencontrer le regard de Rogan.

— Les méchantes petites filles, lui apprit-il alors, doivent être punies.

9

Un mince filet de peur glissa le long du dos d'April. Elle ne connaissait pas cet homme. À certains moments, il semblait convenable, et oui, il était flic, ce qui devrait peser dans la balance, mais la réalité était qu'elle n'en savait pas beaucoup plus à son sujet.

Que voulait-il dire par « punies » ? Avait-il l'intention de lui faire du mal ? Ou de la salir d'une manière qu'elle trouverait répugnante ? Une nouvelle image de femmes attachées et bâillonnées lui traversa l'esprit.

D'une façon ou d'une autre, elle se trouvait dans une position d'abandon total. Elle gisait sur son canapé, les bras attachés dans le dos. Pendant une seconde, elle put à peine respirer, imaginant le pire.

— Qu... que vas-tu me faire ?

Elle détestait ce ton de bête aux abois qu'elle employait. Elle détestait avoir posé cette question, laissé voir son inquiétude. Cela encore ne ressemblait en rien à son attitude de tous les jours, à la manière dont elle se voyait.

Elle aperçut alors l'éclat dans le regard de Rogan quand il déclara d'une voix profonde :

— Je pense que tu as besoin d'une bonne fessée, petite fille.

Ces mots provoquèrent tant de réactions dans son esprit qu'elle parvenait à peine à les analyser.

OK, fausse alarme, il ne va pas te faire de mal.

Mais s'il ose penser qu'il va te donner une fessée, il se trompe grandement !

Et… comment cela serait-il ? Pourquoi est-ce supposé être marrant ?

Elle repoussa immédiatement cette pensée épouvantable.

— Tu plaisantes j'espère, dit-elle, fière d'avoir l'air un peu plus autoritaire et en charge des événements qu'elle ne l'avait été depuis son arrivée.

— J'ai bien peur que non, répliqua-t-il, plein d'assurance, comme à son habitude. Je suis pratiquement sûr que c'est ce dont tu as besoin, Ginger.

Et sur ces mots, il commença à défaire le bouton et la fermeture Éclair de son corsaire.

Il était choquant de se sentir autant impuissante, de ne pas pouvoir utiliser ses mains pour essayer de repousser les siennes, et son instinct lui dicta de se tortiller d'avant en arrière autant qu'elle le pouvait. Mais ses efforts étaient à la fois épuisants et inutiles compte tenu de la manière dont elle restait piégée sous lui.

Rogan les fit soudain changer de position : Il se releva pour s'asseoir sur le canapé et tira sur le pantalon d'April avec suffisamment de force pour qu'il lui descende aux genoux. Elle résista tout du long, le visage maintenant tourné vers le sol, mais son corsaire avait dorénavant le même effet que l'écharpe autour de ses poignets : il l'empêchait de se libérer d'un coup de pied, de Rogan comme de ses vêtements. Elle protesta sans discontinuer, sachant à peine ce qu'elle disait. « Arrête ça ! », « Enlève tes mains ! ». Et elle était pratiquement sûre de l'avoir traité de salaud.

Mais la main du flic, imposante et chaude, vint se poser sur ses fesses. La sensation se répercuta jusqu'à son entrejambe. Au plus profond d'elle-même, elle savait que même sa peur de l'inconnu se trouvait supplantée par l'excitation intense que ce contact faisait naître en elle.

Car la vérité était qu'elle pouvait bien lutter toute la nuit, elle avait envie de lui depuis qu'il avait ouvert sa porte. Et même avant ça. Ce qu'elle détestait. Elle détestait ne pas comprendre pourquoi. Elle détestait le sentiment de fragilité que cela impliquait et qu'elle n'avait jamais montré à personne. Mais Rogan Wolfe lui faisait perdre pied. Elle ne pourrait aller longtemps contre ce que toutes les fibres de son corps lui réclamaient. Un abandon total dans les bras de cet homme.

Elle s'immobilisa, entre excitation et répulsion. Essaya de rassembler ses idées. De comprendre dans quelle position elle se trouvait.

Il commença alors à la fesser. Une première claque, puis une autre, et une autre.

Elle criait à chacune d'elles, parce qu'elles étaient un véritable choc, et que sa peau meurtrie la brûlait.

Par moments, elle continuait à se débattre un peu : une réaction naturelle, le besoin pressant de se libérer, de retrouver un minimum de contrôle, en particulier lorsque l'on a les bras attachés dans le dos par sa propre ceinture. Mais elle se rendit vite compte de l'inutilité de ses gestes et se résolut à absorber ce qui se passait.

Chaque fois que le plat de la main de Rogan délivrait cette brûlure douloureuse, cette dernière résonnait un peu plus loin à travers son corps. Et – oh, Seigneur ! – chaque coup semblait aussi se répercuter dans son sexe. April ne s'en était pas vraiment aperçue au début, mais maintenant, il était impossible de ne pas reconnaître la chaleur, la lourdeur qui s'installait entre ses jambes à chaque fessée qui faisait vibrer sa chair.

Comment était-il possible que cela puisse être… agréable alors même que cela faisait mal ? Car c'était bien le cas. La zone qu'il fessait – le claquement semblait emplir la pièce – devenait de plus en plus endolorie. Mais la région qui l'entourait – oh, bon sang ! peut-être même tout son corps – résonnait d'un étrange plaisir qu'elle ne pouvait comprendre.

Dans ses propres cris qu'elle ne pouvait retenir, elle reconnaissait maintenant l'expression du plaisir.

Elle ferma les yeux, commença à accepter où elle était, accepter cette jouissance inexplicable. Elle sentait que l'homme qui la surplombait appréciait la situation autant qu'elle. Ou peut-être était-ce son consentement nouveau, grandissant, qu'il savourait. À moins que cela soit l'ensemble. Cela importait peu. En fait, à la minute présente, ses inquiétudes semblaient s'effacer. Elle pensait moins, se laissait envahir par ce qu'elle ressentait.

Ses fesses la brûlaient, et d'un côté, elle aurait voulu qu'il arrête, mais d'un autre, elle se sentait prête, plus que jamais auparavant avec lui, à cesser de réfléchir et à laisser les choses être ce qu'elles étaient, où que Rogan les entraîne. Peu importe la douleur, elle n'était à aucun moment plus importante que les chaudes sensations qui résonnaient maintenant dans son corps tout entier. Ce qu'elle avait voulu taire au plus profond d'elle-même fusait dans chacune de ses veines. Être fessée lui procurait un plaisir intense, indéniable.

Elle s'abandonnait de plus en plus à cette joie débridée, perverse. Elle eut un mouvement et – oh ! – sentit contre sa hanche, dure comme la pierre, l'érection de Rogan. Sa chatte pulsa encore plus fort, affamée et sauvage. Elle se mordit la lèvre, tandis que cette chaude douleur se déployait en elle comme une traînée de poudre.

Le moment vint où la main de Rogan s'immobilisa sur ses fesses. Une fois de plus, ce toucher calme et si puissant à la fois, après tout ce qui venait de se dérouler, la picota. Des questions vagues voguaient tranquillement dans son esprit. *À quoi mes fesses ressemblent-elles, maintenant ? Et que va-t-il se passer ensuite ?* Cela semblait plus que bizarre de se rendre soudain compte à quel point elle était exposée devant lui, sans que cela ne lui pose plus de problèmes.

Assis sur le canapé, il commença à écarter les jambes lentement tout en repositionnant le corps d'April, les mains toujours sur son postérieur. L'ouverture entre ses jambes s'élargissait, et April glissa lentement, lentement, entre elles. Elle se retrouva à genoux sur le plancher, les mains toujours attachées dans le dos, sa joue venant reposer sur l'intérieur de la cuisse de Rogan. Elle ne fit aucun effort pour changer de position. Au lieu de cela, elle leva les yeux vers l'homme qui se servait d'elle comme d'une marionnette. Il avait de si beaux yeux... Comment ne s'en était-elle pas rendu compte plus tôt ? Elle avait vu tous les aspects de sa personnalité si durs et dominants, mais ce n'était que maintenant qu'elle s'apercevait qu'il y avait aussi en lui une certaine douceur masculine.

Elle sentait ce qui était en train de se passer. Lentement. Mais sûrement. *Je m'abandonne. Je m'abandonne vraiment*. C'était difficile à accepter, mais encore plus dur de... résister. Elle supposait que se noyer offrait les mêmes sensations. Elle avait toujours entendu dire qu'une fois que vous vous laissiez aller à ce qui vous attendait, tout s'apaisait, qu'il s'agissait en fait de l'une des manières les plus paisibles de mourir. On capitulait. On acceptait sans résister. Permettant à la mort de vous emporter. Elle pensait ressentir la même chose en cet instant. Elle voulait ce qui se passait. Elle voulait laisser cet homme la contrôler. Elle voulait remettre toutes ses forces entre ses mains. Elle voulait se laisser aller et simplement lui faire confiance pour lui donner du plaisir.

Elle ne paniqua même pas lorsqu'il ouvrit son pantalon. Elle se contenta de regarder, de ne rater aucun détail. La manière dont ses doigts s'occupèrent de son bouton, puis de sa fermeture Éclair. La musique étouffée qui provenait d'un autre appartement. Le tissu noir du boxer de Rogan. Son membre raide qu'elle devinait. Elle l'avait senti. Contre sa hanche. Son corps était douloureux de le sentir encore.

Et les mains du flic se dirigeaient sous le tissu noir. De l'une, il tira le sous-vêtement vers le bas, de l'autre, il en sortit son… sexe. *C'est comme cela que les mecs – et beaucoup de femmes aussi – l'appellent ; je n'ai pas à être effrayée par un mot.*

Elle était aussi grosse, dure et majestueuse que dans son souvenir, sauf que c'était la première fois qu'elle avait une vue imprenable dessus. Elle était érigée juste au niveau de ses yeux, seulement à quelques centimètres de son visage. Elle se mordit la lèvre inférieure alors qu'une nouvelle vague d'un désir bestial s'élevait en elle.

Elle avait pensé qu'il dirait peut-être quelque chose maintenant, mais fut contente que cela ne soit pas le cas. Le silence était plus facile ; il l'aidait à la maintenir dans l'instant et à s'y laisser porter. Son érection dans une main, il vint placer l'autre derrière la tête d'April pour la rapprocher, et elle se laissa faire. Elle l'observa presque sereinement baisser son sexe raidi vers ses lèvres. Et elle les ouvrit, instinctivement. À genoux, les bras liés dans le dos, elle lui permit, comme domptée, de s'introduire en elle.

April ne s'était jamais laissée aller à une fellation de cette manière. Jamais sur les genoux, sous un homme. Jamais sans ses mains. Jamais d'une façon qui requérait tant de courage et de confiance. Et pourtant quand la hampe rigide glissa lentement entre ses lèvres, elle l'accepta volontiers. Sa bouche s'ouvrit plus largement pour lui, et elle la sentit délicieusement occupée ; elle était délicieusement utilisée. Pas d'une manière négative. Utilisée comme elle voulait maintenant l'être. Comme une femme à la sexualité assumée.

Elle était suprêmement docile. Captive et étrangement satisfaite de son état. Et lorsqu'un dernier soupçon de désarroi força la porte de son esprit, elle se dit qu'elle n'avait de toute façon pas le choix. Il l'avait obligée à faire cela, après tout. Il l'avait attachée ; il l'avait soumise. Elle était piégée entre ses jambes, mains liées, les dix doigts de Rogan derrière sa tête, bougeant sur son membre au rythme de ses gémissements rauques.

Mais une nouvelle vérité se fit jour dans son esprit et elle réalisa qu'elle ne voulait pas avoir le choix. Elle était heureuse de ne pas avoir à décider. En fait, elle aimait avoir les doigts de Rogan emmêlés dans ses cheveux, ses mains exerçant une légère pression pour qu'elle prenne son sexe plus en bouche. Elle pensait qu'en fait, elle n'avait jamais vraiment apprécié de faire une fellation. Au plus profond d'elle-même, à cet endroit caché où elle osait seulement maintenant jeter un coup d'œil, elle aimait l'impression de se sentir submergée par la taille de ce sexe entre ses lèvres ; elle aimait ne pas être capable d'être indécise, de reculer ou d'être à l'aise avec ce qu'elle faisait. Elle éprouvait plus d'émotions ainsi. C'était bien plus palpitant. Ses lèvres lui paraissaient étirées, et les yeux de Rogan sur elle la faisaient se sentir un peu obscène. Son cœur battait comme un fou dans sa poitrine face à toutes ces sensations extrêmes qu'il lui offrait et qui se répercutaient à travers tout son corps.

— Regarde-moi, dit-il.

Elle ne l'avait pas fait depuis qu'il était dans sa bouche. Elle avait gardé le regard planté devant elle, travaillant à suivre le mouvement de son sexe, qui avait d'abord été lent mais se faisait maintenant légèrement plus rapide, comme un piston conduit vers sa gorge. Malgré tout, elle n'hésita pas à lever la tête vers lui. Elle ne pensa même pas à ne pas le faire, ou à s'inquiéter de ce que cela puisse paraître trop personnel ou gênant. Elle était devenue miraculeusement docile.

Ces yeux, qu'elle avait vus doux quelques minutes plus tôt, brûlaient maintenant d'un désir fou qui la transperça jusqu'à son sexe. Les mains de Rogan dans ses cheveux massaient légèrement son cuir chevelu.

— Bon sang, ma belle, t'es si foutrement sexy avec ma queue dans la bouche. Et si foutrement… douce. Je ne savais même pas que tu pouvais avoir l'air aussi douce. Tu te comportes vraiment comme une bonne petite fille maintenant. Rien que pour moi.

Et malgré le changement en elle, elle fut surprise de constater que ses mots, ses louanges, provoquaient une nouvelle vague d'humidité entre ses jambes. Dire des cochonneries n'avait jamais été son truc. Lors des rares occasions où l'un de ses ex s'y était employé, elle avait toujours trouvé que cela manquait de naturel. Mais ça, ça, c'était différent. Peut-être était-ce le ton rauque du flic. Peut-être était-ce parce que sa reddition était totale. Quelle que soit la raison, la vérité choquante était qu'à cet instant précis, elle voulait de tout son cœur être sa « bonne petite fille ».

Leurs regards restèrent verrouillés pendant qu'il faisait glisser son membre d'avant en arrière, dans un rythme qu'April trouvait agréable.

— Tu aimes que je te baise la bouche comme ça ? lui demanda-t-il.

Elle hocha légèrement la tête. Pas de réflexion, pas de prise de décision. Elle aimait, et voulait qu'il le sache. C'était aussi simple que cela.

En réaction, il augmenta un peu le rythme, l'attirant plus loin sur lui, et même si elle se demandait si elle pourrait y parvenir sans s'étouffer, elle n'y voyait pas d'objection. Elle s'exécuta. Obéissante. Même si cela continuait d'être choquant à ses yeux, c'était devenu facile de se comporter ainsi.

Rogan ferma les yeux, sa tête tomba en arrière, tandis qu'il continuait ses poussées régulières entre les lèvres de la jeune femme. Et April laissa ses paupières se baisser à son tour, se laissant envelopper par le plaisir qu'elle prenait à lui en donner. Cela ressemblait soudain à… un cadeau. Offrir du plaisir à un homme si viril, si sexy. D'une certaine manière, cela lui donnait l'impression d'être spéciale, chanceuse, et habile. Ses caresses buccales – même si on l'y avait forcée – avaient l'air assez bonnes pour que Rogan se détende. D'un certain côté, le fait d'avoir la bouche pleine de lui rendait son pubis douloureux du désir de recevoir quelque attention. Mais elle allait se satisfaire de cela. De lui offrir ce qu'il demandait. Qu'elle soit ce qu'il voulait à la minute présente. Même si elle ne le connaissait pas très bien. Elle avait l'impression de bien faire les choses, comme si sa reddition les avait rapprochés plus qu'ils ne l'étaient auparavant.

Lorsqu'il ouvrit les yeux et les baissa vers elle, il dit :

— Tu es sacrément belle comme ça.

Puis ses paupières se baissèrent à demi.

— Je parie que ta petite chatte toute chaude est trempée pour moi, non ?

Un nouveau hochement de tête. Il demandait, elle répondait. Aussi simple que ça. Il n'y avait rien à cacher, plus de défenses à ériger.

— Est-ce que ton mignon petit cul te fait mal là où je l'ai fessé, Ginger ?

Un autre mouvement de tête, sa bouche pleine du sexe dur du flic. Et soudain, elle ne se souciait même pas qu'il l'appelle Ginger. Tout avait changé. Le nom semblait presque… attachant.

— J'aurais aimé que tu puisses voir combien il était rose. Mignon et rose.

Peut-être que cela aurait dû l'ennuyer, mais comme tout le reste à cet instant, ce ne fut pas le cas. Parce que comprendre était inné – il était devenu rose à cause de ce que Rogan lui avait fait, et cela rendait cette roseur mignonne.

— Je vais faire en sorte qu'il aille mieux, lui promit-il.

Et sur ces mots, il soutint sa tête et retira son sexe de sa bouche.

Elle eut un petit gémissement à se sentir si loin de lui. Ses yeux tombèrent sur l'énorme phallus qui venait juste de l'abandonner, humide entre les jambes de Rogan, se dressant de son jean ouvert comme quelque superbe obélisque habituellement caché aux regards. Ses lèvres étaient étirées et douloureuses. Le sentiment de liberté qu'elle aurait dû ressentir après avoir été contrainte ne vint pas. Au contraire, le manque s'installa.

Sentant le regard du flic sur elle, elle leva les yeux vers son visage, et ils restèrent ainsi pendant un long moment, un moment dont elle sentit sincèrement qu'il les liait. Rogan l'appréciait pour tout ce qu'elle était : le dur et le doux, la puissance et l'obéissance, et le fait qu'elle s'était enfin abandonnée à quelque chose contre lequel toutes les cellules de son corps avaient lutté. Et elle l'appréciait, lui, pour être dominant et exigeant, pour donner alors même qu'il prenait, pour sa gentillesse dans sa sévérité, et pour être patient tandis qu'elle apprenait à trouver son chemin dans ce paysage sexuel étranger. Elle savait qu'ils n'avaient rien de plus en commun qu'une heure plus tôt, elle savait qu'il ne s'agissait que d'un lien basé sur une alchimie bouleversante. Pourtant, elle sentait une sorte d'union véritable se créer entre eux à ce moment-là, et elle sut qu'elle tenait à lui bien plus déjà, plus qu'elle ne l'avait cru possible, juste à cause de ce qu'ils partageaient.

Et les baisers reprirent.

Les mains sur les hanches de la jeune femme pour la redresser sur ses genoux, Rogan prit son menton entre ses doigts et se pencha pour prendre tendrement ses lèvres.

Elle n'aurait pas deviné que le grand méchant loup pouvait embrasser de cette manière, si profondément, avec autant de tendresse et de douceur. Ce n'étaient pas les baisers torrides qu'elle avait expérimentés avec lui un peu plus tôt ; c'était affectueux, aimant, et cela l'imprégna jusqu'à l'âme.

Même si elle aurait aimé avoir l'usage de ses mains et prenait de plus en plus conscience que ses bras étaient fatigués d'être maintenus dans la même position pendant si longtemps, elle lui rendait maintenant ses baisers autant qu'elle en était capable, se laissant complètement aller. Tout comme aucun homme ne l'avait traitée aussi durement, elle était aussi sûre qu'aucun ne l'avait jamais embrassée avec autant de tendresse.

Pendant qu'ils s'embrassaient, il lui caressait les seins, la faisant geindre contre sa bouche. Puis, il abaissa les bretelles de son soutien-gorge, si bas que ses deux seins en jaillirent, libres.

— Ah, ma belle, murmura-t-il à cette vue, et elle adora à quel point il semblait saisi.

Lorsqu'il se pencha pour caresser un téton dressé de la langue, un soupir haut perché résonna dans la gorge d'April.

Il prit entre ses lèvres une pointe rose pour la sucer, et la sensation se répercuta directement dans l'entrejambe de la jeune femme, qu'elle sentit pulser de désir. Elle étudia la possibilité de lui demander s'il ne lui enlèverait pas ses liens, car elle avait terriblement envie de faire courir ses mains dans ses cheveux, sur ses épaules, elle voulait le toucher comme il la touchait, mais elle y renonça. Il était celui qui donnait les ordres ici, prenait les décisions. Pas elle. Elle était contente de lui laisser choisir quand il voudrait la relâcher, et jusque-là, elle était sa captive consentante.

Ses yeux se fermèrent et sa tête pencha en arrière dans une absolue reddition tandis qu'il suçait ses seins, utilisant ses deux mains pour les caresser et les masser en même temps. La respiration d'April se fit plus lourde, ses soupirs résonnaient dans la pièce comme une musique chaude et rythmée sur fond de désir.

Bientôt, il remit ses mains sur les hanches de l'avocate et commença à l'attirer vers le canapé.

— Allonge-toi sur le ventre, dit-il doucement.

Elle obéit tandis qu'il l'aidait, puisqu'elle ne pouvait toujours pas utiliser ses mains. Elle se retrouva étendue de tout son long, visage à plat, attendant pendant qu'il finissait de lui retirer son pantalon corsaire. Puis, il lui donna de nouvelles instructions :

— Ramène tes genoux sous toi.

Une fois encore, elle obéit à son ordre. Elle avait douloureusement besoin de sentir son sexe en elle, mais elle se résolut à attendre et à prendre ce qu'il voudrait bien lui offrir, encore étrangement satisfaite de ne pas avoir à prendre de décisions ou à mener la danse.

— Encore roses, l'informa-t-il, et elle sut qu'il parlait de ses fesses.

De nouveau, les mains de Rogan furent sur ses hanches et elle se cambra légèrement, se demandant s'il allait enfin la prendre. Elle fut donc surprise lorsqu'au lieu de cela, elle sentit une sensation des plus douces, des plus tendres sur sa fesse, la picotant sur tout le corps. Malgré sa position embarrassante, elle fit l'effort de regarder par-dessus son épaule pour voir qu'il venait de poser un baiser sur sa peau meurtrie.

Leurs regards se rencontrèrent par-dessus son dos, la bretelle de son soutien-gorge et ses poignets attachés, et il murmura :

— Je vais l'embrasser et faire en sorte que tout aille mieux.

Elle ravala son souffle parce que – Seigneur ! – ce premier petit baiser avait été si étonnamment agréable. Tout comme la fessée, cette stimulation plus tendre se répercutait directement dans son entrejambe, l'excitait davantage encore.

Se retournant, la joue posée sur le coussin du canapé, elle attendit, et savoura, pendant que de plus nombreux baisers se posaient sur ses fesses. Il les faisait pleuvoir, minuscules, sur sa peau, chacun offrant un plaisir immense plus inattendu et incroyable que le précédent. Des soupirs de joie s'élevaient de sa gorge. Elle ferma les yeux et se trouva tout simplement à sourire tant cela semblait merveilleux. Dans ces moments-là, elle oubliait qu'elle avait les mains liées. Elle oubliait qu'elle se trouvait au milieu de quelque chose de nouveau et de transcendant. Elle oubliait tout, sauf à quel point c'était agréable, et combien les baisers semblaient tomber goutte à goutte aussi sur son sexe. Cela continua encore et encore. Elle se mordilla la lèvre, mourant d'envie que cette partie-là de son corps soit aussi emplie.

Et alors – oh, là, là ! – il souleva un peu plus haut ses fesses et laissa tomber ses baisers incroyables entre ses jambes.

— Hmm, s'entendit-elle gémir.

Parce que c'était comme… un cadeau parfait, au parfait moment. Oui, elle désirait ardemment être prise, mais la bouche expérimentée de Rogan sur son pubis était tout aussi délicieuse, mais d'une manière entièrement différente.

Chaque baiser explosait en elle en un torrent de plaisir. Elle écarta les jambes autant que cela lui était possible pour lui offrir un meilleur accès. Elle entendait s'échapper ses propres gémissements tandis que les chauds baisers fusaient en elle. Et – oh ! – il la léchait maintenant, sa langue s'enfonçant dans ses chairs gonflées, si sensibles.

— Hmm, tu as si bon goût, murmura-t-il, et même son souffle sur son mont-de-Vénus l'affecta.

Puis – oh, Seigneur ! – il plaça sa main entre ses jambes et commença à la caresser. Devant. Où elle en avait le plus besoin. Où son corps le désirait tant. Elle ne pouvait contrôler sa réaction, son bassin ondulait de manière presque involontaire contre ses doigts.

— Oh, ma belle, j'adore comme tu es mouillée, dit-il, la voix rauque.

Et il se remit à l'embrasser et la taquiner de la langue là où elle se sentait s'ouvrir pour lui de plus en plus.

Elle geignait sur le coussin, perdue dans ce nouveau plaisir, encore plus consumée que par tout ce qu'il avait fait auparavant. D'une certaine manière, elle savait qu'elle n'aurait pu accueillir ses doigts et sa bouche de cette manière – en étant si humide, si chaude, si offerte – s'il n'y avait eu tout ce qui s'était déroulé avant. Et pas uniquement les baisers et les caresses. Mais l'ensemble. La lutte, la soumission. Toutes les émotions qui s'étaient livré une guerre acharnée en elle.

Elle se mordit la lèvre et bougea plus durement contre les doigts qui dessinaient des cercles autour de son clitoris. Elle cria, encore et encore. Pour enfin se rendre. L'orgasme la traversa comme un train lancé à pleine vitesse, explosant en vagues de lumière et de chaleur qui pulsaient de son sexe à travers sa poitrine, ses membres, chaque molécule de son corps. Elle hurla de plaisir, ne retenant rien, n'essayant désormais plus de le faire. Il n'y avait ni pensées, ni mots. Elle n'était rien d'autre qu'un animal qui suivait ses pulsions, et avait accepté cet état d'esprit sans regrets. Elle laissa la jouissance qu'elle ressentait sortir de toutes les manières qu'elle voulait.

Ses genoux la lâchèrent. Elle s'écroula, le corps épuisé.

Il aurait été bien de se tourner vers Rogan, de l'étreindre, de l'embrasser et de reposer tranquillement contre lui. Elle ne put ignorer ce désir pressant lorsqu'il se saisit d'elle.

Et pourtant… elle n'en avait pas le droit. Ils ne vivaient pas ce genre de relation. *Donc tu ne peux pas t'attendre à ce que cela soit ainsi. Tu ne peux t'attendre à ce que quelque chose d'autre naisse entre vous et que les choses deviennent familières.* Elle arrêta d'y penser. Elle se contenta de rester simplement allongée là, à reprendre ses esprits. Prenant les choses comme elles étaient. Un incroyable orgasme. Arrivé en suivant une route plus qu'inhabituelle.

Elle se sentait à la limite de… eh bien, de peut-être commencer à se laisser aller à réfléchir un peu trop. Mais les mains de Rogan se refermèrent alors sur ses hanches, fermes, leur intention manifeste, et elle sut ce qui s'annonçait. Le désir avide de l'avoir enfin en elle surpassait tout ce qui avait essayé de s'infiltrer dans son esprit. Elle avait été si patiente et avait involontairement apprécié cette étrange chevauchée plus qu'elle n'aurait pu l'imaginer, mais maintenant elle avait besoin du sexe de cet homme en elle aussi désespérément qu'elle avait besoin de respirer.

Elle commença à pousser des soupirs courts, rapides, anxieux, lorsqu'elle sentit son gland se positionner devant sa fente, et – oh oui ! – il entra en elle d'une poussée dure, enfouissant profondément son membre en elle. Elle cria sous le choc, à la fois si saisissant et tellement bienvenu. Dieu merci, il la comblait enfin ! Elle aurait voulu qu'il ne se retire jamais.

Il commença à la prendre durement, encore et encore, criant lui aussi. April avait le sentiment d'être possédée jusqu'aux frontières de son corps à chaque poussée de Rogan. Elle vivait l'apogée de tout ce qu'elle avait traversé, elle voulait qu'il la prenne à lui en faire perdre la tête, et c'était exactement ce qu'il était en train de faire.

Elle n'était pas sûre de savoir depuis combien de temps il bougeait ainsi en elle… Cinq, dix minutes ? Puis, il ralentit, s'arrêta même pendant quelques secondes, avant de changer de rythme, se retira à moitié avant de revenir lentement dans sa fente, encore et encore. Elle soupira devant cette nouvelle et délicieuse façon de procéder, se délectant de la manière qu'il avait de lui faire sentir toute la longueur de son sexe glissant en elle, puis se retirant.

Elle faisait entendre de profonds soupirs à chaque poussée régulière ; derrière elle, Rogan émettait des grondements de plaisir. Et elle perdit de nouveau la notion du temps, ne sachant absolument pas depuis combien de temps il la pilonnait ainsi.

— Ah…

Il commençait à grogner plus bruyamment derrière elle, et lentement, le rythme de ses plongées en elle s'accéléra de nouveau. Elles se firent merveilleusement plus dures. Elle dut serrer les dents pour les supporter, mais elle les aimait aussi comme elle n'y était jamais vraiment parvenue avant.

— Je vais jouir, ma puce, je vais jouir si fort dans ta petite fente.

Il cria alors son propre orgasme, chaque poussée écrasant la jeune femme contre le canapé sans que cela la gêne. Elle adorait l'avoir en elle, adorait s'être suffisamment laissée aller pour rendre cela stupéfiant pour tous deux.

Il s'immobilisa un moment avant de se laisser tomber sur le dos de l'avocate. Puis, il se redressa et se retira.

Et un déluge d'émotions inonda April.

Maintenant que c'était terminé, sa raison reprenait le dessus. Cela commença lentement : elle éprouvait des choses avant de comprendre pourquoi, avant de pouvoir appréhender les pensées qui les accompagnaient. Mais il ne servait à rien de nier son désir pressant de… fuir. Comme la fois précédente.

De s'éloigner de lui. De tout ce qu'ils avaient fait. De l'étrange reddition qui avait été – oh, mon Dieu ! – si humiliante.

Qu'ai-je fait ? Que diable ai-je fait ? Qui suis-je ? Comment me sortir de là ? Je veux revenir en arrière. Juste de quelques heures et changer tout ça. Rester à la maison, rester saine d'esprit, rester moi.

Elle se retrouva à tirer une fois de plus sur l'écharpe qui lui nouait les poignets. Oh, Seigneur, ses bras étaient si douloureux ! Elle n'en avait pas eu conscience depuis un moment, mais la sensation revenait maintenant. *Il faut que j'y aille. Je dois laisser ça derrière moi et ne plus jamais recommencer. En faire un rêve. Une chose qui n'est pas arrivée. Parce que je n'aurais pas pu. Je n'aurais pas pu m'abandonner comme ça, m'offrir comme ça. N'est-ce pas ?*

Comment quelque chose pouvait sembler si agréable une seconde et si… affreux la suivante ? Elle ferma les yeux, craignant que des larmes ne s'en échappent alors qu'elle ne serait même pas capable de les essuyer.

— Tu dois… libérer mes mains, dit-elle, essayant de paraître calme.

Mais elle était pratiquement sûre que sa nervosité s'entendait dans sa voix.

— Impossible, Ginger, dit-il.

Une pierre lui tomba sur l'estomac. *Reste calme, ou au moins, continue de faire semblant de l'être.*

— Pourquoi ? Elles sont douloureuses.

— J'aimerais bien, ma belle, mais si je le fais, tu vas te précipiter sur tes vêtements et partir en courant d'ici une fois de plus. Et ce n'est pas comme cela que ça se passera cette fois-ci.

10

— Eh bien, dit-elle finement, si tu as envie d'un câlin après l'amour, cela va être plutôt difficile dans cette position.

Elle fut surprise que Rogan éclate d'un bruyant éclat de rire. Avait-elle dit quelque chose de drôle ? En fait, tout cela était... humiliant. Humiliant qu'elle n'ait plus trouvé aucun problème à être attachée et tenue – pour l'amour de Dieu ! – dans la chaleur de l'instant, quand l'excitation et une certaine sombre passion étaient extrêmes. D'autant plus humiliant que, maintenant que cet état était passé, elle était toujours dans cette position de soumission extrême, repensant à l'impensable. La pièce lui donnait soudain l'impression d'être bien trop lumineuse, et si elle avait eu l'usage de ses mains, elle se serait levée pour aller éteindre la lumière et s'enfuir cacher son secret chargé de honte au fond d'un placard ou sous son lit.

Mais, une fois de plus, si elle avait eu l'usage de ses mains, elle ne serait pas si désespérée de plonger la pièce dans la pénombre.

— Je n'ai rien contre les câlins, Ginger, répondit-il, mais ce n'est pas ce que j'avais à l'esprit.

Le visage encore enfoui dans le canapé, elle laissa échapper sa colère. Mieux valait être furieuse que de se complaire dans son embarras grandissant.

— Que recherches-tu au nom de Dieu ?

— Rien qui soit pervers, répondit-il, ce qui effectivement la soulagea un peu.

Mais elle ne changea rien à son comportement belliqueux.

— Vraiment ? Tu es sûr que tu n'aimerais pas me voir à quatre pattes en train d'aboyer comme un chien ?

Rogan rit de nouveau.

— Eh bien, si tu y tiens vraiment…

— Non !

— Mais bon, cela aussi serait difficile avec les mains attachées dans le dos.

Elle respira profondément. Essaya de faire abstraction de sa complète nudité. Lorsqu'elle reprit la parole, son ton était plus calme. Elle était fatiguée.

— Écoute, que veux-tu ? Mes bras me font vraiment mal.

Comme il ne répondait pas immédiatement, elle leva les yeux pour découvrir qu'il la regardait depuis sa position dominante, comme s'il essayait de jauger quelque chose.

— Quoi ? lança-t-elle durement.

Son ton ne sembla pas décontenancer le flic.

— Peut-être qu'on peut passer un accord.

Il pencha la tête sur le côté, superbe.

— Si je te libère, promets-tu de ne pas t'enfuir cette fois ?

Avant même qu'elle ne puisse penser à une réponse, il poursuivit :

— Parce que sérieusement, je ne te laisserai pas faire. Je veux juste discuter, April, et je ne te laisserai pas fuir cela.

Elle inspira plus calmement, à la fois rassurée et horrifiée. D'un côté, parler semblait si facile – sympa, même. Mais d'un autre… de quoi voulait-il discuter ? De ce qu'ils venaient juste de faire ? Beurk !

Même si c'était le cas, elle ne parvenait pas à imaginer une meilleure alternative que d'acquiescer.

— Je ne m'enfuirai pas, promit-elle doucement.

— Bonne fille, murmura-t-il.

Et cette fois-ci, sa déclaration condescendante la piqua un peu, même si un minuscule ruban de plaisir coquin remontait le long de sa colonne vertébrale.

Elle choisit de rester silencieuse pendant qu'il défaisait le nœud dans son dos. Un seul mot de travers après tout, et il pourrait bien la laisser ainsi. La vérité était qu'elle voulait s'enfuir ! Le désir pressant de sortir en courant de son appartement, de sa vie, brûlait en elle, et elle considéra même le fait d'essayer. Mais elle était pratiquement sûre que, le temps de rassembler ses vêtements, il serait de nouveau sur elle, ce qui, d'une certaine manière, pouvait être tentant. *Seigneur, qu'est-ce qui ne va pas avec moi ?* D'un autre côté, elle n'était pas en état de lutter encore ce soir-là.

Lorsque, enfin, l'écharpe autour de ses poignets se détendit et qu'elle put ramener ses bras vers l'avant, elle laissa échapper un petit gémissement. Ses membres étaient raides et douloureux.

— Désolé, Ginger, murmura Rogan, la prenant par surprise.

Elle tourna la tête pour rencontrer son regard.

Elle ne répliqua pas, même si une excuse venant de lui semblait ne pas coller avec son caractère, et elle continua lentement à détendre ses bras et à les laisser pendre le long de ses flancs pour les reposer un moment. Puis, levant les yeux, elle tendit l'un d'eux au-dessus de sa tête. *Oh, comme c'est douloureux !* Mais elle savait que bouger détendrait ses muscles. L'instant d'après, elle tira sur une couverture au crochet qu'elle avait remarquée sur le dossier du canapé. Elle se demanda qui l'avait faite. Qui tricoterait pour le grand méchant loup ?

Elle se dépêcha de l'étendre sur elle tout en roulant sur le dos, étonnée lorsque Rogan lui donna un coup de main en tirant le bord de la couverture sur ses cuisses.

— Un peu tard pour la pudeur, non ? demanda-t-il malgré tout, mais sans l'arrogance à laquelle il l'avait habituée.

Elle était rassurée de voir qu'il avait remonté son boxer et son jean – même si la fermeture Éclair de ce dernier n'était pas fermée – et s'était assis à l'autre bout du canapé.

— Je suppose, souffla-t-elle, que je ne suis… pas si à l'aise que ça avec… quelqu'un que je connais à peine.

Et, se rendant compte combien cela pouvait sembler ridicule, elle ajouta :

— Qu'importe ce que nous venons de faire.

Baissant le menton, il lui lança un regard connaisseur.

— Personne ne t'a jamais dit que tu pourrais supporter de te détendre un peu ?

Elle laissa échapper un autre souffle.

— Je sais très bien me détendre. Lorsque je suis dans une situation qui le permet. Ce n'est pas le cas ici.

Il haussa les épaules.

— La plupart des gens avanceraient qu'un orgasme les détend beaucoup. Et tu en as eu un bon.

Elle ignora la bouffée de chaleur qui envahit sa poitrine et son cou et travailla à maintenir son regard rivé à celui de Rogan, juste pour prouver qu'elle en était capable. Elle pouvait bien ne pas y avoir réussi parfois avec lui, mais elle était avocate et de telles compétences allaient de pair avec sa profession. Elle ferait bien de se montrer plus intraitable en sa compagnie. À la minute présente, en particulier, il semblait important de faire preuve de quelque force.

— Il s'agit de circonstances inhabituelles pour moi.

Le visage de Rogan se fendit d'un large sourire.

— On ne t'a jamais attachée pendant qu'on te faisait l'amour avant ?

La chaleur poursuivit son chemin, réchauffant maintenant les joues d'April.

— Je crois que tu connais la réponse.

Il leva les sourcils, taquin.

— Eh bien, maintenant, tu as ajouté quelque chose de nouveau à ton répertoire, quelque chose que tu sais aimer.

— Ne sois pas ridicule, je n'ai pas aimé.

Il inclina de nouveau la tête, et elle détesta trouver son arrogance si sexy.

— Tu n'as pas rendu les choses faciles, dit-il, mais cela ne veut pas dire que tu n'as pas aimé.

— C'est pourtant le cas, insista-t-elle.

— Menteuse, répliqua-t-il calmement, sûr de lui.

Elle sentit sa rougeur s'accentuer, la dénonçant. Elle finit par briser leur échange visuel, puisqu'elle était pratiquement sûre que son regard la trahissait tout autant. Baissant les yeux vers la couverture, elle demanda :

— Qui l'a tricotée ?

— Hein ?

— La couverture, qui l'a tricotée ?

— Mon ancienne voisine. Dans le Michigan.

Hum. Ni une mère, ni une grand-mère, ni une tante. Non pas que cela lui apprenne quoi que ce soit, ou ne lui en dise plus sur la vie personnelle de Rogan.

— Quand tu couchais avec elle ?

Un nouvel éclat de rire lui échappa.

— Non. Elle était suffisamment âgée pour être ma mère.

— Moque-toi de moi si tu veux, mais tu ne sembles pas être le genre de mec à sympathiser avec les voisins.

— Je ne le suis pas, répondit-il, l'air plus sérieux. Je n'ai pas échangé plus de deux mots avec qui que ce soit dans cet immeuble pour le moment. Mais je suppose qu'elle avait un faible pour moi. Qui sait ? Peut-être que je lui rappelais quelqu'un.

Il ne s'était donc pas agi d'une relation proche. Elle en perdit son intérêt pour la couverture au crochet. Et se sentit un peu triste. À la fois pour la voisine de Rogan et pour lui. Zut, peut-être pour elle aussi. Elle se demanda à nouveau ce qu'elle faisait là à coucher avec ce type. Peut-être avait-elle espéré découvrir qu'il y avait plus à voir en lui que ce qu'elle avait aperçu jusque-là, quelque chose de doux et de troublant, quelque chose de tendre et d'attachant. Pour le moment, elle n'avait eu la preuve que de l'existence d'une voisine qu'il connaissait à peine.

— Parle-moi de ta famille, demanda-t-elle.

— Pas de famille. Il ne reste personne.

Elle le défia, les sourcils dressés.

— Tout le monde a une famille. Que leur est-il arrivé ?

Mais il se contenta de secouer la tête.

— Ce n'est pas comme ça dans ma vie, d'accord ?

Non, pas d'accord. Mais aussi autorisée se sentait-elle à insister, elle n'avait pas le cran de le faire à cet instant précis. L'expression du visage de Rogan lui conseillait de laisser tomber le sujet.

— D'accord, finit-elle par dire.

— Et quelle est donc ton histoire, April Pediston ? demanda-t-il, le regard inquisiteur.

— Je suis avocate spécialisée en droit des sociétés, je travaille pour le cabinet Granvers et Associé, qui se trouve en centre-ville. J'ai obtenu mes diplômes à l'Université de Miami.

Dans la mesure où cette dernière se trouvait à Coral Gables même, cela avait été un choix facile, évident, lui permettant de vivre avec sa grand-mère et ses sœurs, qui, toutes, à l'époque, avaient besoin d'elle.

— Quoi d'autre ?

Rogan avait l'air de s'ennuyer légèrement et elle se demanda pourquoi elle lui dirait quoi que ce soit de plus, compte tenu des circonstances. Après tout, lui ne s'était pas confié.

— J'ai deux jeunes sœurs, qui sont toutes les deux pénibles, chacune à leur manière, et ma grand-mère, à Coral Gables. Elle nous a élevées, ajouta-t-elle, se demandant pourquoi, une fois de plus, elle lui racontait quoi que ce soit la concernant.

— Pourquoi ? Où sont tes parents ?

Elle laissa échapper un soupir. Cette partie-là n'était jamais facile ; elle détestait l'expression d'horreur et de pitié qui pénétrait dans le regard des gens lorsqu'ils apprenaient la chose, même si leur intention était bonne.

— Accident de voiture, dit-elle, sans rien ajouter de plus.

Et elle essaya de lui faire comprendre d'un regard qu'il n'était pas question d'aller plus loin.

— Waouh ! Je suis désolé, dit-il juste.

Elle en fut soulagée.

Pourtant, une fois plus, toute expression de compassion venant de lui la surprenait.

— Merci, murmura-t-elle. Mais c'était il y a longtemps.

Il la regardait sans rien dire, et elle se sentit de nouveau mal à l'aise. Jetant un coup d'œil autour d'elle, elle repéra son pantalon et ses dessous sur le sol, près de la table basse, son haut un peu plus loin.

— Je peux m'habiller maintenant ? demanda-t-elle avec insistance.

— Pas encore.

— Pourquoi ?

D'un certain côté, elle avait été obligée de se détendre un peu, tout du moins comparé à ce qu'elle ressentait quelques minutes plus tôt. Mais d'un autre, elle voulait encore rejoindre sa voiture, où elle serait seule et pourrait pleurer, hurler, et se taper la tête contre le volant.

— J'essaie juste de comprendre tes réactions, Ginger.

Elle cilla.

— Mes « réactions » ? Qu'est-ce que cela signifie ?

Nouvelle inclinaison de tête du loup.

— Je me demandais juste pourquoi tu étais si flippée par le sexe.

C'était comme s'il avait réduit un poids qui lui pesait sur la poitrine. Dans la bouche de Rogan, cela sonnait si simplement, et elle avait l'air si rétrograde, comme si le sexe était... une chose normale ou un truc du genre.

Son cœur battait plus fort maintenant, et à supposer qu'elle ait vraiment commencé à se détendre, cela faisait maintenant partie du passé. Elle ne voulait pas discuter de cela. Elle ne voulait même pas que cela soit réel ! Si elle en parlait... la situation prendrait forme sous ses yeux. Quelque chose qu'elle ne pourrait plus repousser dans un placard de son esprit aussi facilement que cela lorsqu'elle quitterait cet appartement. Quelque chose qu'elle ne pourrait prétendre n'être pas arrivé, parce qu'elle était une femme guindée, professionnelle, et portait un tailleur la plupart du temps.

Elle ne voulait pas prolonger l'interrogatoire. Et elle devait le faire comprendre à Rogan, même si la vérité n'était pas agréable.

— Il ne s'agit pas uniquement de sexe, dit-elle, sa voix s'abaissant pendant qu'elle parlait. Mais de sexe… bizarre.

Il rit de nouveau, un rire franc et profond.

— Et alors ? L'étrangeté est dans l'œil du spectateur. C'est bizarre uniquement si tu penses que ça l'est.

Les yeux de la jeune femme s'écarquillèrent légèrement.

— Eh bien, c'est ce que je pense.

Les commissures des lèvres de Rogan se soulevèrent un peu, et April se souvint alors de ce que la faible égratignure de sa barbe de trois jours provoquait sur sa peau tendre.

— On avance, maintenant.

— Et… je ne couche pas avec des gens que je ne connais pas.

Le sourire du flic s'élargit, provoquant l'apparition de petites rides aux coins de ses yeux, celles qui semblaient toujours bien plus attirantes chez les hommes que chez les femmes.

— Oh, je dirai que nous ne nous connaissons pas trop mal, arrivés à ce point.

— À peine. Je t'ai posé une question et tu l'as repoussée.

— Tu es plus intéressante que moi, lui dit-il avec aisance. Même si je ne pensais pas à cela en parlant de se connaître mieux, ajouta-t-il.

Ce que, bien sûr, elle avait compris, mais avait choisi d'ignorer.

— Vraiment ?

— Tu me fascines, Ginger, répondit-il.

Elle se contenta de ciller, deux fois, essayant de digérer ce qu'il venait de dire, et de faire en sorte que son visage ne révèle aucune émotion.

— Tu... te moques de moi ? finit-elle par demander, se sentant soudain presque aussi vulnérable qu'elle l'avait été pendant leurs ébats.

Il avait l'air absolument sérieux lorsqu'il lui répondit.

— Non. Bien sûr que non.

Elle se contenta de le regarder. Puis, fit preuve d'honnêteté.

— Je ne saisis pas, dit-elle en secouant légèrement la tête. Je n'ai rien de spécial.

Il prit un air inquisiteur.

— Je ne suis pas d'accord. Tu es superbe, mais si... raide. Si guindée. Tu es si réactive, au baiser, au sexe, quoi que nous fassions à n'importe quel moment, mais en même temps, si... effrayée.

— Je ne suis pas effrayée, lui lança-t-elle, se rendant immédiatement compte à quel point elle avait l'air ridicule, comme un petit enfant à qui on aurait lancé un défi.

Elle ne fut donc pas surprise d'entendre de nouveau un éclat de rire depuis l'autre bout du canapé. Il se déplaça alors, s'étira, étendit ses jambes le long de celles de la jeune femme, son pied finissant près de son coude. La toile de son jean appuyait contre les jambes nues d'April sous la couverture.

— Tu flippes à mort devant tout ce que je te fais éprouver, tout ce que je te fais désirer. Et tu veux que j'en porte la charge. Tu veux que je te le fasse faire.

La poitrine d'April se serra à ses mots. Elle savait que tout cela était vrai, mais elle trouvait cela brutal, dur à entendre. Elle laissa échapper sa réponse sans même prendre le temps de la soupeser.

— Je ne suis pas à l'aise avec le fait de désirer un inconnu, de… m'abandonner à lui.

Après avoir semblé prendre cela en considération pendant un moment, il hocha légèrement la tête, l'air apaisé.

— OK, je peux le comprendre. Mais…

— Mais quoi ?

— Mais il y a bien plus que cela, et tu le sais.

Elle ne dit rien, n'ayant aucune idée de ce qu'elle pouvait avancer comme argument. Elle savait de quoi il parlait, mais elle ne pouvait faire le clair dans sa tête.

— Tu aimes perdre le contrôle, dit-il.

Elle contrecarra immédiatement.

— Je déteste ça. C'est… le problème.

Elle détestait aussi cette discussion, détestait qu'il lui fasse repenser à tout cela, parler de tout cela.

Il l'épingla du regard.

— Il me semble que c'est peut-être le cas de l'avocate en toi, mais qu'il est possible que ton être sexuel n'y voie aucun inconvénient. Tu étais…

Sa voix s'était faite plus grave, son élocution plus lente.

— Tu étais purement et simplement soumise quand je me suis mis à te fesser.

Elle n'était pas sûre de savoir si ses fesses la picotaient et ses seins étaient soudainement douloureux parce qu'il avait l'air de nouveau fou de désir ou parce que ce souvenir l'excitait elle aussi. Elle savait juste que cette conversation la mettait de plus en plus mal à l'aise seconde après seconde.

— Je... ne suis pas comme ça, affirma-t-elle. Je ne l'ai jamais été. Je... je... n'ai aucune explication.

Et sa propre voix lui semblait plus sourde, plus languissante.

— Mais c'est comme cela que tu veux être avec moi, et j'aime ça, assura-t-il.

Elle commença à protester, mais il referma sa main sur sa cheville pour l'arrêter et elle se calma instantanément.

— Une fois que tu dépasses le fait de t'abandonner, de laisser tomber ton précieux contrôle, c'est ainsi que tu veux être avec moi, et tu le sais. Alors, ne discute pas.

April était allongée là, soutenue par les coussins empilés derrière elle, l'observant, essayant d'absorber tout ce qu'il lui disait. Avait-elle cessé de discuter parce qu'elle savait que c'était vrai et qu'elle ne pouvait gagner ? Ou parce que... même à cet instant, à la seconde où il s'était fait un peu plus dominateur, elle voulait, au plus profond d'elle-même, se soumettre à lui ? Il y avait eu quelque chose de si... étrangement rassurant, au milieu de toute cette tourmente émotionnelle, de juste obtenir son approbation, de s'entendre dire qu'elle était une bonne fille.

Ce fut comme si on la frappait au visage. Elle était passée à côté de cela, ce sentiment de faire plaisir à quelqu'un qui avait de l'influence sur elle, d'être choyée, adorée, d'être la petite fille de quelqu'un. Même avant la mort de ses parents, elle avait toujours été l'aînée, celle qui possédait le sens des responsabilités, qui aidait ses sœurs, s'occupait des tâches ménagères. Elle pouvait à peine se rappeler une époque où elle aurait éprouvé ce genre d'approbation simple, agréable. Et, même si elle l'avait pu, cela n'aurait pas pu la combler parce que cela lui avait été ravi trop tôt.

April continuait de ne rien dire, choquée par ses propres pensées et ayant l'impression d'être un cliché[1]. Elle avait toujours pensé qu'elle était si mûre, alors qu'en fait, elle avait ses propres démons cachés, comme la plupart des gens. En vérité, elle avait pensé être au-dessus de tout ça, au-dessus des maladies mentales avec lesquelles les autres avaient à faire, au-dessus des bagages émotionnels que tant de femmes – comme Kayla Gonzalez – trimbalaient avec elles. Elle n'appréciait pas de découvrir qu'elle avait eu tort.

— Tu as à faire face à une grosse pression quotidienne, non ? lui demanda-t-il alors.

Elle réfléchit à la question. Travailler à défendre des sociétés dont les pratiques étaient parfois dures à soutenir devant la justice et de son propre point de vue ? Travailler *pro bono* pour des femmes qui étaient généralement profondément bouleversées ? Prendre soin de sa grand-mère sans être beaucoup aidée ? Prendre soin de deux sœurs qui étaient toutes deux suffisamment âgées pour s'occuper d'elles-mêmes mais n'y arrivaient souvent pas ? Oui, elle supposait qu'on pouvait qualifier cela de « grosse pression ».

— Je suppose.

Il commençait à lui masser légèrement la cheville, remplaçant sa poigne ferme du moment

1. En français dans le texte. (*N.d.T.*)

précédent par l'éraflure à peine sensible du bout de ses doigts, de haut en bas, de bas en haut. Le contact tendre semblait se répercuter tout le long de sa jambe et jusqu'à son sexe.

— Raconte, dit-il.

La pression, voulait-il dire. Et une partie d'elle voulait refuser puisque, après tout, il ne lui avait rien dit de lui et qu'elle ne lui devait rien. Mais une autre partie – cette partie étrange, étrangère, docile qu'il avait mise au jour peu de temps auparavant – se sentait... presque obligée de répondre à un ordre émanant de lui.

Elle se mordit la lèvre.

— Eh bien, le droit des sociétés est source d'une pression assez élevée par nature, parce que les enjeux sont toujours très importants. Financièrement. Et même en termes de sauvegarde de l'emploi, et des entreprises parfois. Donc les résultats comptent. Ils s'accompagnent de longues heures de travail. Je fais aussi du bénévolat, comme avec l'affaire Kayla Rodriguez. Puis, il y a ma grand-mère. Elle ne se déplace plus qu'avec difficulté, et une grande partie du fait de s'occuper d'elle m'incombe. Et parfois ma sœur Allison a besoin d'aide avec ses enfants ; elle n'est pas mauvaise, mais elle peut être inconstante et trop centrée sur elle-même. Quant à ma plus jeune sœur, Amber, elle vit avec moi ; c'est une artiste en herbe qui n'a pas vraiment de travail, et en ce moment, elle est surtout concentrée sur les sorties et les rencontres, donc elle ne me soutient pas beaucoup.

— Attends une seconde, intervint Rogan. Ta grand-mère et le travail, je comprends. Mais tes sœurs... Ce sont des adultes toutes les deux, non ?

Elle opina.

— Amber a vingt-cinq ans et Allison, vingt-neuf.

— Hum, donc je pense qu'elles sont suffisamment âgées pour prendre soin d'elles. Et de leurs gosses. Elles sont capables de porter leur propre poids.

Elle haussa les épaules, essayant de se montrer légère sur le sujet.

— Eh bien, en avoir l'âge ne suffit pas pour qu'elles s'y appliquent.

— Pas si tu fais tout pour elles. Je veux dire, je ne te connais pas assez pour appréhender totalement la situation, mais je sais en revanche que ce n'est pas juste quand toute la responsabilité repose sur les épaules d'une seule personne. Peut-être que tu devrais sérieusement penser à ne pas venir autant à leur secours, tu sais ?

Hum. Comment savait-il que cela se passait ainsi – qu'elle venait tout le temps à leur secours ? Était-ce à ce point évident, après les quelques phrases qu'elle lui avait sorties ? Et la vérité était…

— J'essaie, parfois, mais c'est difficile. Lorsqu'elles ont besoin de mon aide et que je peux leur offrir, c'est dur de dire non, quand tu te sens comme le parent, et que…

Elle s'arrêta, soupira.

— Et que tu as l'impression de peut-être ne pas avoir fait un si bon boulot.

— Mais être le parent n'était pas ton boulot.

Elle le savait, évidemment.

— Mais ce n'est pas leur faute si elles se sont retrouvées sans père ni mère.

Elle ne se sentait pas complètement à l'aise de bavarder de tout cela, mais…

Eh bien, si tu peux partager ce genre d'expériences sexuelles avec ce mec, tu peux sûrement... te dévoiler un peu.

— Je suis l'aînée, poursuivit-elle, résultat, quand mes parents sont morts, j'ai pris la tête de la famille. Quelqu'un devait endosser le rôle, qu'on le veuille ou non. Ce n'était pas facile. J'... j'ai le sentiment d'y avoir perdu la plus grande partie de ma jeunesse, et je suis probablement passée à côté de beaucoup de trucs marrants que font les ados. Mais ce sont les cartes que la vie m'a distribuées, m'occuper de mes sœurs et être là pour elles quand il n'y avait personne d'autre. Donc... si elles ne peuvent faire face à la vie de manière responsable, je dois les aider.

— Et si tu ne le fais pas ?

Bizarrement, c'était une chose à laquelle elle avait rarement pensé. Lors de fortuits moments de frustration, peut-être, mais pas en y réfléchissant sérieusement. Elle le fit alors.

— Je... je ne sais pas. Mais je suppose que le résultat final est... que leur vie deviendrait plus dure. Qu'... qu'au bout du compte, elles ne seraient pas heureuses. Et leur bonheur m'importe.

— Plus que le tien ?

Comment cela s'était-il produit ? Comment se retrouvait-il si impliqué dans sa vie personnelle en moins de deux minutes ? *Tu l'as laissé faire. En répondant à ses questions. En voulant lui faire plaisir ainsi*. C'était si étrange ! Et révoltant !

— Je ne sais pas, dit-elle en repensant à sa question, et en y répondant de nouveau avec honnêteté. Peut-être.

Lorsque Rogan reprit la parole, sa voix était étonnamment gentille.

— C'est pour cela que tu aimes ça, April.

— Hum ? marmonna-t-elle d'un air absent, parce qu'il avait continué à lui masser la cheville, pendant tout ce temps.

C'était si doux, si tendre, si bon. Cela lui donnait d'une certaine manière le sentiment d'être... appréciée. Chouchoutée. Qu'on lui accorde de la valeur. Peut-être même un peu adorée, bien que le terme soit trop fort.

— C'est pour cela que tu aimes renoncer à ton contrôle sur toi-même en ma présence. Quand tu te l'autorises, j'entends, expliqua-t-il, faisant toujours glisser très légèrement ses doigts de haut en bas. Tu passes le reste de ton temps à prendre soin des autres, à prendre de grandes décisions, à t'occuper de tout ce monde qui se tourne constamment vers toi. Mais avec moi, tu es capable de laisser faire et de ne pas penser, de me laisser décider, m'occuper de tout et de faire en sorte que tu te sentes bien.

Sa voix se fit plus grave tandis qu'il finissait de parler et elle sentit les mots circuler en elle avec délice, se graver entre ses jambes plus qu'elle ne les entendit.

Elle avait lu des articles à ce sujet, ou avait peut-être vu quelque chose à la télé. Elle se souvenait en particulier de ce documentaire sur des hommes cadres de haut niveau qui prenaient leur pied à se faire traiter comme des bébés ou des petits enfants se conduisant mal par des femmes dominatrices ; et il lui semblait qu'il y avait eu d'autres exemples qui lui paraissaient aussi bizarres et écœurants que celui-là.

Et pourtant... elle supposait maintenant que tout cela faisait sens.

Ce qui faisait d'elle un cliché de taille encore plus imposante.

— Je suis un cliché, murmura-t-elle doucement, un peu éberluée. Je... je suis un cas d'école pour n'importe quel aspirant psychologue. Comment ai-je pu passer à côté de cela ? Ne pas le voir ?

Elle secoua la tête. Cette prise de conscience la faisait se sentir toute petite.

— J'ai toujours pensé que j'étais... tellement plus que cela.

— Tu es bien plus que cela, lui dit-il, semblant si incroyablement sûr de lui, que, même venant de cet homme qu'elle ne connaissait pas très bien, cela lui rendit un peu de sa confiance en elle. Ce n'est qu'une minuscule partie de toi. Celle qui a besoin qu'on s'en occupe un peu, de la même manière dont tu t'occupes de tout le monde. Tu n'as pas à la laisser te diminuer, ma belle.

Il semblait si intelligent soudain. Comme s'il avait considéré tous les aspects de la situation. Et l'avait comprise bien mieux qu'elle-même. Elle se sentait généralement si... cataloguée par les gens qu'elle rencontrait. Ils la voyaient comme une avocate pragmatique, responsable, sérieuse. Ou comme une femme endurcie par la perte de ses parents pendant son adolescence. Rarement, aussi rapidement, elle avait eu l'impression que quelqu'un de nouveau dans sa vie regardait au-delà de ces simples faits la concernant. Peut-être cet homme était-il plus intéressant qu'elle n'avait commencé à le penser. Même si la couverture en crochet sous laquelle elle était allongée venait simplement d'une voisine quelconque…

Puisqu'il était si futé, elle lui posa la question qui découlait de ses interprétations :

— Et donc, que suis-je censée faire à ce sujet ?

Les doigts de Rogan s'immobilisèrent sur sa cheville, il fit glisser sa paume chaude lentement le long du mollet, ses yeux sombres s'ouvrirent plus largement, séducteurs, il afficha un air complice.

— Tu me laisses prendre soin de toi. Comme tu l'as fait ce soir.

Elle se mordit la lèvre inférieure, choquée et… si étrangement tentée qu'elle se reconnaissait à peine. Il lui était soudain difficile d'être à l'aise avec ses propres pensées.

— Je… je ne sais pas si je peux, lui dit-elle.

Elle n'était même pas en train de lutter contre lui mais, de nouveau, il tirait d'elle des réponses honnêtes, même quand elle n'était pas sûre que cela soit dans son intérêt de se confier autant.

Il se contenta de répliquer :

— Je sais que tu le peux. Je sais que tu le veux.

Elle respira profondément. Se retrouva de nouveau sans savoir quoi dire. Ce sentiment lui était lui aussi étranger. Elle était une femme forte et professionnelle. Elle savait comment mener une conversation, était rarement à court de réponse. Sauf avec Rogan Wolfe.

Lorsqu'il souleva soudain ses jambes par-dessus elle et se leva du canapé, elle se retrouva pantoise. En avaient-ils fini ? Comme ça ? Pouvait-elle enfin s'habiller ? Elle n'avait tout simplement aucune idée de comment ces jeux fonctionnaient. Si… il s'agissait bien de jeux.

Le petit sac à main qu'elle avait emmené avec elle était tombé près de la porte d'entrée et elle suivit des yeux Rogan tandis qu'il allait le ramasser pour le ramener sur le canapé. Le lui tendant, il lui ordonna :

— Attrape ton téléphone.

De nouveau, comme si elle n'était plus qu'une version robotisée d'elle-même, elle obéit.

Il lui prit le téléphone des mains sans lui demander la permission, et quand il se fut rassis au bout du canapé, il commença à appuyer sur les touches.

— Que fais-tu ?

— Je rentre mon numéro.

Oh. D'accord. Ce n'était pas si terrible, maintenant qu'ils en étaient là, pensa-t-elle.

Un moment plus tard, un autre portable sonna et ses yeux furent attirés vers la table basse, où celui de Rogan était posé. Lorsqu'il s'en saisit et y jeta un coup d'œil, elle aperçut son propre numéro s'afficher sur l'écran. Il s'était appelé lui-même depuis le portable d'April pour obtenir son numéro, sachant probablement qu'elle hésiterait à lui donner. Et malgré tout ce qu'ils avaient maintenant vécu ensemble, elle n'était pas sûre du tout de savoir ce qu'elle ressentait à l'idée qu'il l'ait. Qu'elle ait le sien était une chose, l'inverse en était une autre.

Il tapota son clavier puis dit :

— Voilà. Maintenant on peut se contacter quand on veut. Si tu as envie de moi, ma puce, appelle-moi, dit-il avec un regard entendu. À n'importe quel moment. Et si tu ne le veux pas… eh bien, je sais que quand je te désirerai et que je te le ferai savoir, tu viendras à moi.

11

Comme auparavant, elle souffrait du même étrange, presque apathique sentiment que pendant les préliminaires et le sexe. Même si elle pensait que le terme de « préliminaires » était de loin bien trop simple pour décrire les choses qu'ils avaient faites. Elle se sentait conciliante et étourdie, presque comme si elle était ivre. De lui. C'était comme si les quelques mots qu'il venait de prononcer l'avaient jetée dans cet état de torpeur.

Elle ne parvenait pas à répondre. Mais ce n'était ni un refus ni une protestation, pas plus qu'un acquiescement. Elle était simplement allongée là, à digérer tout ça, à se demander si ce qu'elle avait entendu était bien réel. Reviendrait-elle à lui s'il l'appelait ? Lui avait-il fait un lavage de cerveau ou un truc du genre ? Elle savait que ce n'était pas le cas, bien sûr, mais elle ne parvenait toujours pas à comprendre ce besoin étrange et pressant de lui faire plaisir, de lui obéir, besoin qui ne cessait de la submerger.

— Tu peux y aller maintenant, lui dit-il.

C'était comme si… la classe était finie. Comme si une personne possédant toute autorité sur elle venait de la relâcher, lui rendait sa liberté. Comme la marionnette qu'elle semblait être devenue pour lui ce soir-là, elle ne s'assit qu'alors, tenant la couverture contre sa poitrine en commençant à chercher ses vêtements.

Quelques secondes plus tard, toujours à ses côtés sur le canapé, Rogan lui tendait sa petite culotte entre le pouce et l'index. Pour une raison ou pour une autre, April leva rapidement les yeux vers lui et leur échange muet était un rappel silencieux du fait qu'ils venaient juste de baiser. Baiser. Cela devenait plus facile d'y penser en ces termes. Cela ne semblait plus aussi cochon. Sauf peut-être d'une manière inoffensive, d'une manière qui lui rappelait combien cela avait été bestial par moments, et combien elle s'était sentie puissamment, sauvagement, liée à lui alors.

Elle se félicita d'avoir mis une jolie culotte bleue bordée d'un peu de dentelle. Elle la lui prit des mains et baissa la tête pour commencer à l'enfiler, sous la couverture. Quant à savoir pourquoi elle se montrait si pudique à la minute présente, elle n'aurait pu le dire. Mais peut-être… se sentait-elle trop exposée de bien des manières. Elle n'en avait pas l'habitude. Pas du tout.

Elle attrapa son corsaire et l'enfila aussi. Son soutien-gorge n'avait jamais été détaché et cela faisait un moment qu'elle l'avait rajusté mais ce ne fut que lorsque Rogan alla chercher sa blouse paysanne qu'elle laissa retomber la couverture.

— Lève les bras, lui dit-il, et elle lui jeta un coup d'œil pour le voir tenant le haut à deux mains, prêt à le lui passer comme si elle était véritablement cette gentille petite fille qui avait besoin d'aide pour s'habiller.

Une partie d'elle souhaitait rechigner, mais l'autre, celle qui prenait le dessus, continua à se rendre de plus d'une façon, en levant les bras.

Il fit glisser la blouse par-dessus sa tête. Elle passa ses bras dans les manches courtes et tira vers le bas le reste du vêtement. Puis ce fut le tour des sandales qui avaient valsé à un moment ou à un autre, probablement quand son pantalon lui avait été enlevé. Rogan les ramassait maintenant l'une après l'autre et les faisait glisser à ses pieds.

Après ça, il lui prit les mains, et en garda une dans les siennes quand elle se souleva doucement du canapé et attrapa son sac – où elle avait remis le portable. Rogan la reconduisit à la porte.

Une fois là, elle était sur le point de dire au revoir – moins pressée de s'échapper qu'avant, mais encore consciente que d'être seule après tout cela serait un soulagement – lorsque Rogan fit descendre ses mains sur sa taille et commença à l'embrasser follement, exactement comme lorsqu'elle était arrivée.

Elle ne pouvait résister. N'essaya même pas. Ses bras vinrent d'eux-mêmes s'enrouler autour de son cou et elle accepta ses baisers passionnés, y répondit, les laissa se déverser dans son corps apparemment encore affamé de lui. Elle ne pouvait nier qu'elle aimait la sensation de la bouche de cet homme sur la sienne, aimait être désirée par lui, et prenait un plaisir égal à enfin accepter de le désirer elle aussi. C'était bon de l'embrasser avec un peu de... joie au cœur.

Bien sûr, cette joie fut de courte durée. Parce qu'embrasser était une chose, qu'elle pouvait se permettre maintenant qu'elle se sentait plus proche de lui, qu'elle le voyait un peu moins comme un sombre inconnu. Cela n'allait plus contre ses principes d'apprécier autant ses baisers. Mais ce qui s'était déroulé là, ce qui continuait à se dérouler entre eux, était bien plus complexe que de simples baisers. Et même si une partie d'elle voulait continuer de s'y abandonner, d'accepter la bizarrerie de tout cela, l'autre se rebellait toujours aussi instinctivement. Leurs baisers prirent fin et leurs yeux se rencontrèrent, les paumes d'April appuyées contre le torse de Rogan et les siennes sur les épaules de la jeune femme. Elle avait l'impression que la tête lui tournait. À cause de sa bouche et de ses sentiments conflictuels.

Quand Rogan la laissa partir, tendant la main pour ouvrir la porte, ce fut à la fois un soulagement et une déception.

— Je t'appellerai bientôt, April.

Une vague d'incertitude s'éleva en elle.

— Je ne suis pas sûre…

— Je t'appellerai bientôt, répéta-t-il fermement.

Et elle sut qu'il le ferait.

Rogan se tenait dans le patio le plus luxueux qu'il ait jamais vu. Taillé dans la pierre, il était encerclé par un mur incurvé et s'ouvrait sur l'un des canaux de l'Intracoastal Waterway[1] et les

1. L'Intracoastal Waterway est un réseau de canaux et de voies fluviales situé le long du littoral américain de l'océan Atlantique et du golfe du Mexique (*N.d.T.*).

demeures de la rive opposée. La plupart des fêtards étaient à l'intérieur à cause de la chaleur qui régnait encore, même maintenant que le soleil s'était couché, mais la maison était trop chic pour que Rogan s'y sente à l'aise. Il ne se laissait pas facilement intimider, mais à l'instant où il avait posé le pied à l'intérieur, il avait été pris d'une peur panique à l'idée de casser quelque chose de vraiment cher. Il était presque sûr que même le verre de vin auquel il buvait coûterait la majeure partie de son salaire hebdomadaire. De toute manière, il aurait préféré une bière.

— Hé vieux, qu'est-ce que tu fous à traîner tout seul dehors ?

Il leva les yeux pour découvrir son pote Colt à sa droite. Après avoir quitté les forces de l'ordre peu de temps après leur formation H.O.T., Colt le Texan avait pris la direction du Sud depuis le Michigan et s'était installé à Miami. Il s'y était non seulement établi comme garde du corps aux tarifs onéreux, mais avait aussi lancé dans la foulée une compagnie privée de sécurité qui rapportait bien. Ce qui voulait dire qu'il frayait parfois avec les nantis – et chopait des invitations pour des soirées chic comme celle à laquelle il avait traîné Rogan ce soir-là.

— Heu, pas vraiment mon genre, répondit Rogan en indiquant d'un bref mouvement de tête l'énorme bâtisse dans son dos.

— Depuis quand ? demanda Colt en riant.

Rogan se rendit compte que la question faisait sens. Ce n'était pas la première fiesta fastueuse à laquelle Colt l'avait entraîné depuis qu'il s'était établi à Miami, et il n'avait jamais rechigné auparavant. Oh, il avait trouvé les gens tout aussi prétentieux et artificiels qu'aujourd'hui, les décors aussi ostentatoires et excessifs, mais il s'y était amusé autant que possible. L'argent offrait beaucoup de faux seins et de nez refaits qui, même s'ils n'étaient pas d'origine, créaient souvent des femmes qui valaient le coup d'être regardées. Alors, qu'y avait-il de différent ce soir-là ?

— Je ne sais pas, mec, je ne voulais pas critiquer tes amis, dit-il en secouant légèrement la tête.

Mais Colt rit aussi à cette déclaration.

— Ce ne sont pas mes amis, mais mes clients ; il y a une différence. La plupart d'entre eux ne sont pas méchants. Il y a même une rousse sexy qui m'a questionné à ton sujet. Elle t'a vu entrer avec moi.

— Ouais ?

Évidemment, cela éveilla son intérêt et ragaillardit même un peu son sexe, ce qui était inattendu. Pourtant, c'était souvent le cas dernièrement : son membre menait une vie autonome, chaque fois qu'April Pediston entrait dans ses pensées. Merde ! Même une pub à la télé la veille pour un cabinet d'avocats l'avait vaguement excité, ce qui l'avait fait se sentir ridicule, mais il ne pouvait malgré tout le nier. Il doutait donc que sa réaction soit vraiment liée à la présence d'une rousse quelconque à l'intérieur, il l'imputait plus à celle qu'il avait attachée et prise le samedi soir.

— Tu devrais venir dire bonjour, suggéra Colt.

Rogan soupesa l'idée.

— Probablement, reconnut-il.

Parce que ce que Ginger et lui partageaient était… une alchimie folle qui menait à des séances de sexe perverses hautement satisfaisantes, mais ça mit à part, ils n'avaient rien en commun. Il n'était même pas sûr qu'elle aimait être en sa compagnie quand ils n'étaient pas en train de s'embrasser ou de baiser. Ce qui se passait avec elle était bigrement attirant et il était absolument sûr de ne pas en avoir fait le tour, mais il ne voulait pas trop s'y laisser prendre. Se retrouver avec une érection en regardant une pub pour un quelconque chasseur d'ambulance dans un costume de mauvaise qualité[1] le faisait se sentir un peu trop attaché. Peut-être qu'une distraction serait la bienvenue.

Et pourtant... même sans voir la femme en question, il y avait quelque chose en lui qui... ne voulait pas. Ne voulait pas la rencontrer, ne voulait pas flirter avec elle, ne voulait pas prendre ce chemin, point barre.

— Suis pas sûr d'être d'humeur.

— Ça a à voir avec cette nana avocate ? demanda Colt, les yeux étrécis, sa tête aux cheveux blond vénitien inclinée de manière sceptique.

Sur le chemin de la soirée, Rogan avait offert à son pote un rapide compte rendu de la situation, mais il avait pensé avoir été plus décontracté que ça en en parlant. Comme lorsqu'on parle de ses coups entre potes. Il se contenta donc de hausser les épaules.

---

1. Aux États-Unis, certains cabinets d'avocats n'hésitent pas à faire de la publicité pour inciter les gens à engager des poursuites judiciaires, notamment après des accidents, d'où cette formule de chasseurs d'ambulances, ces avocats arpentant souvent les urgences des hôpitaux à la recherche de clients. (*N.d.T.*)

— Nan, elle est trop différente de moi pour que ça conduise à quoi que ce soit de bon. C'est juste une histoire de sexe.

— T'es sûr, vieux ? Parce que, loin de moi l'idée de grossir une petite « histoire », mais…

— Mais quoi ?

— Mais, je ne sais pas, tu avais l'air… à fond sur elle quand tu m'en parlais.

— Je suis à fond. Mais pas comme s'il s'agissait de franchir le cap pour une histoire sérieuse. Je suis juste… à fond dans ce qui se passe quand on est ensemble. C'est comme… une mise à feu, vieux.

Il sentait son sexe se raidir, rien que d'y penser.

— Tu vois ? C'est exactement ce que je voulais dire. Ce n'est pas ce que tu dis, c'est la manière dont tu le dis. Le ton de ta voix. La lueur dans ton regard. Comme si elle avait quelque chose de spécial.

Rogan secoua la tête.

— Nan, ce n'est pas comme ça. Comme je n'arrête pas de te le répéter.

En réponse, Colt pointa du doigt les portes-fenêtres par lesquelles il était sorti.

— Alors, viens faire la connaissance de Skylar. Elle a un corps de déesse revêtu d'une petite robe blanche franchement moulante qui le souligne de manière très sympa.

Rogan eut un sourire forcé.

— Comme je l'ai dit, je ne suis pas d'humeur ce soir.

L'expression de Colt se fit plus lascive et son accent traînant texan légèrement plus prononcé lorsqu'il dit :

— Et si j'ajoute qu'elle a une amie brune sexy, Shana, et qu'elle m'a avoué qu'elles en sont presque arrivées à se disputer à cause de toi ? Elle s'est mise alors à glousser, toute coquine et excitée, et m'a dit qu'elles avaient décidé qu'elles pourraient aussi bien te partager. Y'a plein de chambres, dans cette baraque, mon pote. C'est celle du père de Shana. Et il n'est pas là.

Prenant en compte toutes ces nouvelles informations, Rogan leva les yeux.

— Tu te fous de moi ?

— Nan. J'en étais juste pas encore arrivé à cette partie de l'histoire, c'est tout.

Rogan repensa aux fois où il avait partagé une femme avec un autre type, et même avec plus d'un. Et cela avait été plus que chaud. Mais il n'avait jamais été seul avec deux femmes, ce qui était, évidemment, le fantasme de tout homme. Si ces nanas étaient aussi superbes que Colt le prétendait, peut-être devrait-il prendre en considération le fait de voir où cela le mènerait.

Après tout, ne s'était-il pas dit que les coups d'une nuit étaient juste parfaits ? Le fait de perdre Mira ne lui avait-il pas rappelé qu'un amusement facile était bien mieux qu'une douleur vive et une peine de cœur ? Mais il s'était déjà mis à dévier de ce plan avec April, au moins un peu. Peut-être commençait-il à être un peu trop obsédé par toutes ces choses torrides entre eux. Calmer tout ça et vivre un fantasme en même temps, que rêver de mieux !

À ce moment précis, la porte s'ouvrit et une rousse mignonne dans une courte robe blanche jeta un coup d'œil dehors. Son décolleté lui remontait pratiquement jusqu'au cou, et ses seins avaient l'air trop affriolants, leurs tétons pointant de manière proéminente à travers le tissu. Elle lui lança un regard aguicheur et fit passer sa langue sur ses lèvres.

— Viens, mon vieux, dit Colt dans un souffle. Ne sois pas stupide. Rentre faire la connaissance de Skylar et Shana.

Étrangement, Rogan n'était même pas tenté. Il ne savait pas pourquoi. C'était exactement comme il l'avait dit à Colt : il n'était pas d'humeur. Ce qui était bizarre parce qu'il adorait le sexe. Il aimait tout dans le sexe. Donc, quel que soit l'angle qu'il adoptait pour analyser la situation, il aurait dû être très excité à la minute présente. Mais... ne l'était pas.

Il donna une claque dans le dos de Colt.

— Pourquoi ne vas-tu pas plutôt leur parler ? Dis-leur que je suis un con et essaie de me servir de remplaçant. Je pense que je vais finir ce verre et rentrer. Je suis de service tôt demain matin.

April avançait le long du rivage de South Beach. La nuit était tombée. Elle écoutait et observait les vagues qui montaient et descendaient sur le sable. Elle tenait ses sandales dans une main, les doigts passés à travers les sangles des talons. Elle se livrait à un jeu silencieux qui consistait à marcher près de l'eau sur le sable plat, compact, né du flux et du reflux de la marée, mais elle ne se laissait jamais mouiller les pieds.

Elle n'avait pas marché de nuit sur la plage depuis... probablement des années. Mais la journée avait été atroce et elle avait éprouvé le besoin de faire quelque chose de différent, quelque chose qui l'éloignerait de sa vie habituelle. Amber, qui passait son temps à la plage, lui rappelait souvent qu'elle ne profitait jamais du fait de vivre près de l'océan et, à peine quelques jours plus tôt, April avait pensé à venir marcher le long de l'eau – même si au lieu de cela elle avait fini par se rendre chez Rogan. Donc ce soir, elle avait décidé qu'une promenade sur le sable serait le meilleur moyen de se détendre.

Le bruit de la marée, ajouté au sable froid, doux sous ses pieds, était effectivement apaisant. Mais les angoisses du jour ne s'évaporaient pas pour autant.

Pour la plupart, il s'agissait de problèmes de boulot s'amoncelant sur elle. Avec Tom, son associé, ils ne partageaient pas le même point de vue sur une grosse affaire qu'ils préparaient ensemble. Tom avait un léger complexe de supériorité, et n'était donc pas la personne avec laquelle elle préférait siéger. Elle continuait à être en retard dans ses dossiers administratifs et sa facturation. Et Kayla Gonzalez semblait faire marche arrière au sujet de son divorce. C'était cela – deviné lors d'un coup de fil avec Kayla le jour même – qui tapait le plus sur les nerfs d'April. Elle détestait voir des femmes se laisser retenir par les hommes qui saccageaient leur vie.

Un frisson parcourut son corps lorsqu'elle réalisa l'ironie amère de cette réflexion. Elle-même s'était laissé retenir par un homme. À peine trois courtes nuits plus tôt. Plus que retenue : attachée. Et elle avait aimé ça.

Elle secoua la tête, essayant de bannir cette pensée. Et heureusement – ou malheureusement, peut-être – il y en avait plein d'autres pour la remplacer. Elle était rentrée chez elle s'attendant à ce qu'Amber ait préparé le repas, pour découvrir que cette dernière avait oublié l'avoir promis et se préparait à sortir retrouver des amis. Pouvait-elle lui emprunter vingt dollars au passage ? April, par habitude, avait commencé à tendre la main vers son sac, mais s'était alors souvenue de sa conversation avec Rogan à ce sujet et avait avec précaution rappelé à sa sœur qu'elle lui en avait donné cinquante pendant le week-end. Amber s'était montrée blessée et embarrassée, allant même jusqu'à pleurer... jusqu'à ce qu'April cède et lui donne l'argent. S'était alors déroulée une grande suite de « non, je n'en ai pas besoin » et de « je veux que tu le prennes » de part et d'autre. Rien que le fait de se rappeler la conversation fatiguait April.

Après le départ d'Amber, April avait trouvé un message sur son répondeur – Allison avait besoin qu'elle s'occupe des enfants vendredi soir. « Avait besoin », sans se préoccuper de savoir si elle pouvait. Comme si April était sa servante ou quelque chose dans ce goût-là. Elle n'avait pas rappelé, et avait bien l'intention de refuser quand Allison l'approcherait de nouveau.

Mais la vérité était qu'elle finirait probablement par céder, comme avec Amber. Elle soupira face à sa propre faiblesse. Elle ne manquait pas de toupet de juger Kayla et son attitude effacée. Elle était d'ailleurs étonnée qu'Allison ne lui ait pas déjà envoyé un SMS au sujet de vendredi, compte tenu du fait qu'April rappelait toujours très vite.

Bien sûr, Rogan avait aussi ajouté à son état de nervosité. Marrant ! C'était presque comme un cercle vicieux. Son étrange reddition durant leur séance de sexe perverse l'avait laissée étrangement... détendue d'une certaine manière, immédiatement après. Bien qu'elle eût quitté l'appartement de Rogan persuadée qu'elle avait besoin de s'enfuir, d'être seule, lorsqu'elle le fut enfin, elle avait découvert qu'elle était doucement... calme. Dans l'acceptation. Pratiquement heureuse. Mais la contrepartie était que plus elle y réfléchissait, plus cela la perturbait. Être heureuse, dominée par un homme, de quelque manière que ce soit, allait à l'encontre de tout ce qu'elle était.

Elle n'était pas sûre de savoir ce qu'elle allait faire à ce sujet ; elle n'en avait absolument aucune idée. Donc il était probablement bon qu'elle ait tant de choses sur le feu aussi bien au boulot que chez elle pour occuper son temps et son esprit. Et c'était peut-être pour cela qu'elle se promenait sur la plage en ce moment même. Cela semblait... une manière plus sûre de calmer ses nerfs que, disons, passer un coup de fil à son nouvel amant. Cette idée lui était effectivement venue à l'esprit une heure plus tôt, et elle l'avait vivement repoussée. S'était changée, avait enfilé un short et un débardeur. Puis avait attrapé ses clés pour aller acheter de quoi manger quelque part. Elle avait décidé de conduire jusqu'à la plage alors qu'elle dégustait une salade au poulet dans un Déli proche.

Bien sûr, l'appartement de Rogan n'était pas loin. Et il y avait d'autres plages où elle aurait pu choisir d'aller se balader.

Mais, Miami Beach était certainement la plus belle et la plus grande sur laquelle s'offrir une balade la nuit. Bien que les alentours soient calmes, April dépassait à l'occasion un couple ou une personne âgée, ce qui l'aidait à se sentir en sécurité. Le quartier était peuplé, et toutes les plages des environs n'avaient pas le même luxe.

Donc, venir ici n'avait rien à voir avec lui. Il s'agissait de se détendre, de se relaxer, de fuir ses ennuis. D'une manière sympa, normale.

Alors arrête de penser à lui. De penser à quoi que ce soit. Contente-toi de te concentrer sur le chuchotement des vagues. Fixe la mer noire. Vide-toi la tête pour une fois. Tu es venue ici pour ça.

Ce qu'elle fit. Peut-être avait-elle oublié combien la vue de l'océan pouvait être à la fois apaisante et revigorante. Elle le savait, mais ne l'avait jamais vraiment expérimenté. Peut-être… peut-être parce qu'elle en voulait un peu à cet océan tranquille. Après tout, elle n'avait jamais souhaité venir vivre ici. Que sa vie d'adolescente ait été déracinée n'avait fait qu'ajouter à la froide et dure réalité du décès de ses parents.

Pourtant, cela semblait être le bon moment pour cesser d'éprouver de tels sentiments et commencer à apprécier la présence de l'Atlantique, d'une manière peut-être entièrement nouvelle. Elle s'arrêta d'avancer et surveilla l'eau, une lune presque pleine jetant un filet de lumière scintillante sur la surface. Elle prit la mesure de tant de beauté et s'en sentit reconnaissante, heureuse d'être venue. C'était comme... comme si elle se trouvait exactement où elle devait être à cet instant précis.

Lorsque son téléphone sonna doucement, signalant l'arrivée d'un SMS, elle se hérissa intérieurement. *Je le savais, c'est Allison.* Elle fouilla alors dans son sac qui pendait à son épaule, irritée et curieuse de voir quelle supplique sa sœur lui avait concoctée.

Pour se retrouver le souffle coupé. Parce qu'il ne s'agissait pas d'Allison. Le nom de Rogan Wolfe s'affichait en haut de son écran.

Elle prit une profonde inspiration.

Devrais-je être si surprise ? Mais trois jours s'étaient écoulés sans signe de vie de sa part, et d'une certaine manière, elle avait commencé à penser que peut-être il ne la contacterait pas. Avait-il attendu qu'elle le fasse ? Et lorsque cela n'avait pas été le cas, il s'était éloigné tranquillement, sortant de sa vie. Pour dire vrai, voir son nom sur son téléphone était à la fois troublant et excitant. Elle appuya sur une touche pour lire son message.

`Qu'est-ce que tu fais ?`

C'était une question simple, assez inoffensive. Mais elle décida immédiatement de mentir. Elle ne voulait pas lui laisser savoir qu'elle était si près de chez lui. Elle tapa en réponse :

`Je lis.`

Elle avait à peine le temps de lire pour le plaisir, mais elle se dit que cela sonnait comme quelque chose qu'elle pourrait être en train de faire.

`Viens chez moi.`

Elle prit une rapide inspiration.

`Non.`

Si.

Peux pas. Attendue tôt au tribunal demain.

Un autre mensonge. Elle s'en moquait. L'autopréservation s'imposait.

Lorsqu'aucun nouveau message n'apparut immédiatement, elle commença à penser qu'elle avait peut-être gagné. Peut-être était-il même en colère devant son refus. Mais elle s'en fichait. Elle n'était pas encore sûre de savoir ce qu'elle éprouvait face à toute cette histoire – cette relation bizarre dans laquelle ils se retrouvaient –, pourtant, à la minute présente, son instinct lui dictait de se rebeller, comme d'habitude.

Juste quand elle sentit la pression de ses doigts sur l'appareil commencer à s'affaiblir, le téléphone sonna et elle baissa les yeux.

Ne lutte pas contre moi, ginger. Sois une gentille fille et viens me rejoindre.

Cette fois-ci, lorsqu'elle reprit son souffle, elle se sentit partagée entre la rébellion et la… tentation. Juste un peu. Parce que quelque chose dans cet ordre l'excitait. Son entrejambe s'était réveillé à la lecture de ces mots. Il ne servait plus à rien de nier cette alchimie.

Elle ne put s'empêcher de se demander, juste pendant quelques secondes, ce qui se passerait si elle y allait. La même chose que la dernière fois ? Ou cela serait-il différent ? Et en quoi ?

Mais elle se reprit et tapa :

Non.

De nouveau, la réponse de Rogan fut lente à venir. Elle avait commencé à croire qu'il avait laissé tomber quand elle arriva enfin.

On sait tous les deux que tu viendras. Pas de honte à ça. A vouloir que je te baise. A vouloir que je prenne soin de toi pendant qu'on se fait du bien mutuellement.

Seigneur ! Il faisait passer ça pour quelque chose de... presque innocent. Pas du tout pervers. L'autoritarisme mis à part, bien sûr. Qui l'exaspérait et... l'excitait à la fois. *Mon Dieu !*

Elle continuait à avancer, mettant un pied devant l'autre sur le sable humide, compact, réfléchissant à sa réponse. Ou peut-être que sa réponse serait de ne pas répondre. Cela expliquerait à Rogan une chose ou deux. Comme qui s'occupait de qui ici. Ou du moins, qui s'occupait d'elle.

Bien sûr, son cœur battait à coups de tambour dans sa poitrine. Son corps tout entier semblait vibrer de cette étrange faim qu'il lui inspirait. Une faim que seul lui pouvait apaiser. Son sexe pulsait en rythme avec les battements de son cœur, comme s'il criait son besoin que Rogan l'emplisse. Qu'il l'emplisse tout entière.

Elle s'arrêta, indécise, et jeta un coup d'œil au nouveau message affiché sur son téléphone.

On sait tous les deux que tu viendras.

Était-elle vraiment faible à ce point-là ? Prévisible ?

Non. Et elle ne le serait pas.

Retourne à ta voiture. Maintenant. Rentre chez toi. Prouve-lui qu'il se trompe. Prouve. Le. Lui.

Elle avait toutes les intentions du monde de faire exactement ça, en prenant la direction de là où elle avait garé sa voiture. Elle pivota même vers le nord de la plage, vers les lumières des hauts hôtels, pour mettre le plus de distance entre eux.

Mais elle resta sur place, ses pieds enfoncés dans le sable. Là où elle se tenait, il était plus doux encore, s'effritait sous ses orteils. Ou peut-être avait-elle avancé trop rapidement jusqu'à présent pour remarquer que si elle restait immobile, la terre sous ses pieds devenait plus molle.

Jetant un coup d'œil au-delà de la plage en direction du méli-mélo d'immeubles récents, elle réalisa à quel point elle était physiquement proche de Rogan. Son cœur battait déjà plus fort à l'idée qu'il se trouve si près. *Mon Dieu, il est comme un aimant pour moi*. Et... avait-il d'une manière ou d'une autre senti sa proximité, lui aussi ? Était-ce ce qui lui avait fait envoyer ce SMS maintenant, plutôt qu'à n'importe quel autre moment ?

Elle secoua la tête. *Arrête de te montrer stupide.*

Mais elle jeta un nouveau coup d'œil aux bâtiments proches. L'avocate en elle commença à passer les faits en revue, comme si elle était capable de voir les choses d'un point de vue extérieur, sous une lumière entièrement nouvelle.

Elle se dit qu'elle n'était responsable que d'elle-même. Et si cela était le cas... si elle voulait lui répondre, être avec lui... et si elle souhaitait s'abandonner dans ses bras comme elle l'avait fait auparavant, en comprenant maintenant mieux ce besoin... eh bien, peut-être que de le faire se révélait... plus une force qu'une faiblesse ? Peut-être que d'essayer de fuir ses désirs – même les plus pervers – n'était pas la bonne attitude à adopter. La meilleure manière de se prouver à elle-même à quel point exactement elle était forte pourrait être de... regarder en face ce qu'elle voulait. Audacieusement. D'arrêter d'y résister.

Parfois, il arrivait que la chose la plus courageuse à faire soit de… se rendre. Ironie de la vie.

Sa respiration se fit tremblante face à cette prise de conscience, à cette… acceptation.

Elle allait se rendre. De bon gré, cette fois-ci. Parce que c'était ce qu'elle voulait. C'était aussi simple que ça.

Ses doigts tremblaient lorsqu'elle lui répondit.

`J'ai menti. Je me promène sur la plage.`

Elle ne marqua même pas de pause avant d'appuyer sur la touche d'envoi.

Il répondit immédiatement.

`Où exactement ?`

Et la poitrine d'April se serra.

Regardant autour d'elle, elle essaya de voir comment elle pourrait décrire la rangée d'immeubles qui n'avaient rien d'exceptionnel : stuc pastel, lignes pures, modernes. Mais elle trouva quelques points de repères évidents.

`Il y a un parc, en retrait de la plage. Plein d'arbres. Et une cabane de sauveteurs. Rayée.`

South Beach était saupoudrée de plus d'une douzaine d'entre elles, chacune rendue unique par sa décoration et ses couleurs.

`Reste où tu es`, répondit-il.

Elle inspira une fois de plus.

`Pourquoi ?`

Et trembla de nouveau en lisant le nouveau message de Rogan.

`Sois ma gentille fille et reste là.`

Elle le voulait. Être sa gentille fille. *Contente-toi d'accepter ça. Abandonne-toi et laisse faire les choses.*

Donc, même si ce message n'appelait pas vraiment de réponse, et même s'il y avait quelque chose de difficile – et de définitif – à en envoyer une, elle le fit quand même :

OK.

Et de fait, elle ne bougea pas d'un centimètre. Les pieds ancrés là où elle se trouvait, elle s'enfonça graduellement un peu plus dans le sable. Cela lui donnait presque l'impression que si elle faisait un pas dans une direction ou une autre, elle pourrait se retrouver déstabilisée, prendre peur et s'enfuir encore – et elle ne voulait pas s'enfuir. Elle voulait rester. Être sa gentille fille. Voir combien il la ferait sentir incroyablement bien cette fois.

Elle n'était pas sûre de savoir par où il arriverait, mais moins de cinq minutes plus tard, elle repéra une silhouette qui traversait la plage dans sa direction, venant du parc. Cette partie de la plage était vide, elle n'avait dépassé personne depuis un moment, sans savoir si l'heure tardive ou l'endroit l'expliquait. Mais elle devina avant même de pouvoir vraiment le distinguer que l'homme qui s'avançait vers elle était son grand méchant loup… qu'elle voulait satisfaire sur-le-champ d'une manière qui dépassait l'entendement.

Aucun d'eux ne parla alors qu'il approchait, et elle essaya de se convaincre que sa peau la picotait uniquement à cause de la brise marine, mais elle savait que c'était à cause de sa proximité. À cause de cette attente folle qui électrisait chacune de ses terminaisons nerveuses.

Arrivé près d'elle, Rogan leva une main jusqu'à la joue d'April – un contact chaud et assuré – et se pencha pour l'embrasser. Ses baisers étaient fermes, solides, répétés. Doux et délicieux. Son entrejambe s'embrasa de plaisir pendant que les sensations l'envahissaient.

Il leva alors son autre main jusqu'à son visage qu'il prit en coupe, et dit d'une voix basse et profonde :

— Tu vas bien te tenir et faire ce que je te demande ce soir, d'accord ?

Le moment semblait surnaturel à April alors même qu'elle opinait.

Il reprit alors :

— Bonne petite. Maintenant, mets-toi à genoux. Et suce-moi.

12

Même là, April souhaitait désespérément se sentir offensée. Lui arracher son bras et lui mettre une claque. Mais elle ne le fit pas. Parce qu'elle commençait à comprendre : c'était comme cela que le jeu fonctionnait. Et ce n'était qu'un jeu. Seulement un jeu. Auquel elle avait décidé qu'elle voulait participer, n'est-ce pas ?

Malgré tout, son regard dépassa Rogan pour s'égarer sur la plage baignée de lumière, afin de s'assurer qu'ils étaient seuls.

— Ne regarde pas autour, lui dit-il calmement. Fais juste ce que je t'ai demandé.

Elle se mordit la lèvre, prise par surprise. À l'idée que les ordres qu'il lui donnait – si elle poursuivait cet arrangement – usurpaient même sa prudence habituelle, sa capacité à s'assurer que personne ne la verrait en plein acte sexuel. Si elle s'abandonnait à lui, cela devait aller aussi loin que ça.

Elle le souhaitait. Comme elle voulait, inexplicablement, au plus profond d'elle-même faire ce qu'il venait de lui demander.

Donc, sans être absolument sûre qu'il n'y avait qu'eux, elle jeta ses affaires quelques centimètres plus loin, et se laissa doucement tomber à genoux dans le sable.

Elle ne s'était jamais sentie si vivement consciente de chaque détail sensuel. Ses genoux nus s'enfoncèrent légèrement dans le sable mouillé. Ses yeux se posèrent sur la bosse devant elle, cachée derrière le jean mais visiblement étendue et dure. Ses seins étaient rendus douloureux par le désir tandis qu'une brise au parfum salé soulevait ses cheveux, rafraîchissant la peau de sa nuque.

Les mains d'April tremblaient un peu lorsqu'elle les leva pour défaire la ceinture de Rogan, puis déboutonner son jean, mais elle ne laissa pas cela la ralentir ou l'embarrasser. Il la connaissait sûrement suffisamment maintenant pour s'attendre à ce qu'elle soit un peu nerveuse.

Quand, après avoir baissé la fermeture Éclair, l'érection de Rogan bondit pratiquement depuis les confins de son boxer, le cœur de la jeune femme fit une embardée. La vue de ce sexe raide s'échappant d'un caleçon noir qui ne suffisait apparemment pas à le contenir avait quelque chose d'obscène qui l'excita comme jamais.

Le cœur battant, le souffle court, elle n'hésita pas. Parce que si elle le faisait, elle pourrait se mettre à réfléchir et courir le risque que tout s'arrête. Or, elle voulait se jeter la tête la première dans cette nouvelle aventure. Elle avait envie de cette expérience, de tout ce qu'il lui offrirait. D'une main, elle baissa le boxer, de l'autre, elle entoura le membre long et dur de Rogan et l'attira vers elle. Prenant une dernière respiration tremblante, elle jeta un œil sur la goutte de liquide préséminal qui en ourlait le bout, avant de la lécher avec audace, comme s'il s'agissait d'un cornet de glace.

Un doux gémissement se fit entendre dans la gorge de l'homme qui la dominait et sembla s'infiltrer dans l'âme d'April, comme une louange ou une tape sur la tête. Cela la rendit encore plus affamée.

Elle baissa donc la bouche sur lui, prenant d'abord son gland avant de descendre plus bas, toujours plus bas. Elle avala autant du sexe de Rogan que cela lui était possible, et se laissa aller à ressentir un véritable moment de plénitude, prenant du plaisir dans l'excitation cochonne qu'elle provoquait. Elle commença alors à descendre et monter le long de la hampe. La brise, le parfum de l'air, le bruit de la marée, tout lui rappelait qu'elle était dehors en plein air, en train de faire une fellation à un homme, et d'une certaine manière cela rendait les choses plus excitantes, augmentait les picotements d'excitation qui montaient le long de ses bras.

Au-dessus d'elle, Rogan manifestait plus bruyamment son plaisir, l'encourageant :

— C'est ça, ma puce, c'est ça ; suce-moi. Suce-moi bien. C'est si bon.

Cela poussait la jeune femme à aller plus loin, à vouloir plus désespérément lui procurer du plaisir.

À un certain moment, elle sentit le froid de l'eau sur ses orteils, autour de ses genoux. Pas de beaucoup ; la vague était juste montée un peu plus haut sur la plage cette fois-ci. Mais il s'avéra que la caresse de l'eau n'était pas si horrible après tout. D'une certaine manière, cela lui donnait la sensation d'être plus pleinement immergée dans l'instant.

— Regarde-moi, regarde mon visage, lui dit-il. Je veux te voir descendre sur moi.

Elle se pencha légèrement en arrière, leva les yeux dans l'obscurité.

En réaction, il grogna. Et commença à prendre un peu le contrôle de la situation, plongeant lentement et doucement dans la bouche d'April.

Les poussées de Rogan étaient légèrement plus profondes que lorsqu'elle le prenait d'elle-même, et plus d'une fois elle eut peur d'étouffer. Elle se concentrait sur le fait de se détendre, de l'accepter, de lui faire plaisir, et rien de ce qu'elle craignait n'arriva. Chaque fois qu'il allait plus avant dans sa gorge, elle pensait à combien elle voulait l'avoir là, combien il était étrangement facile de se soumettre à lui, de lui laisser l'initiative. Le bruit rythmé des vaguelettes montant, descendant, montant, descendant, l'apaisait, associé au rythme légèrement plus rapide que Rogan avait adopté pour ses caresses buccales.

Il ne savait pas depuis combien de temps durait cette fellation ; il s'y perdait. Ou peut-être était-ce dans… l'acceptation incroyable dont l'avocate faisait preuve. La manière dont elle le regardait maintenant, si docile, si douce. La manière dont elle était revenue vers lui lorsqu'ils s'envoyaient des SMS, lui expliquant qu'elle avait menti parce qu'elle le voulait aussi. La manière dont, enfin, elle s'était donnée à lui, totalement.

Cela alimentait la passion qui brûlait en lui. Et lui donnait envie de la pousser dans ses retranchements. Peut-être était-ce cruel, peut-être devrait-il laisser la soirée se dérouler de manière plus douce pour elle, mais son instinct lui dictait que non, que ce dont tous deux avaient besoin était de tirer profit de la situation, qu'il devait montrer à April à quel point elle pourrait vraiment être soumise. Il comprenait avec une clarté éblouissante que c'était de cela qu'il allait être question : repousser les frontières que la jeune femme s'imposait et leur apporter à tous deux de plus en plus de plaisir.

Il eut bientôt peur de jouir dans sa bouche mais, aussi attirant que cela puisse être, il n'était même pas proche d'en avoir fini avec elle. Ce ne fut pas facile, mais il vint placer ses mains sur la tête de l'avocate et la fit reculer, jusqu'à libérer son sexe de ses lèvres. Celui-ci se dressait, raide et humide entre eux, et il pensa que jamais April ne lui avait semblé plus adorable qu'à ce moment-là, les lèvres légèrement gonflées et les yeux emplis de désir. Il pouvait en discerner la teinte bleue à la lumière de la lune.

Ce qui lui faisait encore plus plaisir était de se rendre compte qu'elle attendait simplement de voir ce qui venait ensuite, ce qu'il voudrait d'elle. Elle était vraiment devenue sa gentille fille, et il aimait ça. Beaucoup.

— Ramasse tes affaires et viens avec moi, l'instruisit-il, lui donnant juste assez de temps pour se saisir de son sac à main et de ses sandales avant de lui tendre la main pour l'aider à se relever.

Sans se soucier de refermer son jean ou donner quelques secondes de plus à April que celles dont elle avait besoin pour épousseter le sable humide de ses genoux, il la conduisit vers le parc qu'elle avait mentionné dans son SMS. L'appartement de

Rogan était situé à un jet de pierre de là. Le parc, lui, était un rectangle à l'herbe manucurée où se trouvait une aire de jeux pour enfants, des toilettes et un chemin pavé. Rogan n'avait pas de plan précis à l'esprit, mais éprouvait le besoin pressant de se sortir du sable qu'il savait pouvoir devenir désagréable pendant l'acte sexuel. Et il avait définitivement l'intention de faire l'amour avec April.

Pour dire la vérité, il avait très envie de l'attacher, de la maintenir exactement comme la fois précédente. Il ne s'était pas lancé dans cette histoire en ayant ça à l'esprit, mais maintenant que les choses avaient évolué de cette manière, le désir pervers restait, son sexe se faisait de plus en plus raide à cette seule pensée. Mais ce n'était ni le moment ni le lieu pour ça, et il n'avait rien pour l'attacher. Il savait, comme il venait juste de l'apprendre sur la plage, qu'il y avait d'autres manières de l'obliger à faire ressortir son côté soumise au grand jour.

Il la conduisit au-delà de palmiers penchés, vers l'aire de jeux où une association élaborée de tubes et de toboggans était nichée sous l'ombre d'une toile étendue aux couleurs vives. Une fois là, il lui prit des bras ce qu'elle portait et laissa tomber ses affaires sans un mot dans l'herbe.

— Déshabille-toi, lui dit-il.

Elle en eut le souffle coupé.

— Ici ? demanda-t-elle, sa voix à peine plus audible qu'un murmure. Et si…

— Contente-toi de le faire, April, dit-il sans trop de dureté, mais avec suffisamment d'autorité dans la voix pour être sûr qu'elle l'entende. Et qu'elle lui obéisse.

C'était étrange pour lui – il ne la connaissait pas très bien, et pourtant suffisamment pour qu'une excitation brute déferle brusquement en lui quand elle commença à se déshabiller. Parce qu'il pouvait sentir qu'elle n'avait jamais fait une chose pareille auparavant, ne s'en était pas même approchée. Pas uniquement de cette relation dominant/dominé, mais il savait au fond de lui qu'April Pediston ne s'était jamais retrouvée nue dehors avant ce soir. Sans même parler de l'être dans un lieu public. Mais le parc était fermé à la nuit tombée et il était donc raisonnablement assuré qu'ils auraient assez d'intimité. La voile tendue au-dessus de l'aire de jeux empêcherait qui que ce soit dans les immeubles adjacents de jeter un coup d'œil et d'avoir un aperçu sur la fête privée qui se déroulait là. Mais même ainsi, il ne pouvait garantir qu'ils seraient seuls tout le temps. Cela demandait d'avoir du cran pour faire une chose pareille. Il n'en désira que plus la femme sous ses yeux.

Il la fixa tout le temps qu'elle fit passer son haut à perles par-dessus sa tête, puis le laissa tomber au sol à côté d'elle. Elle le regardait aussi, et ce lien visuel entre eux était aussi puissant que lors de leurs rencontres précédentes, comme s'ils étaient enveloppés de plus d'obscurité que la normale. L'éclairage était faible dans le parc, mais suffisant pour qu'il puisse voir combien elle était craquante à se tenir ainsi devant lui dans un simple short kaki et un soutien-gorge turquoise dont les bonnets étaient reliés par un nœud en dentelles.

— Ton short, maintenant, murmura-t-il, le regard toujours posé sur elle tandis qu'elle commençait à le défaire.

Une seconde plus tard, et une douce poussée le faisait tomber autour de ses chevilles. Elle en sortit, en culotte et soutien-gorge, cette première toute simple en coton, imprimée de fleurs rose et turquoise.

— J'aime ta culotte, lui dit-il de sa voix devenue rauque.

Elle parvint à peine à articuler un merci.

— Maintenant, enlève-la.

Elle n'hésita qu'une seconde, peut-être deux, avant d'obtempérer. Les poils de son pubis étaient d'une teinte légèrement plus claire que ses cheveux.

— Ton soutien-gorge aussi.

Elle passa ses mains dans son dos pour en défaire l'agrafe, puis le laissa doucement tomber de ses épaules.

La vision qu'elle offrait coupa presque le souffle à Rogan.

— Bon sang, ma puce, tu es superbe.

Elle se tenait devant lui en ayant l'air sincèrement étonné, et ce fut alors qu'il se rendit compte qu'il ne le lui avait peut-être jamais dit auparavant. Cela paraissait être une grossière omission de sa part ; elle se devait de le savoir.

— Tu l'es vraiment, Ginger. Sacrément canon.

— Merci, murmura-t-elle de nouveau, ayant l'air vulnérable et incroyablement courageux en même temps.

Ses mamelons pointaient et étaient aussi érigés que le sexe de Rogan. C'était en fait la première fois où il avait l'opportunité de s'arrêter et de vraiment prendre la pleine mesure de ses seins pâles et pleins.

— Tu as des nichons super, lui dit-il. Je veux faire glisser ma queue entre eux.

La jeune femme émit un petit bruit passionné – spontané, pensa-t-il. Peut-être qu'aucun autre mec n'avait jamais baisé ses seins avant. Peut-être n'y avait-elle même jamais pensé mais s'était immédiatement rendu compte qu'elle en aimait l'idée. Et peut-être aimait-il l'idée d'être le premier.

— Assieds-toi au bout du toboggan, dit-il en indiquant du doigt le plus proche.

Il ne pouvait s'empêcher de penser qu'elle avait l'air d'autant plus adorable qu'elle était vulnérable, et il se réjouissait de savoir qu'elle s'offrait, qu'elle se montrait ainsi pour lui.

Est-ce que quelqu'un avait déjà fait cela pour lui avant ? Juste pour lui, uniquement pour lui faire plaisir ? Mira, peut-être à certains moments. Peut-être même la dernière fois qu'il l'avait vue, dans cette cabane du Michigan, où il l'avait séduite une dernière fois. Et il savait que les manières qu'elle avait eues de se donner à lui, les choses qu'ils avaient faites ensemble, avaient été de fait difficiles pour elle. Avec April, cela donnait l'impression d'être différent. Plus extrême.

Parce qu'April le connaissait à peine – comme elle aimait à le lui rappeler –, qu'elle se restreignait naturellement bien plus que Mira. Après tout, la toute première impression qu'il avait eue d'elle était qu'elle était guindée, bien au-delà de son tailleur.

Et pourtant, voilà qu'elle était là, à lui faire confiance. Parce que si on allait au cœur des choses, c'était vraiment ce dont il était question. Le contrôle, oui. Mais aussi la confiance. Dont une énorme quantité était maintenant nécessaire à April et il ne s'en était jamais vraiment rendu compte jusqu'à ce qu'il la regarde s'asseoir, complètement nue, sur le bas d'un toboggan couleur argent. Cela l'excita et le toucha, d'une manière qu'il n'avait pas prévue.

— Maintenant… écarte les jambes pour moi.

D'une certaine manière, l'ordre était difficile à énoncer, à cause de la tendresse inattendue qui le traversait à la minute présente. Et pourtant le pouvoir qu'elle lui avait donné jouait son rôle aussi. Aucun d'entre eux ne serait aussi satisfait s'il se montrait plus complaisant avec elle, même si elle ne s'en rendait pas vraiment compte. Lui faire cadeau de ce pouvoir signifiait qu'elle voulait qu'il le prenne, l'utilise totalement.

— Aussi largement que tu peux, ajouta-t-il, pour s'assurer qu'elle comprenait exactement ce qu'il lui demandait.

Il sentit son hésitation et la comprit. C'était comme si cette requête contenait aussi des non-dits. *Qu'importe à quel point je te rends obscène, qu'importe combien j'insiste pour que tu deviennes vulnérable, j'en veux encore plus*.

Lentement, malgré tout, elle commença à écarter les cuisses – plus, plus largement encore – jusqu'à ce que ses pieds nus pendent de chaque côté du toboggan, par-dessus ses bords relevés. Le mouvement, comme attendu, exposa audacieusement sa fente, et l'obscurité de la nuit n'empêcha pas Rogan de voir combien l'humidité la rendait brillante. Le sexe du flic, qui faisait encore saillie à travers son pantalon ouvert, se durcit encore plus.

— Touche-toi pour moi, dit-il alors d'une voix plus basse, presque un murmure.

Il l'entendit plus qu'il ne la vit inspirer profondément. Mais il choisit de ne pas en faire la remarque. Au lieu de cela, il l'encouragea.

— Caresse ta douce fente de ton index et regarde dans quel état d'excitation cela me met.

La respiration d'April semblait tremblante maintenant. D'un côté, il était désolé de la pousser comme ça si durement, mais de l'autre, il se sentait implacable, déterminé à la faire s'ouvrir à lui complètement, totalement, sans aucune retenue.

Il l'observa tracer avec précaution une petite ligne le long de sa chair rose, ouverte, frémissant sous la sensation.

Et – bon sang ! – il frémit un peu lui aussi. Il n'avait pas vu cela venir, ne s'était pas attendu à une réaction aussi intense de sa part à lui.

— C'est si bon, ma belle, lui dit-il gentiment. Si foutrement bon.

Il en ressentait les effets jusque dans son sexe, puissant et chaud.

Il respirait avec difficulté et il lui fut presque difficile d'articuler sa phrase suivante.

— Maintenant, recommence. Plus lentement cette fois. Plus en profondeur.

L'ordre provoqua une autre inspiration qu'il put entendre. Puis, il eut la vision adorable de ses doigts, deux cette fois-ci, caressant plus abondamment ses plis doux, humides. La faible respiration qu'elle relâcha ensuite fut comme une tranquille ponctuation qui montrait que sa tâche était terminée.

— C'est parfait, ma belle, parfait. Tu es incroyable, la félicita-t-il.

À la fois parce que c'était vrai et aussi parce qu'il savait que de telles louanges aideraient à la pousser de l'avant. Il poursuivit :

— Maintenant, joue avec ton clitoris. Fais courir tes doigts dessus en formant des petits cercles. Exactement comme si tu étais seule et que tu avais besoin de prendre ton pied.

Il savait qu'une femme comme April ne se masturbait probablement jamais, seulement peut-être lorsqu'elle en avait absolument besoin. Donc, pour elle, cela devait être comme de prendre un médicament, un mal nécessaire, à l'occasion.

— Mais je...

— Chut, la coupa-t-il d'un ton rassurant, ayant à cœur d'employer des termes fermes d'une voix douce. Ne discute pas. Tu as été une si bonne fille pour moi ce soir. Ne gâche pas tout maintenant. Contente-toi de le faire. Fais ce que je te dis. Fais-moi plaisir, April.

L'expression de son visage était presque douloureuse lorsqu'elle commença à frotter son clitoris comme il le lui avait demandé. Et pourtant, elle le fit, la respiration tremblante, et il était fier d'elle, fier et impressionné comme tout.

Les yeux d'April se fermèrent et il put voir qu'elle commençait à accepter le plaisir qu'elle se donnait, ne cherchant plus à le repousser, tentant d'oublier tout embarras qu'il pouvait lui causer.

— Ah ma belle, tu es sacrément canon comme ça, murmura-t-il, observant chacun de ses mouvements et bientôt se mettant lui aussi à caresser son membre.

Une partie de lui voulait juste continuer comme ça, à la regarder appliquer ces petits touchers circulaires à son clitoris gonflé jusqu'à ce qu'elle atteigne un violent orgasme. Mais une autre partie de lui, plus importante, ne pouvait le supporter. Ne pouvait attendre une seconde de plus avant de la posséder.

Il ne prit jamais la décision consciente d'avancer vers le toboggan. Il eut juste conscience que son corps s'était avancé, continuait à se rapprocher d'elle. Il tomba pratiquement sur elle, tant son impatience était grande, enfonçant profondément son pénis dans le sexe doux et trempé d'April, plus violemment qu'il ne l'avait jamais fait auparavant.

Elle laissa échapper un doux glapissement, et à peine une seconde plus tard, elle gémissait de plaisir, ses bras et ses jambes refermés autour de Rogan, l'attirant plus encore contre elle.

Les genoux du flic appuyaient durement contre le métal du toboggan, sa bouche avait pris celle de l'avocate, ayant simplement besoin de plus d'elle, de toutes les manières qu'il puisse l'obtenir. Leurs corps trouvèrent un rythme qui leur était naturel, entrant durement en contact, encore et encore, et il ne pouvait se rappeler quand un tel désir animal l'avait emporté. Si jamais cela était déjà arrivé. Il avait pensé vivre pleinement sur ce mode bestial avec Mira à la cabane, et il avait pensé le vivre de nouveau avec April à chacune de leurs rencontres. Mais c'était plus que cela maintenant. C'était son corps qui prenait le contrôle, son membre qui s'octroyait ce dont il avait besoin, avec ou sans le consentement de sa partenaire.

April bougeait contre lui avec le même abandon primaire, leurs souffles enfiévrés emplissant l'air de la nuit.

Il ne savait pas depuis combien de temps ils faisaient l'amour ainsi avant qu'il ne tombe légèrement sur elle, terrassé par l'épuisement. Mais ce faisant, il retrouva un peu ses esprits et se rappela qu'il voulait plus que cela, que cette baise à en perdre la tête. Il voulait arracher davantage à cette expérience, et pour eux deux.

Sur le moment, il ne put vraiment s'arrêter pour réfléchir à la manière exacte dont il voulait faire cela – il n'agissait qu'à l'instinct. Et cet instinct le poussa à se retirer d'elle – ce qui la fit haleter et murmurer un « non ! » qu'il adora – et à se laisser glisser le long du corps d'April jusqu'à ce que ses genoux soient dans le sable au pied du toboggan. Il ouvrit alors la fente de la jeune femme des doigts avant d'y plonger la langue.

Elle avait le goût de la sueur, du sexe et du sucré-salé qui émanait naturellement de son sexe. Il y baigna sa bouche, la lécha plus en profondeur, plus encore, introduisit sa langue en elle, souhaitant la faire jouir.

Ce fut ce dernier désir qui le mena à lui procurer des soins plus précis. Quand elle réagit en haletant doucement, fiévreusement, agrippant les bords du toboggan, il passa sa langue plus en haut, sur ce petit point incroyablement engorgé qu'elle avait frotté pour lui si scrupuleusement quelques minutes plus tôt. Un gémissement plus haut perché échappa à la jeune femme et il répondit en faisant tourbillonner sa langue autour de son bouton de chair jusqu'à ce qu'elle en tremble de plaisir.

Les mains d'April plongèrent dans ses cheveux, son sexe commença à se presser contre sa bouche, et bien qu'il lui fût à ce moment-là un peu difficile de se sentir aussi dominateur avec elle que d'habitude, il aima encore ça. Il aimait son enthousiasme, il aimait qu'elle se laisse aller, il aimait qu'ils soient tous les deux dans ce qu'ils faisaient, à cent pour cent, sans hésitation aucune.

Ses cris lorsqu'elle jouit furent durs et gutturaux, et il eut le sentiment qu'elle avait effectivement oublié où ils se trouvaient sinon elle n'aurait probablement hurlé comme ça. Mais ça aussi il adora. Il téta son clitoris pendant que des spasmes agitaient le corps d'April, encore et encore, jusqu'à ce qu'un dernier frisson la traverse et que son corps s'immobilise, détendu contre le métal du toboggan.

Elle avait la respiration lourde pendant qu'elle reprenait ses esprits, et il lui laissa un moment – mais en vérité, il ne voulait pas attendre ; il était prêt à foncer. Il se leva, et à la seconde où le souffle de l'avocate se fit plus régulier, il lui tendit la main et dit :

— Lève-toi. Viens avec moi.

— Où allons-nous ?

Elle avait l'air surpris, était probablement fatiguée, mais tant pis.

— Contente-toi de te lever, lui répéta-t-il, et elle obtempéra.

Il la mena jusqu'à une échelle élaborée qui se trouvait à un bout de l'aire de jeux, toujours sous la voile, et la bouscula pour qu'elle y monte. Elle franchit les premiers échelons et il lui donna une claque sur les fesses, juste parce qu'elles se trouvaient devant lui et qu'il se rappelait soudain les fessées cochonnes qu'il lui avait administrées. Une bouffée de désir brut l'envahit alors. Il était temps d'être de nouveau dominateur, un peu plus brutal ; temps de s'assurer qu'elle sache qui était le maître.

Il la suivit, encore fasciné par sa nudité offerte à l'air libre, jusqu'à ce qu'ils atteignent une petite tour qui conduisait à un tunnel en hauteur où les enfants pouvaient ramper. Il n'était pas sûr de savoir pourquoi il les avait menés là – il supposait qu'il voulait juste explorer un peu les lieux, trouver un autre bon endroit pour la prendre à lui en faire perdre la tête. Et maintenant qu'ils s'y trouvaient, celui-ci semblait convenir parfaitement.

Donc, sans même lui donner l'opportunité de se retourner, il plaça ses mains sur les hanches de la jeune femme et lui ordonna de saisir la rambarde qui était devant elle. Dès qu'elle s'y appuya, il se mit en position et s'introduisit dans sa chair chaude et humide. Ils crièrent tous deux – bon Dieu, c'était si bon d'être liés de nouveau ! – et il dut fermer les yeux une seconde pour contrôler le plaisir qui le ravageait.

— Ah ma belle, gronda-t-il tout en commençant à bouger en elle de façon régulière.

À en juger par sa réaction, elle semblait sentir chacune de ses poussées bien profondément.

— Dis-moi que tu aimes être baisée, petite, murmura-t-il près de son oreille.

Elle poussait de petits cris à chaque mouvement en elle, mais entre eux, elle chuchota doucement :

— Oui. Oh, mon Dieu, oui !

— Ah, c'est si bon, tellement bon ! la loua-t-il.

Et c'était vrai. Il n'aurait pu imaginer que sa Ginger soit à ce point domptée, accommodante, même la dernière fois qu'ils s'étaient vus. C'était comme si elle avait été transformée. Et il aimait cette transformation plus qu'il ne pouvait se l'avouer. Quelque chose dans ce phénomène, dans le fait que la jeune femme se fasse sienne de cette manière, creusait un sillon en profondeur dans son âme jusqu'à un endroit chaud où il était rarement allé.

Entre leurs gémissements et leurs soupirs enfiévrés, Rogan entendait depuis un moment les grondements distants du tonnerre, et ce dernier semblait plus fort, juste au-dessus de leur tête. Il avait déjà appris qu'il était fréquent lors de la saison chaude que des averses parfois quotidiennes aient lieu, brèves mais intenses, et il supposait qu'une d'entre elles s'annonçait. Une brise fraîche venant de la tempête imminente fouetta la voile et les alentours, ce qui le poussa à prendre April plus fort, plus sauvagement, ses doigts s'enfonçant dans ses hanches tandis qu'il la pilonnait.

En réponse, ses cris se firent plus insistants et il se laissa aller, saisi d'un pur désir bestial, heureux qu'ils prennent du plaisir ensemble. La chaleur rougit les joues de Rogan tandis qu'il se concentrait sur le doux gant de velours qui accueillait son sexe à chaque poussée. Rien d'autre, nulle part, n'existait. Il n'y avait que lui et elle, la voile au-dessus d'eux, et la tour pour les enfants sur laquelle ils se trouvaient.

La pluie se mit alors à tomber, frappant la voile qui les protégeait et le sol dessous. Un coup d'œil sur sa droite révéla à Rogan que la pluie tailladait presque obliquement à travers les airs. Il pilonnait le corps de l'avocate, encore et encore, comme autant conduit par la violence de la tempête qui l'entourait maintenant que par son corps et sa faim d'elle.

Arriva le point de non-retour, le moment où le plaisir le submergea :

— Oh, ma belle, je jouis, je jouis !

Sa passion se déversa dans sa fente douce et chaude en quatre dures plongées. Puis il courba le dos sur celui d'April, laissant ses bras retomber le long du corps de la jeune femme.

Ils restèrent silencieux pendant quelques secondes, savourant la félicité qui les berçait, puis Rogan reprit ses esprits. Il s'entendit alors murmurer à l'oreille de sa partenaire :

— Tu vas bien ?

— Hmm… ouais. Oui.

Elle semblait un peu surprise qu'il pose la question. Et peut-être n'en comprenait-il pas totalement le besoin lui-même, mais il semblait soudain important de s'en assurer.

Il se retira alors d'elle, surpris par le petit halètement qu'elle eut à son départ, adorable et sexy. Bon sang, il devait l'embrasser ! Elle se tendit vers lui à ce moment et ce fut comme lors de ces toutes premières fois dans la ruelle près du *Café Tropico*, sauf que cette fois-ci elle était nue et consentante.

Ils s'embrassèrent follement, avec passion, se dévorant de leur bouche, de leur langue. Cela avait le goût du sexe, de la sueur, de la pluie et de la faim brute qu'elle lui inspirait, comme s'ils ne pouvaient être rassasiés l'un de l'autre, alors même qu'ils venaient de s'accoupler comme des bêtes.

Cela dura pendant de longues et incroyables minutes jusqu'à ce qu'ils finissent par s'arrêter, front contre front, tous deux respirant de manière hachée dans les bras l'un de l'autre.

Sans un mot, ils se laissèrent glisser sur le sol de la tour pour attendre la fin de l'averse, leur étreinte lâche, confortable, les genoux d'April pliés et passés sur les jambes de Rogan.

Sans en avoir vraiment l'intention, April se blottit contre lui. Il était d'une certaine manière si étrange de se retrouver là, dans une aire de jeux, nue, pelotonnée contre un homme. Pourtant... eh bien, peut-être finissait-elle par s'habituer à cette idée. Ou peut-être que Rogan Wolfe commençait à lui apparaître un peu moins comme un étranger. Ils venaient juste d'avoir une partie de sexe phénoménale et... elle lui faisait confiance maintenant. Pour cela, en tout cas. Elle lui faisait confiance pour la faire se sentir bien.

Peut-être aussi que cette question de laisser tomber le contrôle commençait à être un peu plus facile. C'était juste une question d'éteindre son cerveau quand elle était occupée à être baisée par lui.

Malgré tout, bien sûr, elle voulait encore... le connaître. Et pas uniquement le côté sexuel et dominateur de sa personnalité.

— Est-ce que... tu viens souvent ici ?

Lorsqu'un rire lui échappa, elle supposa que sa phrase devait avoir sonné comme une tentative malencontreuse de mêler bavardage léger et question sous-jacente. « Tu viens ici souvent ? », l'air de dire « tu jouis ici souvent ? ». Le tout demandé après une scène de cul des plus torrides, cela semblait complètement idiot.

— Hum, je l'ai traversé à quelques reprises pour aller à la plage. Mais c'est mon premier véritable arrêt.

— Eh bien, tu as fait en sorte qu'il compte, dit-elle un peu timidement.

Un autre rire échappa à Rogan, tandis qu'il soulevait le menton d'April d'un doigt pour la regarder dans les yeux.

— Tu y as définitivement contribué, dit-il avec un regard de prédateur.

Elle se mordit la lèvre, se sentant un peu penaude d'avoir parlé avec légèreté maintenant qu'ils échangeaient un regard si intense – mais heureusement pas suffisamment pour se soucier d'être là, ainsi, avec lui. Elle s'habituait, en fait, à l'idée d'être nue avec son amant habillé de pied en cap sur l'aire de jeux pour enfants d'un parc de la ville. C'était plus qu'un peu surnaturel, comme tant de choses qu'elle avait expérimentées avec Rogan, mais... peut-être que « surnaturel » commençait à paraître comme une autre forme de normalité, arrivée à ce point-là.

— J'aimerais que tu sois nu aussi, dit-elle sans peser ses mots.

Il lui lança un sourire sexy.

— Attends une minute, Ginger, qui lance les ordres, là ?

Ce rappel la fit glousser comme une gamine, chose qu'elle faisait rarement. Mais elle supposait que Rogan provoquait beaucoup de réactions inhabituelles en elle.

— Je pense que j'ai fait face à la situation de manière plutôt admirable, souligna-t-elle.

— Tout à fait d'accord, convint-il, et même maintenant, son approbation toucha April au plus profond d'elle-même, la faisant se sentir de nouveau comme sa bonne petite.

— Et ce n'est toujours pas facile, figure-toi, lui dit-elle.

Pour une raison ou pour une autre, cela restait important d'être sûre qu'il le sache.

— C'est encore vraiment incompatible avec qui je suis généralement. Cela heurte mon sens de l'indépendance et ma force de caractère d'apprécier une chose comme celle-là.

Il se pencha plus près d'elle, et ce petit rapprochement humidifia de nouveau sa fente.

— Nous avons parlé du pourquoi, lui rappela-t-il comme si c'était une chose incroyablement simple.

— Je sais. C'est juste...

Il leva un doigt pour venir le poser sur les lèvres d'April et la faire taire.

— Contente-toi d'apprécier l'instant pour ce qu'il est, ma belle. Je sais que tu peux le faire. Je t'ai vue le faire. Et très bien. Accroche-toi à ça.

Elle opina, trouvant ses paroles réconfortantes, tout comme le fait d'être dans ses bras. Les deux dernières fois qu'ils avaient couché ensemble, elle n'avait guère été d'humeur à le câliner après, mais cette fois-ci... eh bien, c'était chouette, même dans ces circonstances bizarres.

— Parle-moi plus de toi, dit-elle.

Il leva immédiatement les sourcils, comme si elle usurpait de nouveau son autorité.

Mais elle se contenta de pencher la tête.

— La partie est terminée pour le moment. Je veux juste connaître un peu mieux l'homme avec lequel je me livre à ces choses. Plutôt juste, non ?

Il céda avec un haussement d'épaules.

— OK, d'accord, effectivement. Que veux-tu savoir ?

Elle reprit immédiatement la question qu'il avait esquivée la dernière fois.

— Parle-moi de ta famille. Tu as dit qu'elle ne faisait plus partie de ta vie. Que s'est-il passé ?

Lorsqu'il ne répondit pas immédiatement, elle souligna :

— Je t'ai parlé de la mienne, et ce n'était pas comme si le tableau était charmant, tu sais ? Ce n'est pas comme si c'était l'information la plus facile à partager au monde. Donc, je ne pense pas que cela soit trop te demander que de me rendre la pareille, non ?

Il laissa échapper un long soupir, puis finit par dire :

— OK, Ginger, nous y voilà. Je suis l'aîné d'une fratrie de quatre garçons, né et élevé près de Lansing, dans le Michigan. Mes parents... n'étaient pas des gens fantastiques. Voilà tout. Maintenant, passons à un autre sujet. Que veux-tu savoir d'autre sur moi ?

Elle resta assise là à écouter la pluie, pensant à combien elle s'était sentie proche de lui un moment plus tôt. Et combien quelque chose d'étrange venait de se produire. Elle pouvait sentir le mur émotionnel qu'il venait juste d'ériger entre eux, presque aussi tangible que s'il existait physiquement, fait de briques et de mortier. Il avait même détourné le regard vers l'ondée en lui répondant.

— C'est tout ce que tu vas dire, tout ce que tu vas me raconter ?

— Tu comprends vite, répondit-il en lui lançant un rapide clin d'œil, peut-être pour empêcher que la réponse ait l'air trop morveuse.

Une partie d'elle en fut blessée. Elle lui avait confié des choses personnelles sur sa famille et ce n'était pas un sujet qu'elle aimait. Mais elle l'avait partagé, elle s'était ouverte à lui. Elle supposait qu'elle avait pensé qu'on devait en être capable avec quelqu'un avec qui on couchait.

Mais peut-être accordait-elle plus d'importance au sexe que la plupart des gens ne le faisaient. Et elle savait qu'elle ne pourrait pas lui faire dire quelque chose qu'il souhaitait taire ; elle voulait effacer l'expression bourrue sur son visage maintenant, qu'elle discernait même dans l'obscurité.

— Alors, parle-moi du fait d'être flic, demanda-t-elle à la place.

— J'aime ça.

— C'est profond, répliqua-t-elle.

Il lui lança un regard de biais.

— Tout le monde ne l'est pas, Ginger.

— Eh bien, profond ou superficiel, tu peux encore partager un petit quelque chose avec moi. Je ne demande pas de secrets d'État. Je suis juste en train d'essayer d'avoir l'impression de te connaître un peu mieux. Cela… Cela me rendrait bien plus à l'aise avec cette situation, confia-t-elle d'une voix douce. Allez, aide-moi. Dis-moi pourquoi tu es devenu flic.

Même dans l'obscurité, elle sentit quelque chose le traverser. Ce n'était pas le même mur invisible qu'il avait érigé entre eux une minute plus tôt, mais même à cette simple question, elle sentit qu'il gardait quelque chose pour lui.

— Je n'en suis pas sûr, répondit-il. Je suppose que je me suis juste dit qu'il y avait suffisamment de mal dans le monde et que je pourrais faire quelque chose pour l'arrêter un peu. Et d'autres gens…

Lorsqu'il laissa sa phrase en suspens, elle le poussa :

— D'autres gens quoi ?

Il ne la regardait toujours pas, bien que son regard se soit un peu rétréci. Il baissa les yeux brièvement, avant de reprendre :

— D'autres gens ont plus à perdre que moi. Ils ont des familles qui s'appuient sur eux. Être flic est dangereux, donc, j'ai pensé… que j'étais la bonne personne pour faire quelque chose comme ça.

— Parce que personne ne dépend de toi, tu te sens comme…

Elle ne comprenait pas vraiment.

— S'il m'arrivait quelque chose, cela ne serait pas la fin du monde, c'est tout.

Un petit halètement échappa à April. Elle espérait que Rogan ne l'avait pas entendu. Elle ne savait pas quoi dire. Elle pouvait essayer d'insister, que sûrement il y avait des gens dans sa vie qui l'aimaient et à qui il manquerait s'il disparaissait, que sûrement quelqu'un dans ce monde dépendait de lui pour quelque chose, mais en vérité, elle n'en savait rien. Peut-être était-il vraiment seul à ce point-là.

Ils restèrent silencieux pour un long et triste moment auquel elle était désolée d'avoir donné naissance. Son cœur battait trop fort dans sa poitrine.

Pourquoi est-ce que je m'en soucie tant ? Ce n'est pas ton prince charmant, April.

Non, en fait, il était l'exact opposé : le grand méchant loup en personne, comme elle avait pensé à lui à de si nombreuses reprises.

Et pourtant, elle s'inquiétait pour lui. D'une manière ou d'une autre, être si incroyablement intime avec quelqu'un, lui avoir confié des choses si personnelles l'avait poussée à se soucier de lui plus qu'elle ne l'aurait cru avant ce moment, ce qui l'ébranlait un peu.

— La pluie est en train de s'arrêter, dit-il alors, et elle jeta un coup d'œil pour voir les dernières gouttes tomber pendant que le crépitement dur, régulier sur la voile au-dessus de sa tête laissait place à un silence fraîchement installé.

Les pluies en Floride s'achevaient souvent aussi rapidement qu'elles avaient commencé.

Ils reculèrent vers l'échelle sur laquelle ils avaient grimpé pour atteindre la plate-forme, presque silencieux, puis April se hâta de s'habiller, reconnaissante que ses vêtements se soient trouvés bien abrités par la voile et soient restés secs.

— Je vais te raccompagner à ta voiture, dit Rogan, ce n'est pas vraiment conseillé de se promener seule si tard sur la plage, Ginger.

— D'accord, répondit-elle tranquillement. Merci.

Leur silence persista pendant tout le temps que dura leur marche, et lorsqu'il prit sa main, elle se laissa faire. Ce simple geste la surprenait, et en même temps… l'apaisait. D'une certaine manière, cela la fit se sentir mieux au sujet de tous les moments gênants qu'elle avait fait naître avec ses questions, comme si peut-être c'était sa façon à lui de lui dire qu'il lui pardonnait de l'interroger sur des choses dont clairement il ne voulait pas discuter. Elle ne voulait pas qu'il soit en colère contre elle.

Elle avait trouvé une place, chose rare sur Ocean Drive, et ils se retrouvèrent bientôt dans l'éclat des néons des vieux hôtels Art Déco qui bordaient l'avenue près de sa voiture. Rogan se pencha pour l'embrasser sur le front. C'était le geste le plus tendre qu'il eût jamais eu à son égard – ils étaient généralement tout en feu et fièvre – et elle n'était pas sûre de savoir s'il se montrait plus doux qu'elle n'en avait l'habitude ou si c'était juste sa manière de franchir ce mur entre eux, au moins un peu.

Mais que cela soit l'un ou l'autre, quand il commença à s'éloigner d'elle, elle l'appela.

— Rogan !

Il se tourna vers elle.

Et elle lui parla du fond du cœur.

— S'il t'arrivait quelque chose au boulot, cela m'importerait, à moi. Juste que tu sois au courant.

Sa réaction ? Une sorte de sourire faible et triste qui frappa April.

— Merci, Ginger, répondit-il, puis il lui lança un clin d'œil et reprit la direction de la plage, disparaissant bientôt entre les herbes sombres, indistinctes, et les dunes.

13

Trois jours étaient passés depuis qu'ils avaient fait l'amour dans le parc près de la plage, et Rogan essayait en vain de se sortir April de la tête.

Pourtant il en avait des trucs à faire ! Quelques longues heures de service quand un autre policier s'était fait porter pâle. Une sortie avec Colt un soir pour aller boire une bière dans un club de Lincoln Road. Et il avait passé une soirée à traîner au *Café Tropico*, mais selon Dennis, Martinez et ses compères avaient été étonnamment absents ces derniers temps. Bien que Rogan fût un peu déçu de ne pas les avoir fait tomber, il était content que le problème se soit évanoui et heureux que le lieu ne soit plus envahi par ces fauteurs de troubles.

Et Ginger qui commençait à se montrer un peu curieuse… Et cérébrale. Il n'était pas vraiment du genre à échanger. De plus, cela ne s'inscrivait pas dans le genre de relation qu'ils partageaient.

Bon sang, peut-être était-ce pour cela qu'il aimait tant ça. Ce n'était pas qu'il n'en avait rien à faire d'elle – au contraire il s'y intéressait un peu trop à son goût –, mais qu'une histoire ne tourne qu'autour du sexe lui allait parfaitement. Peut-être particulièrement après Mira. Pour le moment, il se sentait mieux, – plus en sécurité –, en gardant les choses simples. Et pour lui, le sexe était simple.

Sauf qu'on était maintenant dimanche matin, qu'il était 10 heures passées et que c'était le premier jour où il n'avait rien de particulier inscrit à son emploi du temps. Il se disait qu'il allait peut-être aller à la plage. Avec Ginger toujours à l'arrière-plan de ses pensées…

Mais si tu parviens à faire en sorte qu'elle vienne à la plage avec toi, tu ouvres la porte à de plus nombreuses questions de sa part, à ce qu'elle veuille « me connaître un peu mieux ».

Pourtant, la simple vérité était que la retrouver à la plage était quelque chose qui l'émoustillait. Bien plus que d'y aller seul.

N'y réfléchis pas trop. Ne t'inquiète de rien. Et de plus, si elle insiste trop, rappelle-lui juste qui tient les rênes. Il n'avait pas planifié les choses ainsi, mais il s'avérait que c'était l'atout dans sa manche.

Donc, sans plus se poser de questions, il sortit son téléphone, trouva le numéro d'April et lui envoya un SMS.

`Tu fais quoi aujourd'hui ?`

Elle répondit rapidement.

`Emmène ma sœur faire du shopping.`

`Quel genre ?`

Lui aussi pouvait se montrer curieux. Tout du moins lorsqu'il s'agissait des choses pour lesquelles il pensait qu'April – malgré toute son intelligence – avait besoin d'un peu d'encouragement et d'aide.

Vêtements. Gros rdv amoureux ce soir. Tu paies, j'imagine ?

Cette fois-ci, elle marqua un temps avant de répondre.

Bien sûr. Je suis pathétique, non ?

Eh bien, il n'irait pas jusque-là, mais… il était allé droit au but.

Retrouve-moi à la plage dans une heure.

Impossible. T'ai dit que j'emmenais ma sœur faire du shopping.

En fait, si elle avait eu quelque chose d'important, comme emmener sa grand-mère faire des courses, ou qu'elle ait eu un truc à faire en lien avec son travail, il lui aurait lâché la bride. Mais s'il devinait bien les choses, il tombait à pic. Donc le moment était venu de mettre les points sur les « i ».

Ce n'est pas une question, Ginger. Retrouve-moi à la plage.

Lorsqu'elle ne répondit pas immédiatement, cela le surprit et son cœur se mit à battre un peu plus fort. D'appréhension ? Le défierait-elle lorsqu'ils n'étaient pas pris par la chaleur de l'instant, à un moment où elle n'était pas nécessairement d'humeur soumise ? Il ne le pensait pas. Mais en vérité, il n'en était pas sûr. *Allez, Ginger, ma puce, ne me laisse pas tomber.*

Lorsque le bip d'un message se fit entendre, il baissa les yeux, presque fou d'excitation à l'idée de le lire.

Peux pas arriver si vite. Probablement dans une heure et demie. Vais faire de mon mieux.

Une douce chaleur se répandit en lui et son sexe commença à durcir légèrement dans le short qu'il avait enfilé quelques minutes plus tôt. Il tapa sa réponse.

`Bonne fille. Je serai près du poste des sauveteurs de la 5e, le bleu et vert avec écrit MIAMI BEACH. À très vite, ma belle.`

April se tenait debout dans son salon, le regard rivé sur son téléphone un long moment après que le dernier SMS était arrivé. Une partie d'elle-même ne parvenait pas à croire qu'elle le laissait faire cela, le laissait modifier ses plans. Mais une autre partie s'était sentie… presque perdue de ne pas avoir de ses nouvelles durant les jours passés, comme si elle voulait être de nouveau avec lui, même si cela voulait dire se retrouver dans cet étrange état de reddition dans lequel il la plaçait.

Ce qui serait maintenant le cas.

Amber sortit alors de la chambre, guillerette et les yeux brillants, en short et joli haut moulant. Flûte ! April avait accepté de retrouver Rogan, mais n'avait pas vraiment résolu la question de quoi faire d'Amber.

— Prête ? lui lança sa petite sœur avec un sourire joyeux.

Elle aimait Amber, sincèrement. Même si cette dernière tirait profit de sa trop grande gentillesse, elle était la prunelle de ses yeux, et le bonheur d'Amber, en fin de compte, avait beaucoup à voir avec celui d'April. Mais elle dit :

— Je… ne peux pas venir.

Amber tressaillit, le dos raide.

— Quoi ? Pourquoi non ?

Mon amant dominateur m'a ordonné de le rejoindre à la plage. D'imaginer l'expression sur le visage de sa sœur si elle disait une chose pareille la fit presque rire, mais elle se retint. Elle envisagea un instant de sortir un mensonge complet, parlant d'une urgence au travail, mais cela coincerait aussi.

Elle finit donc par choisir une route intermédiaire.

— J'ai… j'ai un rendez-vous galant.

Cette nouvelle parut surprendre encore plus Amber, à en juger par ses yeux écarquillés et sa mâchoire tombante.

— Un rendez-vous amoureux ? Avec qui ?

April essaya de la jouer détendue – sans oublier d'être un peu autoritaire aussi, comme elle l'était d'ordinaire.

— Juste un type que j'ai rencontré. Pas de quoi en faire un plat. Pas encore en tout cas. Je suis vraiment désolée d'annuler notre sortie à la dernière minute, mais tu as plein de choses dans ton placard sans avoir besoin que je t'offre quelque chose de neuf. Et je ne fais pas grand-chose pour moi-même. Donc, comme l'occasion se présente, je vais en profiter.

L'expression d'Amber affichait de plus en plus son étonnement à chaque seconde. Elle finit par dire calmement :

— D'accord.

April eut un mouvement de tête satisfait, rapide.

— Merci de ta compréhension. Et si je ne suis pas rentrée avant ton rendez-vous de ce soir, passe une bonne soirée.

Elle se mit en route pour South Beach, ne portant qu'un petit short noir sur son Bikini le plus récent, qui n'était pas neuf, mais d'une coupe classique et d'un bleu cobalt profond qui lui allait bien. Elle se demandait s'il surprendrait Rogan. Amber avait insisté pour qu'April l'achète un jour où elles faisaient du shopping pour elle-même, quelques années plus tôt, et bien qu'il soit un peu audacieux au goût d'April, elle avait secrètement aimé de quoi elle avait l'air dedans.

Exactement comme un peu plus tôt chez elle, une partie d'elle continuait à ne pas croire qu'elle se précipitait vers le flic comme ça, avec bonheur, heureuse qu'il lui ordonne de venir. Et pourtant… elle ne pouvait se sortir de l'esprit leur dernière rencontre.

Oui, de toutes les manières possibles, elle revivait certains moments intenses, crus, encore et encore ; il était impossible de ne pas se sentir viscéralement lié à un homme avec lequel elle continuait à partager son intimité. Mais des souvenirs moins évidents revenaient aussi à son esprit. Comme lorsqu'il lui avait dit qu'elle était belle. Et quand ils s'étaient livrés à ces baisers enflammés dans la petite tour du toboggan – après le sexe. Cela avait été des moments… doux. Ils avaient eu… ce petit quelque chose qui allait au-delà du jeu.

Oh, Seigneur, à quoi penses-tu ? Qu'il est amoureux de toi ou un truc du genre ? Qu'il va se révéler être une sorte de chevalier bien dissimulé dans une armure brillante ?

Elle secoua vivement la tête tandis que sa voiture montait sur le pont menant à la plage. Parce que si elle commençait à s'attacher à Rogan Wolfe sentimentalement… eh bien, c'était fou, non ? Le peu de tendresse qu'il lui accordait était sûrement uniquement là pour contrebalancer les moments crus, pour lui donner ce dont elle avait besoin. Parce qu'il semblait savoir ça, n'est-ce pas ? Ce dont elle avait besoin.

Malgré tout, aussi intéressant que cela l'était – de tomber sur un homme qui comprenait des choses la concernant qu'elle-même ne parvenait pas à saisir vraiment – cela ne s'appelait pas « romance ». *Donc, ne t'empêtre pas émotionnellement là-dedans*. Et ce n'était pas comme s'ils avaient quoi que ce soit en commun. C'était une autre bonne raison pour ne pas voir dans cette situation plus qu'il n'y avait.

En fait, tu devrais peut-être te contenter d'arrêter de réfléchir autant pour une fois. Et si elle le faisait, elle se rendait compte qu'elle se sentait… eh bien, heureuse d'une certaine manière. Plus heureuse, peut-être qu'elle ne l'avait été depuis un moment. Uniquement parce que c'était marrant d'aller à la plage, d'y retrouver un homme sexy, superbe qui voulait être avec elle. Et parce que cela avait l'air facile, de savoir que ni grandes inquiétudes, ou décisions, ne l'attendaient là-bas, et que si elles se présentaient, il serait content de s'en charger.

Après avoir trouvé une place où se garer, April hissa le sac de plage qu'elle avait fait à la hâte à son épaule et avança sur le sable en tongs. Elle dépassa les dunes et atteignit la partie la plus animée de South Beach. Le soleil brillait haut dans le ciel et la plage bourdonnait de touristes et locaux.

La première chose qu'elle aperçut fut une paire de seins, lorsqu'une jeune femme allongée sur le ventre se tourna sur sa chaise longue pour passer sur le dos, puis deux jeunes enfants la doublèrent en courant vers l'océan, seaux en plastique et pelles à la main. Bien que le port du monokini soit autorisé à South Beach, April avait toujours été surprise par le large mélange de population que l'endroit attirait, la plage étant presque aussi populaire pour les familles que pour les célibataires et les couples. Peut-être était-elle aussi surprise que, malgré la présence de quelques femmes seins nus ici et là sur la bande de sable la plus fréquentée, elles n'étaient pas très nombreuses et personne ne semblait les remarquer, sauf peut-être elle. Était-elle pudique à ce point ?

En fait, ce qu'elle aperçut ensuite la prit bien plus par surprise : Rogan Wolfe dans un caleçon de bain rouge. Il était étendu sur une serviette de plage bleu clair, les yeux fermés, en train de bronzer, et il avait l'air – waouh ! – d'un dieu de la plage.

Elle ne s'était jamais rendu compte… ne s'était jamais attendue à être à ce point… affectée. Et affectée, elle l'était. Jusque-là, même pendant leurs scènes de baise sauvages, elle n'avait jamais eu le loisir de détailler son corps aussi peu habillé. Ses vêtements étaient généralement à moitié mis ou juste défaits ; et il se passait toujours tant de choses, tant de choses sur lesquelles se concentrer à chaque instant ; elle n'avait jamais réellement expérimenté le simple plaisir de le regarder. Et la vue était agréable.

Ce fut alors qu'il ouvrit les yeux.

Elle se demanda si son désir se lisait sur son visage.

— Hum, salut, lui dit-elle.

Il lui offrit un sourire sexy.

— Salut, Ginger.

Elle posa son sac de plage sur la serviette, puis se débarrassa de ses tongs d'un coup de pied et baissa son short.

Le regard de Rogan tomba immédiatement sur son maillot de bain.

— Joli, ma belle, dit-il, et ces simples mots se propagèrent en elle.

Elle n'était pas sûre de ce qui allait ensuite se passer, mais ce fut une agréable surprise lorsqu'il indiqua d'un geste de la main la petite glacière toute proche.

— Je ne sais pas si tu as déjeuné, mais j'ai préparé des sandwichs. J'étais pas sûr de ce que tu aimais ; il y en a à la dinde et au jambon.

Peut-être que ce simple geste n'aurait pas dû l'ébranler, mais ce fut le cas. Cela semblait si simple… si normal. Quelque chose qui ne collait pas avec leur relation.

— Hum, non je n'ai pas mangé. Et les deux me vont.

S'agenouillant sur la couverture à ses côtés, elle sortit de son sac une banane et une pomme – elle les y avait jetées en chemin vers la porte, en même temps que ses pensées éparpillées.

— Voilà ma contribution.

Il eut un large sourire.

— Tu manges plus léger que moi. Il y a aussi du Coca dans la glacière. Si tu veux autre chose, je peux aller le chercher.

Elle secoua la tête.

— Non, le Coca c'est parfait, merci.

Et la journée – de manière inattendue – se déroula ainsi. Ils étaient comme des gens normaux à la plage, en train de faire des choses normales. Ils mangèrent. Ils papotèrent. Ils se mirent mutuellement de la crème solaire dans le dos – la partie plutôt sexy de la normalité, mais encore normal. Ils pataugèrent dans l'océan, qui était trop froid pour eux, même si Rogan promit qu'il irait nager avant qu'ils ne quittent la plage. Puis il lui raconta une journée de l'été précédent où il avait fait du ski nautique sur le lac Supérieur glacé, se gelant presque les fesses, « mais cela valait le coup ».

— Tu aimes le ski nautique à ce point-là ? demanda-t-elle amusée, les sourcils levés.

Il secoua la tête.

— Parfois, on a juste besoin de faire des choses qui nous secouent un peu, nous rappellent qu'on est vivant, tu vois ?

S'il lui avait posé la même question un mois plus tôt, elle n'aurait eu aucune idée de ce dont il parlait, mais maintenant, depuis qu'elle l'avait rencontré, elle sentait qu'elle comprenait.

— Je crois, répondit-elle. Comme… embrasser un inconnu sexy dans une ruelle ?

Elle lui offrit un timide sourire.

La commissure de la bouche de Rogan se souleva en réponse.

— Quelque chose comme ça, lui dit-il.

Et, pour la première fois depuis qu'elle était arrivée, il se pencha, souleva le menton de la jeune femme de son doigt et lui donna un baiser doux, appuyé, qu'elle sentit jusque dans ses orteils.

Plus tard, ils marchaient le long de la plage, main dans la main, lorsque la conversation tourna vers leur travail.

— Tu aimes ce que tu fais, Ginger ? demanda-t-il, direct.

Cela ne la choqua pas. En fait, elle y avait beaucoup pensé dernièrement – peut-être même depuis leur discussion sur le stress et le contrôle et pourquoi elle pourrait bien en fait aimer être dominée par lui.

— J'adore la pratique de la loi, mais… d'autres formes de cette dernière me contenteraient peut-être plus que ce que je fais en ce moment. C'est probablement pour cela que je me débrouille pour caser mes affaires *pro bono*. C'est aussi stressant, mais au moins, au bout du compte, j'ai généralement le sentiment d'avoir fait quelque chose de valable de mon temps.

— Je ne connais pas grand-chose au métier d'avocat, mais tu peux changer certaines choses ?

Elle réfléchit à cela aussi.

— Je travaille pour une grosse société, composée d'une grande diversité de branches et spécialités, donc je me dis que je vais peut-être commencer à explorer d'autres options bientôt. Je ne pense pas que qui que ce soit au boulot va apprécier l'idée, mais… tant pis.

— Je te reconnais bien là, dit-il avec autant de facilité que s'ils étaient en couple depuis longtemps – et exactement comme chaque fois avec lui, gagner son approbation fit plaisir à la jeune femme. Tu dois t'imposer parfois dans la vie, Ginger. Il n'y a rien de mal à ça.

— Est-ce que tu aimes ce que tu fais, Rogan ? lui demanda-t-elle alors.

Pour voir s'il lui en confierait plus qu'il ne l'avait fait la dernière fois qu'ils avaient eu cette discussion. C'était lui qui avait choisi de donner ce tour à la conversation après tout.

Il ne se lança pas dans une description détaillée, mais répondit :

— Ouais, j'aime, puis il repartit sur un thème qu'ils avaient déjà abordé auparavant, lui disant combien il était plus intéressant et riche en événements d'être flic à Miami plutôt que dans une petite ville du Michigan, et à quel point cela lui convenait mieux.

— Qu'est-ce qui t'a amené à Miami ? demanda-t-elle.

— Je pensais avoir déjà été clair là-dessus. Maintenant comme la dernière fois que nous en avons parlé. J'avais besoin de plus d'action dans mon boulot.

— Cela reste un changement énorme. Je veux dire, il y a plein de grandes villes parfaitement excitantes entre ici et le Michigan.

— J'ai un ami ici, dit-il sans la regarder pendant qu'ils avançaient.

— Ça doit être un bon ami, le taquina-t-elle.

Mais il se contenta de répondre :

— Ouais, en fait, il l'est.

Et elle se sentit heureuse de savoir qu'il n'était pas si complètement seul au monde qu'elle avait commencé à le craindre. Il se mit alors à lui parler d'un groupe de mecs avec lesquels il avait été formé à l'académie de police, notamment pour les opérations spéciales concernant les prises d'otages.

— Nous sommes toujours restés en contact ; et on se retrouve au moins une fois chaque été. Mais je suis plus proche de Colt que de la plupart des autres. Lorsque je vivais dans le Michigan, je suis venu lui rendre visite ici et… j'ai aimé.

Elle hocha la tête, et après un dernier coup d'œil en biais tourna la tête vers le rivage où s'affairaient d'autres marcheurs comme eux, lorsqu'il ajouta :

— Et il y avait une nana.

Elle essaya de dissimuler sa surprise.

— Oh !

C'était lui maintenant qui se tournait pour rencontrer son regard, ayant presque l'air intimidé par April, obligé d'en dire plus.

— J'ai déménagé à cause d'une fille. Quelqu'un que je n'appréciais pas assez, et quand je m'en suis rendu compte, il était trop tard. La vie continue, mais j'avais besoin d'un nouveau départ, dans un lieu neutre. OK ?

— Bien sûr, dit-elle, légèrement amusée qu'il ait l'air si contraint de parler dans la mesure où elle n'avait même pas fait pression pour qu'il partage quelque chose avec elle cette fois-ci.

— Contente maintenant, Ginger ?

Elle sourit, satisfaite de le laisser voir les choses à sa façon. Si la seule manière possible de s'ouvrir pour lui était de croire qu'elle l'avait amadoué pour qu'il le fasse, elle s'en fichait. Elle était simplement touchée qu'il baisse un peu la garde.

— Oui, lui répondit-elle. Pas que tu aies été blessé, je veux dire, mais… eh bien, merci de m'avoir raconté quelque chose de personnel te concernant. J'apprécie.

— Bien, dit-il, parce que tu n'en sauras pas plus. Allez, retournons sur nos pas maintenant pour remettre de l'écran solaire sur ta peau pâle ; ton nez est en train de rosir.

— Enlève ton haut, dit-il.

Ils étaient confortablement installés, silencieux, sur la couverture de plage. Jusqu'à cet instant. Elle se contenta de le regarder bouche bée.

— Quoi ?

— Tu m'as entendu.

— Mais…

— Mais rien. Je veux que tu l'enlèves. Fais-le.

April voulait discuter, lui dire qu'il n'était pas juste de se jeter tête baissée dans le jeu comme cela sans prévenir. Bien que le comportement général de Rogan Wolfe soit loin d'être doux, ce jour-là, il s'était montré… eh bien, plus sensible que d'habitude, donc cela détonnait d'autant plus.

Malgré tout, elle n'ajouta rien en s'asseyant, soupesant ce qu'il venait de lui dire. Il y avait tant, tant de raisons de ne pas le faire. Son travail pour commencer. Si qui que ce soit qu'elle connaissait la voyait… C'était impensable ! En fait, c'était juste totalement impensable. Elle n'était pas le genre de femme à retirer son haut de maillot à la plage, même sur cette plage. Elle n'avait pas envie d'exhiber ses seins devant des inconnus. Certaines femmes, supposait-elle, trouvaient en cela quelque chose de plaisant, mais pas elle.

Et pourtant… le jeu, la nature même de leur relation, exigeait qu'elle le fasse, n'est-ce pas ? Si elle ne s'exécutait pas… elle n'était pas sûre de savoir ce que cela impliquerait pour eux, pour ce qu'ils partageaient – aussi bizarre que cela puisse être.

— Ce n'est pas si terrible que ça, Ginger, lui dit-il alors, comme s'il lisait dans ses pensées, bien que son ton soit plus compréhensif que d'habitude, comme s'il essayait vraiment de l'aider.

— Je n'ai jamais rien fait de ce genre.

— Je le sais, dit-il comme s'ils en avaient déjà discuté de nombreuses fois auparavant. Mais peut-être est-il temps que tu franchisses le cap. Que tu sois à l'aise avec toi-même jusqu'à ce point-là.

— Que quelqu'un choisisse de ne pas tout montrer sur South Beach ne veut pas dire qu'il est mal à l'aise avec lui-même, contrecarra-t-elle. Peut-être cela veut-il juste dire que cette personne s'accorde de la valeur. Et qu'elle préfère… décider qui a le privilège de voir son corps.

À ses côtés, Rogan inclina légèrement la tête sur la serviette, ses yeux sombres scintillant dans le soleil.

— Assez juste, reconnut-il, la surprenant. Mais si c'est ce que tu éprouves, alors fais-le pour moi. Parce que je te le demande.

Elle se contenta de le fixer. Donc, ils en étaient revenus là.

Non pas qu'elle se soit attendue à moins de sa part.

Seulement, maintenant… d'une certaine manière sa demande tenait plus de la requête. Quelque chose qui donnait plus l'impression d'être personnel. Et qui faisait qu'elle… voulait presque le faire.

Presque. Si elle pouvait dépasser ce besoin de rester couverte, cachée aux yeux de tous.

Malgré tout, elle n'hésita que quelques secondes avant de se lever et de lui tourner le dos, prête à se soumettre. Parce qu'une fois arrivée là, son indécision était... choquante. Elle devait le faire s'il lui demandait. Elle le devait. Pour lui. Et... peut-être pour elle aussi. Comme elle l'avait déjà conclu auparavant, bizarrement, il s'agissait bien plus d'être courageuse que faible. Assez courageuse pour se rendre.

— Tu m'aideras à défaire la fermeture ? demanda-t-elle doucement.

Il répondit d'une voix profonde.

— Avec plaisir.

Il était étrange – et étonnamment sensuel, sexy pour elle – de sentir le haut du Bikini élastique se détendre autour d'elle. Elle tint ses bras serrés sur sa poitrine pour empêcher le haut de tomber complètement, et elle serra ses coudes contre ses seins tout en cherchant avec précaution d'une main le nœud à sa nuque pour le défaire elle-même.

Elle essaya de se montrer détendue et sûre d'elle quand elle abaissa les bras et retira le bout de tissu d'une main. Le soleil réchauffa immédiatement ses seins et elle leur jeta un coup d'œil. Il était étrange de les voir nus ainsi, ici, avec un millier de personnes autour d'elle et, comme à d'autres reprises avec Rogan, excitant d'une manière qu'elle n'avait pas anticipée. Si quiconque dans les environs immédiats fixait sa poitrine, elle ne le remarqua pas. En effet, elle se sentait exposée, mais pas comme si elle était le centre de l'attention.

Elle se rallongea, faisant face au flic, très consciente que ses tétons toujours érigés pointaient dans sa direction.

— Heureux maintenant ?

Il eut un hochement de tête solennel.

— Très. Tu es sacrément canon comme ça.

— Merci, chuchota-t-elle, flattée, mais incapable de se départir de sa pudeur à ce sujet.

Rogan se souleva alors sur un coude, tendit le bras par-dessus April et lorsqu'il se rallongea quelques secondes plus tard, il tenait son tube d'écran solaire dans sa main. Elle ne dit rien, observant avec calme alors qu'il le pressait pour en faire sortir de la crème, puis commença à masser doucement ses seins.

Elle eut un gémissement bas et fit de son mieux pour l'étouffer. Mais une chaleur sourde se répandait dans son sexe pendant tout ce temps, et elle pouvait sentir ce qu'elle éprouvait toujours avec lui : tous deux savaient qu'ils expérimentaient quelque chose d'excitant ensemble, quelque chose de plus excitant que la normale. Et lorsqu'il eut fini, elle roula simplement sur le dos, tétons vers le ciel, prenant la décision consciente de simplement se défaire de sa timidité, se laisser porter par l'immédiat. Elle voyait que son amant était satisfait – ce qui lui faisait plaisir à elle aussi, bien sûr.

Comme toujours avec Rogan, elle apprenait que des choses qui semblaient interdites perdaient beaucoup de cet aspect quand vous trouviez la bonne personne avec laquelle les explorer.

14

April traversa les jours suivants avec une légèreté qu'elle avait rarement connue. La vie avait toujours été si pesante pour elle, tout le temps, de toutes les manières possibles. Pourtant, soudain, de simplement trouver l'audace de retirer son haut de maillot à la plage avait libéré quelque chose en elle, la faisait se sentir plus insouciante, jeune et féminine que jamais auparavant, et quelque part, elle se sentait plus forte que jamais. *Peut-être que c'est à ça que ressemble la vie pour Amber. Peut-être est-ce à cela qu'elle aurait dû ressembler pour moi bien avant aujourd'hui*.

Lorsque le travail se faisait important ou trop intense, elle ne se laissait pas dépasser par le stress. Et quand ses deux sœurs se plaignirent qu'elle les avait négligées, elle souffrit bien d'une petite morsure de culpabilité, mais qu'elle laissa passer.

— Je suis contente pour toi que tu aies un petit ami et tout ça, avait déclaré Amber après son retour de la plage, mais je crois que je te préfère célibataire.

Et allez savoir comment, April s'était débrouillée pour simplement rire, même si les mots d'Amber la frappèrent, méchants et indélicats.

— Eh bien, sœurette, je suis désolée qu'il soit difficile pour toi de ne plus être au centre de mon monde. Je t'aime toujours. Mais maintenant tu sais à quoi cela ressemble d'être moi, celle qui ne passe jamais en premier.

Elle avait dit cela avec un sourire, ne souhaitant sincèrement pas avoir l'air dure, mais ayant l'impression qu'il était simplement grand temps qu'elle souligne à Amber qu'elle aussi avait des sentiments et des besoins.

Quant à Rogan, était-il son petit ami ? L'idée la faisait glousser. À la fois parce que cela semblait si idiot et parce que... eh bien, peut-être aimait-elle voir les choses sous cet angle. Elle n'avait jamais imaginé qu'elle pourrait avoir une relation avec quelqu'un comme lui, quelqu'un de si coriace et bourru. C'était à peine une relation conventionnelle, ça, c'était évident. Pourtant... quoi qu'il s'agisse, elle aimait ça. Pour le moment, en tout cas. Et... qui sait ? Peut-être même pour un long moment à venir.

Bien sûr, il n'était pas exactement M. Ouvert, et elle n'était pas sûre de savoir comment connaître quelqu'un comme lui. Mais elle essayait de son mieux de ne pas s'en inquiéter pour le moment et de se laisser porter par la marée. C'était quelque chose qu'elle n'avait pas suffisamment fait dans sa vie, et il semblait grand temps d'y remédier.

Tout ce dont elle était sûre, c'était qu'ils dînaient dans son restaurant préféré le lendemain soir et qu'elle était impatiente de le voir sous un angle qu'elle n'avait jusqu'à présent pas envisagé. Pour le moment, rien d'autre ne comptait pour elle.

Rogan était avec Colt dans l'un des clubs les plus branchés de South Beach, un lieu tonitruant sous la musique techno et trop coloré à son goût. Pas son genre, mais Colt aimait se trouver où il y avait de l'action, et Rogan ne s'en préoccupait pas assez pour argumenter avec lui à ce sujet.

— La blonde mignonne t'observe, vieux, lui cria Colt par-dessus la petite table qu'ils occupaient.

Ou tout du moins, Rogan pensait que c'était ce qu'il avait dit – il était difficile de s'entendre.

En réponse, il se contenta de hausser les épaules. De bien des manières, il craignait de commencer à se comporter comme un vieux lorsqu'il traînait avec Colt, véritable boute-en-train, mais il n'était pas du genre à faire semblant. Et quant à savoir pourquoi il semblait avoir perdu dernièrement son intérêt pour les femmes, il n'en avait aucune idée.

Mais en fait, ce n'était pas qu'il avait perdu son intérêt pour elles. Il l'avait juste perdu pour celles qui n'étaient pas April. Bon sang. Comment cela s'était-il produit ? Et quand exactement ?

Et pourquoi bon Dieu l'idée même de se lever et d'aller parler avec la blonde que Colt venait juste de montrer – qui était en fait bien plus que mignonne, juste carrément sexy – lui donnait l'impression qu'il tromperait April ? Après tout, comment était-il possible de tromper quelqu'un avec qui vous n'aviez pas une relation d'exclusivité ? Et avec qui vous n'aviez jamais même parlé de ce genre de choses, de vos sentiments ou de ce que votre relation avec elle était ?

Cela n'avait absolument aucun sens, et pourtant... il se rendait compte que cela avait beaucoup à voir avec son haussement d'épaules. Un mois plus tôt, il aurait été plus qu'heureux d'approcher cette femme et de voir ce qui en ressortirait. Mais maintenant... maintenant, il avait Ginger présente à l'esprit. Sans aucune raison particulière. Il aimait juste penser à elle. Il aimait se souvenir des moments chauds qu'ils avaient partagés. Mais aussi de ceux qui l'étaient moins, comme la plus grande partie de leur journée à la plage le week-end précédent. Il appréciait de savoir qu'il possédait un certain pouvoir sur elle, mais pas parce qu'il avait un profond besoin de contrôler qui que ce soit ; il trouvait agréable de savoir qu'elle avait finalement renoncé à cette partie d'elle-même en sa faveur. Un peu à contrecœur au début, bien sûr, mais maintenant... elle était devenue bien plus consentante. Et d'une certaine manière, l'aisance relative avec laquelle elle avait retiré son haut de maillot pour lui avait étayé cela ; comme l'étape finale dans une soumission sincère, totale.

Le fait était qu'il appréciait qu'elle soit en réalité une femme forte, aux commandes de sa vie. Il l'avait vue autrefois guindée, mais il se rendait compte maintenant qu'elle était simplement coriace, capable et responsable – parce qu'elle le devait pour sa famille. Il pouvait comprendre cela – il avait dû agir de même autrefois pour sa propre famille.

Donc, bien qu'il ne le lui ait jamais dit, il la respectait d'être là pour les siens. Il pensait juste qu'elle avait depuis longtemps franchi la limite du raisonnable en les laissant tirer profit de sa nature généreuse. Cela aussi, ça lui était arrivé. Et personne n'en était meilleur pour autant. Il y avait un temps pour prendre soin des gens, et un autre pour faire en sorte qu'ils tiennent debout sur leurs propres jambes. C'était comme lorsque les bébés apprenaient à marcher ; vous ne pouviez leur tenir la main pour toujours ou ils ne seraient jamais capables de tracer leur route dans le monde. Rogan l'avait compris à la manière forte. Il ne voulait pas qu'il en soit de même pour April.

Et sachant maintenant – comprenant – à quel point exactement elle était forte, à quel point elle avait dû l'être… eh bien, cela rendait encore plus exaltant pour lui de savoir qu'il avait été celui pour lequel elle avait abaissé la garde, celui qu'elle avait fini par laisser lui enlever un peu de son contrôle.

Bien sûr, il s'était ouvert à elle un peu, aussi. Mais seulement pour la faire taire, c'était tout. Peut-être aussi parce que… il avait commencé à lui faire confiance. Elle était comme cela ; difficile de ne pas lui faire confiance. Et partager quelque chose de personnel sur Mira avait été plus facile que ce à quoi il s'était attendu.

Et pour dire la vérité, alors qu'il lui parlait de Mira, quelque chose l'avait frappé : bon sang, il ne pouvait même pas se rappeler la dernière fois où il avait vraiment pensé à la jeune femme. Celle où il avait réellement éprouvé cette piqûre de vide sans elle, ce pincement au cœur à espérer encore, au plus profond de lui, que les choses auraient pu tourner autrement. Il en avait été surpris.

Peut-être qu'elle est vraiment derrière moi. Enfin.

— Mec, qu'est-ce qu'il y a bordel ?

Il tressaillit, leva les yeux vers Colt.

— Hein ?

— Je suis assis ici à tout te raconter sur ce nouveau contrat, mais c'est comme si tu étais dans une putain de transe. C'est quoi le problème ?

Colt avait signé de nombreux nouveaux contrats dernièrement avec son entreprise de sécurité privée.

— Je pensais juste à April, admit Rogan sans y réfléchir.

Colt plissa les yeux dans sa direction.

— La nana avocate ? Celle avec laquelle tu n'as rien d'autre en commun que cette alchimie ?

Rogan opina. Il avait commencé à oublier cette partie-là – celle concernant le fait de ne rien avoir en commun – puisque ce n'était peut-être pas aussi important qu'il l'avait pensé jusqu'ici. Ou peut-être commençait-il à se dire qu'ils partageaient plus que ce qu'il avait voulu croire.

— Ça doit être une alchimie irrésistible, vieux, fit remarquer Colt.

Rogan aurait pu répondre à cela de bien des manières. Comme dire qu'il ne pouvait se souvenir d'une époque de sa vie où il avait éprouvé un lien sexuel plus intense et puissant avec une femme, peut-être même avec Mira. Ou, comme il venait juste de le reconnaître, que les choses allaient dorénavant au-delà de l'histoire de cul.

Mais puisqu'il était un homme qui aimait garder les choses aussi simples que possible chaque fois qu'il le pouvait, il se contenta de répondre :

— Ouais, une alchimie irrésistible.

— Je ne suis pas venu très souvent dans cette partie de la ville, lui dit Rogan.

— Ma sœur, répondit April, a des contacts avec quelques-unes des galeries d'art qui se trouvent par là.

— C'est joli.

— Moins de boîtes de nuit branchées qu'à South Beah, dit-elle. Et moins de seins.

Le rire de Rogan lui apprit qu'elle l'avait surpris avec cette dernière remarque. Ils étaient installés dans son restaurant italien préféré de Coconut Grove, quartier à la mode, bien plus près de chez elle que de chez Rogan pour une fois. Elle avait suggéré cette adresse lorsqu'il l'avait surprise en l'invitant à un vrai rendez-vous amoureux et en lui demandant même où elle aimerait aller.

Leur conversation était déjà bien engagée lorsqu'il lui apprit que Juan Gonzalez ne semblait plus traîner ou poser de problèmes au *Café Tropico* – et la simple mention du bar ramena la jeune femme au début de leur histoire. Comme les choses avaient changé depuis lors ! À l'époque où elle luttait contre elle-même sur le fait de l'embrasser dans cette ruelle, elle n'aurait jamais pu deviner que leur histoire prendrait une telle tournure.

— Sa femme va bien ? demanda-t-il, et elle trouva gentil qu'il se sente concerné.

Elle hocha la tête et décida que cela ne brisait en rien la relation client-avocat que de répondre :

— Les choses avancent pour Kayla, et bientôt, il ne lui causera plus de problèmes à elle non plus.

En fait, Kayla avait trouvé un endroit où loger, et dès qu'elle y aurait emménagé ses affaires ce week-end, elle serait prête à lancer la procédure de divorce, ayant surmonté ses réticences.

— Ça fait plaisir à entendre, répondit Rogan.

Et, sans prévenir, il se pencha en avant et lui dit plus bas :

— Va retirer ta culotte dans les toilettes.

Exactement comme à la plage, lorsqu'il lui avait ordonné de retirer son haut sans autre forme de procès, cela prit April par surprise. Sa première impulsion fut de protester ; la commande avait été passée, c'était si soudain et peut-être elle n'était pas d'humeur à se livrer à de tels jeux pour le moment.

Mais elle retint sa langue.

Parce qu'en une fraction de seconde, elle réalisa ce qui lui avait pris plus de temps à la plage, que peut-être… elle « était » d'humeur. S'il l'était. Que peut-être une partie de ce jeu de domination/soumission était de se laisser aller à être excitée par sa propre reddition, par la satisfaction même de faire plaisir à Rogan. Que de ne pas être d'humeur pouvait en un clin d'œil se transformer en son contraire, uniquement à l'entendre exiger de sa voix profonde qu'elle se soumette à sa volonté.

Alors qu'une nouvelle explosion de désir envahissait son entrejambe et que sa fente la titillait, elle rencontra le regard du flic, attrapa son sac à main et dit doucement :

— Je reviens tout de suite.

Comme elle était venue directement de son bureau au restaurant, elle portait une jupe de tailleur noir, un simple chemisier blanc et des escarpins noirs. D'une certaine manière, le fait de faire glisser sa culotte et de se sentir soudain si nue sous son apparence de femme d'affaires l'excita d'autant plus.

C'était comme lors de ces premières fois avec lui, à s'embrasser dans la ruelle ; elle avait eu l'air si guindée, sage à l'extérieur alors qu'en elle-même, elle était une créature bien plus sexuelle qu'elle ne l'avait jamais su. Maintenant, seuls Rogan et elle partageaient ce secret. Et alors qu'elle fourrait sa culotte rose dans son sac à main, son sexe s'humidifiait d'une excitation interdite due en partie au fait qu'elle allait devoir traverser la salle du restaurant sans que personne ne se doute qu'elle ne portait rien sous sa jupe, tout cela parce que son amant le lui avait ordonné.

Lorsqu'elle reprit place à la table carrée, à la droite de Rogan, leurs plats étaient arrivés.

— Ça a l'air bon, dit-elle, essayant de paraître normale, mais les mots sortirent dans un souffle.

Rogan se pencha vers elle, son genou touchant celui de la jeune femme sous la table, et dit :

— Tu mouilles pour moi, Ginger ?

Non seulement c'était le cas, mais son sexe pulsait maintenant de plaisir.

— Beaucoup.

Leurs regards se rencontrèrent et celui de Rogan, sombre, se fit volontairement pressant, comme s'il pouvait lire dans son esprit et sentir tout ce qu'elle éprouvait sans qu'elle ait besoin de dire plus qu'un mot.

— Est-ce que cela t'excite d'être nue sous ta jupe pour moi ? D'avoir un petit secret cochon ?

Quelques semaines plus tôt, cela aurait été si difficile pour April de l'avouer, et de se l'avouer ! Mais les choses avaient changé, et elle répondit donc avec honnêteté et simplicité.

— Oui. Beaucoup.

— Je parie que ta douce petite chatte inonde tes cuisses, dit-il, les mots crus donnant l'impression d'être une caresse intime.

— Oui, souffla-t-elle de nouveau, le désirant plus qu'elle n'aurait pu l'imaginer dix minutes plus tôt.

Son grand méchant loup avait cet effet-là sur elle.

Lorsque leurs regards se verrouillèrent de nouveau, l'expression de Rogan changea encore et il lui offrit un léger – même s'il était totalement sexy – sourire.

— Mange avant que cela ne soit froid, la somma-t-il.

— Quoi ? Oh ! dit-elle alors.

En l'espace de quelques secondes, elle en avait pratiquement oublié le repas. Toutes ses pensées étaient concentrées sur le fait de coucher avec lui.

Dîner dans de telles conditions s'avéra être à la fois irritant et... sensuel. Elle n'aurait pu se soucier moins du repas, pourtant, le fait même de porter la nourriture à sa bouche devenait une chose délectable. Parce qu'elle avait très envie de toucher et d'être touchée, parce que leurs jambes se mêlaient sous la table, flirtant, et que chaque contact physique ou sensation devenait quelque chose qu'elle expérimentait plus viscéralement que jamais. Chaque bouchée de ses lasagnes avait plus de goût, était plus épicée sur sa langue, chaque gorgée de son verre de vin coulait le long de sa gorge.

Ils avalèrent leurs plats en silence et April suspectait – ou peut-être était-ce plus un espoir – que Rogan vivait le repas avec la même intensité qu'elle.

Et quand ils eurent tous deux terminé et qu'il eut payé l'addition, il n'attendit que quelques secondes avant de lui dire :

— Je vais aller à l'arrière de l'immeuble. Attends une minute puis glisse-toi dehors pour me rejoindre.

— Que se passera-t-il alors ? demanda-t-elle, pour une fois non pas par peur ou inquiétude, mais simplement pour anticiper le plaisir à venir.

— Je vais te manger comme dessert, répondit-il.

15

Rogan parvenait à peine à respirer en attendant April. L'idée de son sexe parfait inondé pour lui le rendait dur comme la pierre. Elle était allée aux toilettes retirer sa culotte si facilement – comme une vraie esclave sexuelle. Et depuis, il avait perdu la tête – fou de désir.

Quand ils étaient entrés dans le restaurant, il avait repéré l'entrée vers la petite cour où il se trouvait maintenant. Il était heureux de voir que le cadre était plus agréable que dans leur ruelle derrière le *Café Tropico* : les murs habillés de rosiers grimpants entouraient un vieil arbre qui grandissait entre les immeubles, construits là depuis bien moins longtemps que lui. Les chances qu'ils soient surpris ici étaient minces, mais ils seraient en extérieur, dans un petit espace commun entre plusieurs immeubles abritant galeries d'art et restaurants, et la sensation de danger serait donc encore présente. Et cela serait chaud comme l'enfer.

À la seconde où elle franchit la treille en forme d'arche qui servait d'entrée, il se jeta sur elle. Il n'avait pas prévu d'agir ainsi – d'être brutal et rapide –, mais l'obéissance facile de la jeune femme l'avait remué comme jamais auparavant. Ou, bon sang, peut-être était-ce juste le fait d'être dehors avec elle de nouveau, dans un endroit qui semblait un peu osé, risqué.

La soulevant pour la déposer sur le mur de briques le plus proche, il se laissa tomber à genoux et repoussa la jupe droite d'April jusqu'à ses hanches d'un seul mouvement des mains. Ses cuisses étaient douces et souples sous ses doigts durs et – mon Dieu ! –, son sexe nu semblait plus délicieux que n'importe quelle sucrerie qu'il ait jamais mangée.

— Écarte les jambes, lui ordonna-t-il, et avant même de lui donner la chance de lui complaire, il introduisit sa main entre elles et planta deux doigts en elle. Elle poussa un cri et il adora savoir qu'il s'agissait d'un cri de plaisir enfiévré.

Il ne perdit pas une seconde de plus avant d'appuyer son visage contre la peau rose et humide visible entre ses jambes. Il la lécha profondément là, goûtant sa douceur, la sentant, écoutant les gémissements agités de plaisir au-dessus de lui. Peut-être que cela faisait encore plus de lui un salaud égoïste, mais il aimait qu'elle semble inexpérimentée face à des formes urgentes et extrêmes de sexe. Cela la rendait extrêmement réactive, et être l'homme qui l'ouvrait à tout ce qu'elle n'avait pas connu auparavant était un privilège spécial.

— Cette chatte est si sacrément douce, se recula-t-il pour murmurer après un coup de langue particulièrement profond, incendiaire, sur la partie la plus intime de la jeune femme.

— Oh, lèche-moi, s'il te plaît, lèche-moi encore, souffla-t-elle.

Il jouit presque de l'entendre prononcer ces mots.

Bien sûr, un homme vraiment dominant la punirait pour oser lui donner un ordre, mais cette attitude nouvelle de la part d'April l'excitait bien trop pour qu'il veuille l'en châtier. Au lieu de cela, il décida de prendre un autre chemin.

— Supplie-moi, ma belle. Supplie-moi encore. Dis-moi ce que tu veux.

Elle le fit sans hésiter.

— Lèche ma fente, Rogan, je t'en prie ! Ne me fais pas attendre, lèche-moi.

— Plus, dit-il lorsqu'elle s'arrêta, éprouvant un élancement de culpabilité à ne pas la satisfaire tout de suite.

Elle gémit au-dessus de lui, clairement désespérée, et il adora ça.

— Je deviens folle. J'ai tant besoin de ta bouche là. S'il te plaît.

Hmm, sympa. Et son sexe était encore plus dur grâce aux efforts de la jeune femme.

Alors il récompensa sa petite soumise ; il lécha sa fente humide comme si elle contenait le chocolat le plus goûteux, le plus crémeux du monde. Il la lécha en longueur et en profondeur, épiant chacune de ses réactions, et sentant les contractions de son sexe sur sa langue.

Lorsqu'il porta son attention vers son clitoris – ah, bon sang ! –, il était si gonflé par l'excitation que Rogan éprouva sur l'instant le besoin de le téter avidement comme s'il s'agissait d'un mamelon dressé. Au-dessus de lui, il pouvait sentir que la jeune femme se mordait la lèvre pour ne pas crier, elle dont la chair tremblait de désir autour de la bouche du flic.

Il suça plus fort, trouvant un rythme qui la poussait à aller d'avant en arrière. Et lorsque les doigts d'April plongèrent dans ses cheveux, quand elle tira la tête de Rogan plus fermement contre son mont de Vénus, il crut qu'il allait mourir de plaisir. Il était dominateur par nature, mais il y avait des moments où il se sentait étrangement puissant à jeter ce costume, et offrir tant de plaisir en faisant de lui-même un outil, un jouet, tout ce qu'elle voudrait qu'il soit afin de jouir.

Lorsque l'orgasme balaya la jeune femme, il le sentit se répercuter à travers sa fente et jusque dans sa bouche.

— Mon Dieu, oui ! Oui ! dit-elle entre ses dents serrées, ses poussées contre le visage du flic plus fortes maintenant que la fièvre et le relâchement l'emportaient.

Il lui donna un moment pour qu'elle reprenne ses esprits – se l'accordant aussi – avant de se remettre sur pied, prêt à reprendre le contrôle. Visage de circonstance, il lança un regard dur comme l'acier à sa sexy petite Ginger et lui lança :

— À genoux. Suce ma queue raide, ma belle.

Et lorsqu'elle ouvrit la bouche pour répondre, Rogan s'attendit presque à une protestation ou une autre tentative de dérobade – parce que c'était leur histoire, ce à quoi il était habitué –, et il n'en fut que plus ravi lorsqu'elle déclara :

— Il n'y a rien que je ne souhaite plus que de te voir emplir ma bouche.

Il ne pensait pas l'avoir jamais vue aussi enthousiaste que lorsqu'elle se laissa tomber sur les vieux pavés de la cour et lui arracha presque son pantalon. Elle était comme une bête enragée, et quand elle atteignit son sexe, il eut peur de jouir trop vite.

Il lutta pour garder le contrôle, et sentit qu'elle le prenait dans sa main, étonnante et merveilleusement obscène, descendant vivement sur lui.

Sa bouche était magique. Elle le pompa de ses lèvres adorables, accueillantes. Elle avait eu les cheveux soigneusement tirés en arrière, mais maintenant, de longues boucles rousses s'étaient libérées et tombaient en travers de ses joues alors qu'elle lui offrait une fellation parfaite.

Si parfaite, en fait, qu'il ne se passa pas longtemps avant qu'il ne se retire de son adorable bouche humide.

C'était à la fois frustrant et excitant comme tout lorsqu'elle objecta.

— Non, j'en veux plus. Je veux que tu viennes dans ma bouche, Rogan.

Waouh, mon Dieu ! En entendant ses mots, il explosa presque dans la main chaude et douce de la jeune femme. Mais il avait son mot à dire. Uniquement parce que ce n'était pas ce qu'il avait eu à l'esprit. Il avait voulu la remettre debout sur ses talons hauts sexy, la tourner contre le mur, et la prendre par-derrière à lui en faire perdre la tête. Il ne pouvait la laisser continuer à mener la danse ainsi, il avait besoin de leur rappeler à tous deux qui était le chef ici.

Mais pour une femme comme April, offrir de le sucer jusqu'à la jouissance... Merde, comment était-il supposé résister à cela ?

Il ne le fit donc pas. Mais il intervertit les rôles, reprenant sa position d'autorité. Si elle voulait qu'il jouisse entre ses lèvres, il allait s'assurer qu'elle savait qu'elle n'avait dorénavant plus le choix.

Il était si excité lorsqu'il prit la parole que sa voix sortit, rauque et profonde.

— D'accord, ma belle. Je vais venir fort et profond dans ta petite bouche affamée, je vais éjaculer dans ta gorge. Maintenant, suce-moi, ma belle, suce-moi bien fort jusqu'à ce que j'explose entre tes lèvres.

April n'avait jamais voulu ça auparavant, mais le désirait ardemment maintenant ; elle le désirait comme elle parvenait à peine à se souvenir d'avoir voulu quoi que ce soit dans sa vie. C'était ainsi avec Rogan : le désir sauvage qu'elle avait de lui n'arrêtait pas de grandir, encore et encore.

Maintenant elle ne pensait à rien, ne craignait rien ; elle s'abandonnait à la compulsion de sucer le membre épais comme s'il ne devait pas y avoir de lendemain. Comme si elle devait l'avoir dans sa bouche afin de rester en vie. Comme si rien d'autre ne comptait. Elle voulait sentir la puissance de son éjaculation jaillissant entre ses lèvres, voulait goûter à sa semence chaude.

Il la poussait plus profondément sur son membre en poursuivant son bavardage sexy, cochon.

— Suce-la, ma belle, suce cette grosse queue. Tu aimes l'avoir dans ta bouche, tu aimes que j'étire tes lèvres largement en la poussant dans ta douce petite gorge.

Chaque mot qu'il prononçait semblait follement vrai. Et même si pendant un bref instant elle se demanda qui elle était devenue avec cet homme, aussitôt elle rejeta cette question parce qu'elle savait que la femme qu'elle avait été avec lui au début n'existait plus. Il l'avait transformée en quelqu'un de neuf. De plus libre. De plus heureux. Quelqu'un qui – oh, Seigneur ! – n'avait eu aucune idée de combien elle aimait le sexe sauvage avant qu'il ne débarque dans sa vie.

— C'est ça, ma puce, suce. Suce cette grosse queue. Continue. Je vais jouir si fort dans ta bouche. Je vais jouir… Ah, merde, maintenant ! Je vais jouir maintenant !

Instinctivement, elle s'immobilisa, essayant de se préparer à son éjaculation. Il se mit à pilonner sa bouche plus fort, plus durement, mais en de petites et merveilleuses poussées qui la laissèrent libre d'accueillir sa jouissance.

Et l'étonnante explosion de chaleur se produisit. *Avale. Avale-la*. Une nouvelle vague arriva, puis une autre, encore et encore. *Continue d'avaler. C'est si chaud*. D'une certaine manière, April avait la sensation que cette chaude humidité se déployait à travers son sexe aussi, bien que sa bouche ne fût en rien proche de cette zone.

À la seconde où elle relâcha le sexe de Rogan, elle expérimenta cette sensation à laquelle il avait fait allusion : elle sentait ses lèvres étirées, fatiguées, douloureuses, comme si elles avaient bien travaillé. Le flic la tira sur ses pieds brutalement d'un bras pour l'embrasser comme si demain n'existait pas. C'était le baiser le plus incroyable qu'ils aient jamais partagé, parce que même s'il ne s'accompagnait d'aucun mot, elle comprenait. Rogan et elle n'avaient pas toujours besoin de se parler. Mais elle savait qu'il avait besoin d'elle de la même manière qu'elle commençait à avoir besoin de lui.

Du sexe, encore et toujours, de toutes les manières qu'il soit. Mais il s'agissait de bien plus que de cela aussi, et de plus en plus.

Une heure plus tard, ils étaient repartis vers South Beach et étaient assis sur le sable, observant l'océan, les néons des hôtels Art Déco d'Ocean Drive derrière eux au loin. April avait depuis longtemps cessé de s'inquiéter de comment sa jupe et son chemisier ressortiraient de cette soirée, mais ils en avaient ri, reconnaissant que Rogan avait un effet terrible sur sa garde-robe.

Ils restèrent silencieux pendant un moment, se tenant simplement les mains, et April était de nouveau emplie d'un charmant sentiment de proximité avec lui. Il était si différent de tous les hommes avec lesquels elle était sortie, et pourtant, elle avait lentement commencé à apprécier sa force tranquille ; en fait, elle la trouvait même assez hypnotique à bien des égards.

En même temps, malgré tout, elle voulait qu'il lui donne plus de lui-même. Elle était incapable de s'en empêcher. Elle voulait cette proximité, mais elle ne savait pas comment être vraiment proche de quelqu'un qui ne s'ouvrirait pas à elle.

— Je ne pense pas que tu veuilles m'en dire plus sur ta famille, suggéra-t-elle, mi-souriante, mi-joueuse, mais très sérieuse.

Comme toujours lorsqu'elle soulevait ce sujet, il garda le regard fixé devant lui, cette fois-ci sur les vagues qui ondulaient.

— Il n'y a rien à dire.

— Je pense que tu mens, le taquina-t-elle.

— Pense ce que tu veux, Ginger, lui répondit-il d'un ton pragmatique.

OK, une nouvelle rebuffade. Mais cela ne voulait pas dire qu'elle devait laisser complètement tomber.

— Alors... dis-m'en plus sur cette fille, celle que tu aimais dans le Michigan.

Il tourna la tête vers elle.

— Pourquoi es-tu si fouineuse ?

Heureusement, elle se sentait suffisamment liée à lui pour que l'accusation ne parvienne pas à l'intimider. Elle se contenta de répondre :

— Parce que peut-être que je tiens à toi, ou un truc comme ça. Maintenant, réponds-moi.

Il baissa le menton comme s'il était réprimandé.

— Tu n'es pas vraiment soumise, Ginger, fit-il remarquer.

Elle haussa simplement les épaules.

— Parfois cela fonctionne. À d'autres moments, pas autant que ça.

Et alors même qu'il prenait une profonde inspiration à côté d'elle, elle crut que la conversation s'arrêterait là et fut surprise lorsqu'il se mit effectivement à parler de cette fille appelée Mira qui tenait une librairie, était maintenant fiancée et allait épouser un de ses amis cet été.

— C'est une bonne personne. Tu l'aimerais, poursuivit-il.

Et elle fut touchée de le sentir si honnête. Elle tint sa main plus fermement tandis qu'il allait plus loin dans ses confidences.

— Et cette couverture au crochet chez moi ? dit-il après lui avoir raconté comment les choses avaient fini entre Mira et lui. Juste pour que tu sois au courant, ma voisine me l'a faite après que j'ai essayé de récupérer Mira sans y parvenir. Même si Madame Derby ne l'a jamais dit – ce n'était pas comme si on papotait beaucoup –, j'ai toujours pensé qu'elle savait que j'étais super mal après ça, et elle a peut-être remarqué que je n'avais pas beaucoup d'amis autour de moi. Quand elle m'a donné cette couverture… eh bien, cela a signifié quelque chose pour moi. Je ne suis pas sûr que qui que ce soit ait jamais fabriqué quoi que ce soit pour moi avant ça. Ou depuis. Donc voilà. Maintenant tu connais toute cette foutue histoire. Heureuse, Ginger ?

— Oui, répondit-elle. Enfin, comme la dernière fois que je te l'ai dit quand nous avons parlé de ça, pas heureuse que tu aies eu mal, mais que tu m'aies raconté un morceau de ta vie.

Peut-être que je suis aussi un peu heureuse que Mira ne t'ait pas repris. Parce que si elle l'avait fait, je ne t'aurais pas maintenant. Merci, Mira, où que tu te trouves.

April était assise dans son salon, les yeux fixés sur son portable comme une écolière idiote : elle relisait les SMS de Rogan. La veille au soir, alors qu'elle venait juste de finir de dîner, il lui avait envoyé un message, l'informant qu'elle devait se trouver chez lui samedi soir à 21 heures.

Elle n'avait pas discuté pour la même raison que d'habitude : c'était devenu facile de manière choquante, et même agréable, de se montrer complaisante avec lui. Et elle s'était rendu compte qu'au plus profond d'elle-même, cela ne lui avait rien enlevé de sa force, en particulier maintenant qu'elle avait appris à accepter son désir d'être avec lui et se sentait comme s'ils avaient effectivement développé une relation d'un autre genre. En plus de cela, Allison cherchait souvent une baby-sitter le samedi soir, et elle ne détesterait pas trouver là une bonne raison de dire non.

Mais ce qui la faisait fixer son téléphone, se sentant un peu gaie et romantique, c'était qu'il avait envoyé un autre message plus tard, vers 23 heures, qui contenait trois simples mots : `Bonne nuit, Ginger.`

Il n'y avait peut-être pas de quoi en faire un plat. Mais cela voulait dire qu'il pensait à elle. Et pas seulement à la dominer. Cela montrait que toutes les pensées qu'il nourrissait à son égard n'étaient pas liées qu'au sexe, tout comme les siennes ne l'étaient pas non plus. Ce qui donnait une impression de… normalité. Comparable à ce que des gens engagés dans une relation normale vivaient.

Elle lui avait répondu pour lui souhaiter bonne nuit à son tour, et il avait renvoyé :

`Tu vas penser à moi en te couchant ?` ☺

Elle avait été plus qu'un peu surprise de voir que Rogan Wolfe utilisait des smileys. Mais elle avait aimé qu'il flirte avec elle.

Et donc, elle s'était montrée plus audacieuse que d'ordinaire.

Je suis sûre que oui. C'est généralement le cas.

Il écrivit :

Arrête. Je ne le savais pas.

Maintenant, si, tapa-t-elle.

Ça me plaît, répondit-il.

Bien.

Je pense aussi à toi, Ginger.

Elle avait simplement renvoyé un smiley souriant et un autre bonne nuit, et ce fut la fin de la conversation. Mais près de vingt-quatre heures plus tard, elle était encore en train d'y réfléchir, appréciant leur échange.

Compte tenu qu'on était vendredi soir, elle craignait d'avoir trop attendu pour ça, mais elle avait une idée, quelque chose qu'elle voulait tenter – tout du moins si Amber n'avait rien de prévu. Ce qui était la raison pour laquelle April était assise dans le salon avec rien de mieux à faire que de relire les SMS de la veille. Elle attendait qu'Amber rentre à la maison de son tout nouvel emploi dans une boutique du quartier. C'était encore un temps partiel, mais cela semblait d'une certaine manière plus substantiel que les périodes de travail habituelles d'Amber dans des petits supermarchés ou des magasins de glaces.

Lorsque sa plus jeune sœur passa le seuil quelques minutes plus tard, April lui demanda :

— Y a-t-il la moindre chance que tu sois libre ce soir ? Je pourrai utiliser ton aide pour un projet, si cela ne t'ennuie pas.

Amber eut l'air surprise – ce n'était pas souvent qu'April avait besoin de son aide ou de celle d'Alison ; la vie s'était chargée de faire en sorte que cela soit généralement dans l'autre sens que cela marchait.

— Quel genre de projet ?

— Eh bien, tu sais, ce type que je vois ?

Amber eut un haussement d'épaules.

— Si on veut. Tu ne m'as même jamais dit comment il s'appelait.

Hum. April supposait que cela devait bien être le cas. Mais les choses semblaient alors si… eh bien, obscures et interdites. Maintenant, cette relation était tout aussi intense, mais bien moins sombre.

— Il s'appelle Rogan. Il est flic. Il s'est installé récemment à Miami, il vient du Michigan.

Amber eut l'air contente dans l'ensemble.

— Cool, dit-elle.

— Bon, j'ai remarqué que les murs de son appartement étaient complètement nus. J'ai pensé que cela pourrait être sympa de lui offrir quelque chose à accrocher au-dessus de son canapé. Et… je ne sais même pas si c'est possible, mais je me disais que ce serait chouette si, en fait, je fabriquais quelque chose pour lui. Comme une peinture. Le délai est follement court, mais y a-t-il quoi que ce soit de simple que tu pourrais m'aider à peindre, disons, ce soir ?

Elle fut étonnée de voir à quel point les yeux d'Amber s'enflammèrent, et il lui vint à l'esprit que peut-être elle devrait demander plus souvent l'aide de sa sœur dans ses domaines de compétences.

— Oh, carrément. Il y a un million de choses faciles à réaliser en peinture. Et j'ai plein de toiles de rechange. Viens, on va t'enfiler une blouse. Ça va être marrant !

L'enthousiasme d'Amber décupla celui d'April et, oui, cela semblait effectivement marrant, ce qui était assez inattendu. Elles eurent vite tout installé dans la chambre d'amis qu'April avait autorisé Amber à utiliser comme atelier. Elles décidèrent qu'April réaliserait un large coucher de soleil aux tons chauds sur l'océan, complété par la silhouette d'un petit voilier ; Amber lui avait assuré qu'elle ne rencontrerait pas de difficultés.

D'un côté, April était un peu nerveuse à l'idée que le tableau s'avère enfantin ou idiot, mais de l'autre, elle faisait confiance au sens artistique de sa sœur, et si cette dernière croyait qu'elle en était capable, alors, peut-être y arriverait-elle.

— Crois-moi, un coucher de soleil sera super facile avec moi pour te conseiller. Il s'agit essentiellement de mélanger les couleurs, ce que je vais t'apprendre.

Elles étaient en train de choisir des teintes – April rappelant à Amber qu'elle voulait les garder chaudes et pas trop pastel compte tenu de la nature masculine de Rogan – quand Allison fit son apparition, apportant des cupcakes.

— J'ai dû en faire pour mon groupe de théâtre demain, mais il y en a bien trop. J'ai pensé que vous pourriez les aimer.

Dans la mesure où Allison était d'habitude moins attentionnée qu'Amber, et avare même de petits gestes, elle surprit et fit grand plaisir à April.

— Merci, Allie, ils ont l'air fantastiques, dit-elle en prenant le plat des mains de sa sœur pour le poser sur la table de la cuisine.

— On y piochera plus tard, intervint Amber, dès qu'on aura fini la peinture.

Elle semblait pressée de retourner à leurs affaires.

Ce qui poussa Allison à demander ce qui se passait et pourquoi bon sang April portait l'un des tabliers de peintre d'Amber. Elle aussi avait appris que sa grande sœur voyait quelqu'un et maintenant, cette dernière lui expliqua le cadeau qu'elle voulait faire à Rogan.

En réaction au plan d'April, Allison inclina la tête pensivement.

— Je n'ai jamais pensé faire quelque chose comme ça, dit-elle, mais... vous croyez que je pourrais essayer de peindre quelque chose, moi aussi ? Peut-être pour la chambre de Tiffany ?

Amber se contenta de hausser les épaules.

— Bien sûr, laisse-moi aller chercher une autre blouse. Pfiou ! Si j'avais su que vous voudriez apprendre à peindre, nous aurions pu faire ça il y a longtemps. (Puis elle regarda en direction de la cuisine.) On a du vin ? On devrait ouvrir une bouteille. J'en aurais peut-être besoin si je vous ai comme élèves toutes les deux en même temps.

Elles rirent, ouvrirent une bouteille de chardonnay et se mirent à l'ouvrage. C'était un défi pour April, mais elle fut heureuse de sa création quand elle fut achevée. Non seulement cela, mais elle avait passé une soirée des plus amusantes avec ses sœurs. Elle ne se rappelait pas qu'elles aient partagé un si bon moment ces dernières années. Peut-être même que cela remontait à quand elles étaient gamines, avant l'accident.

Personne ne mentionna sa récente « inattention » envers elles, et elle eut dans l'idée qu'elles l'avaient déjà acceptée – aussi rapidement que ça. Peut-être même avaient-elles commencé à se rendre compte combien elles exigeaient de leur grande sœur et que le temps était venu pour cette dernière de faire plus de choses pour elle-même. Elle n'avait jamais rêvé qu'une telle transition puisse s'opérer si facilement.

Mais elle n'avait jamais rêvé non plus de pouvoir peindre le tableau d'un superbe coucher de soleil.

Ou de passer une soirée si agréable, pleine de rires, avec ses sœurs.

On aurait dit que la vie fourmillait de bonnes surprises, dernièrement.

Rogan sentit son sang circuler plus vite dans ses veines quand il entendit la sonnette. Elle était là. Il avait l'impression d'avoir attendu toute cette foutue journée qu'il soit 21 heures. Pourquoi, bon sang, ne lui avait-il pas dit de venir plus tôt ? Pourquoi n'avait-il pas pensé à l'inviter à dîner ?

Bien que la dernière chose à laquelle il se soit attendu en ouvrant la porte soit de la trouver en train de tenir un grand tableau.

Son regard remonta jusqu'aux jolis yeux d'April pour la découvrir en train de sourire.

— Surprise ! dit-elle, l'air plus détendu et vif que jamais.

Il avait commencé à découvrir de nombreuses qualités chez Ginger dernièrement, comme sa toute nouvelle joie de vivre. Que cela le touche autant, il ne comprenait pas pourquoi.

— Je l'ai peint pour toi, reprit-elle, pour que tu l'accroches au-dessus de ton canapé.

Oh ! Waouh ! Bon sang ! Ses yeux tombèrent de nouveau sur le tableau. C'était un coucher de soleil de roses profonds, de violets, d'oranges et d'or, pourtant aucune des couleurs ne semblait trop féminine. Un voilier voguait à l'horizon dans le lointain.

— Tu l'as fait ? Tu as peint ça ? Sérieusement ?

— Oui, admit-elle d'un air un peu embarrassé. Qu'en penses-tu ?

— Je pense que c'est foutrement génial, Ginger ! lui dit-il, et il était honnête. Je ne savais pas que tu faisais des trucs comme ça.

Il était sincèrement impressionné, et surpris de découvrir une nouvelle facette de sa personnalité.

Une jolie rougeur lui monta aux joues quand elle répondit.

— Je n'en fais pas. Je veux dire, c'est la première fois que je peins un truc. Du coup, je suis très contente que cela te plaise.

Il revint de sa surprise pour prendre avec précaution le cadre des mains d'April.

— Voilà, laisse-moi l'attraper. Entre.

Une fois qu'ils furent à l'intérieur, il l'appuya contre le mur le plus proche de la porte d'entrée, et se recula pour l'admirer de nouveau.

— C'est vraiment ton premier tableau ?

Elle hocha la tête, visiblement flattée par ses louanges.

— Mais c'était marrant, donc, je pourrais en faire plus. Ma sœur m'a aidée ; tu sais, l'artiste.

Elle lui en avait suffisamment dit sur les différents membres de sa famille pour qu'il sache qu'elle parlait d'Amber, la plus jeune.

Toujours aussi abasourdi, il lui sourit.

— Tu as des talents cachés, ma belle.

Elle lui retourna un sourire joueur.

— Apparemment.

L'autre partie de l'équation frappa alors Rogan.

— Tu es sûre de vouloir me le donner ? De ne pas préférer le garder pour toi ?

Elle se contenta de hocher de la tête négativement cette fois-ci, en souriant.

— Je l'ai peint pour toi. Tes murs sont trop dénudés, dit-elle avec un rire taquin qu'il n'aurait pu qu'imaginer quelques semaines plus tôt. J'ai pensé que tu avais besoin de quelque chose pour les habiller. Ou au moins, l'un d'eux.

Le fait était que Rogan avait rarement été aussi touché. Ce tableau était probablement la conséquence de cette histoire plutôt embarrassante sur sa vieille voisine, Madame Denby, et sa couverture au crochet. Mais c'était vrai, il n'avait pas reçu beaucoup de vrais cadeaux dans sa vie, en particulier ceux qui venaient du cœur. Savoir qu'elle avait pris du temps pour faire cela juste pour lui, qu'elle avait créé quelque chose pour le lui offrir… bon sang, cela l'émouvait ! Beaucoup.

— Depuis quand es-tu devenue si douce, April Pediston, demanda-t-il en lui offrant un nouveau sourire.

Elle inclina la tête sur le côté, ses yeux bleu océan étincelant dans la lumière de la lampe.

— Bonne question. Je suppose que tu m'as juste inspirée.

— Comment pourrais-je faire cela ? demanda-t-il, curieux de connaître sa réponse.

— Tu… me rends heureuse, dit-elle, sa voix se faisant un peu plus douce.

Ce n'était pas la réponse à laquelle il s'était attendu. Cela lui serra même la poitrine, qui semblait écraser son cœur et ses poumons. Parce qu'il n'était pas sûr d'avoir jamais vraiment rendu beaucoup de gens heureux. Suffisamment, en tout cas, pour qu'ils veuillent lui peindre un tableau.

Ce qui lui inspira de l'attraper et de l'embrasser. Cela semblait la seule chose à faire à ce moment-là.

Les bras de la jeune femme vinrent s'enrouler autour de son cou instantanément, pendant que son petit corps souple – vêtu ce soir-là d'un short habillé et d'un haut multicolore soyeux – s'appuya contre celui de Rogan. Se perdant dans ces baisers qui venaient d'un endroit profond en lui, il fit courir ses mains sur les courbes de l'avocate, les explorant, en voulant plus.

Il aurait été facile de commencer à la déshabiller, là, tout de suite – Dieu savait que tout en lui y aspirait ! Mais il l'avait invitée ce soir-là pour une raison précise. Aussi puissamment qu'il désirât la prendre sur-le-champ – sur le canapé, le plancher, n'importe où –, une plus grande partie de lui savait qu'il devait reculer, ralentir, et faire exactement ce qu'il avait programmé.

Il la relâcha ; fit un pas en arrière. Elle tendit la main vers son jean pour en défaire le bouton, mais il la lui attrapa et dit :

— Attends.

Elle paraissait superbement hors d'haleine lorsqu'elle demanda pourquoi.

C'était presque dur pour lui de le lui dire. À ce moment-là, il se sentait déjà sur la même longueur d'onde qu'elle de tant de manières que peut-être cette partie n'était pas vraiment nécessaire. Sauf que… si, elle l'était. Et pas uniquement pour ses besoins à elle, mais pour les siens aussi.

— Parce que ce n'est pas toi qui donnes le « la » ici, Ginger, lui dit-il, sa voix se faisant plus profonde.

— Oh, répondit-elle avec douceur, encore essoufflée et merveilleusement consentante.

Était-elle déçue ? Il ne pouvait le dire. Bien qu'il n'en sache pas assez sur ce mode de vie pour en être sûr, cela le frappa comme étant très probablement la marque d'une parfaite soumise. Une idée qui fit battre son cœur encore plus vite.

Donc, maintenant, il indiquait le couloir menant à sa chambre du doigt.

— Comme par hasard, j'ai un cadeau pour toi moi aussi. Sur mon lit. Va l'enfiler et attends-moi là-bas.

16

April n'avait aucune idée de ce à quoi s'attendre lorsqu'elle entra dans la chambre de Rogan. Elle aurait dû trouver étrange de n'y être jamais allée auparavant, si quoi que ce soit dans cette relation avait semblé ordinaire. Faiblement éclairée, la pièce était aussi nue et simple que le reste de l'appartement, avec ses murs beiges et ses meubles sans fioritures.

Eh bien, si l'on mettait à part le lit, dont la tête et les pieds en fer forgé créaient des angles aigus au dessin intéressant.

Un corset en cuir noir et des chaussures à talons hauts et lanières s'y trouvaient. Dans le passé récent, ces talons auraient été perçus par la plupart des gens comme appartenant à des stripteaseuses, mais elle supposait que la mode avait changé. Bien que, personnellement, elle n'ait jamais porté une paire de chaussures qui semblaient si… ouvertement sexuelles.

C'était tout. *Donc, je suis supposée ne porter qu'un corset et des talons hauts.*

Sincèrement, cette idée la mettait mal à l'aise. Elle appréciait la jolie lingerie et avait eu l'occasion de s'y sentir sexy dans le passé, mais on était au-delà de la lingerie.

Tu es volontairement devenue son jouet. Presque son… esclave sexuelle. Et c'est ce que les gens qui se laissent aller à ce genre de choses portent. Le fait était qu'elle aimait vraiment ses redditions maintenant gratuites, et donc, il ne lui viendrait jamais à l'esprit de faire quoi que ce soit d'autre que ce que Rogan lui demandait, qu'elle soit à l'aise ou pas dans de tels vêtements.

Il était étrange de se déshabiller comme si elle était chez elle et elle se retrouva bientôt devant le miroir de la commode de Rogan, entièrement nue. La vision de son corps lui ramena à l'esprit combien elle avait été excitée après leurs baisers près de la porte. La vue du cuir noir le lui avait peut-être fait oublier pendant un moment, mais plus maintenant.

Enfermer son corps dans le corset noir était encore plus étrange. Elle serra les rubans noirs en lacets qui zigzaguaient sur le devant du vêtement, et découvrit que bien qu'il soulevât ses seins vers le haut, il n'en couvrait pas les mamelons. Non pas que cela ait de l'importance, puisqu'il laissait aussi son sexe exposé.

Elle s'étudia devant le miroir : c'était comme de voir une version d'elle-même qu'elle ne connaissait pas. Peut-être était-ce le but ? Rogan l'avait en vérité mise en face de certains aspects de sa personnalité qu'elle ignorait jusque-là ; peut-être son reflet en était-il un de plus. Si elle était vraiment honnête avec elle-même – tout aussi bizarre qu'elle se sente à se voir ainsi –, sous la surface, il existait aussi un certain niveau d'excitation, un désir accentué. *Je n'ai jamais pensé que je pourrais avoir l'air si sexuelle, en devenant le jouet d'un homme. Et ce, volontairement*. La sensation ne lui était pas désagréable.

Elle s'assit sur le bord du lit pour enfiler les chaussures et en nouer les lanières. Elle se releva avec précaution, se rendant compte à quel point elle se sentait encore plus sexuelle rien que de les avoir aux pieds.

En se tournant vers la porte fermée de la chambre, elle découvrit un miroir qu'elle n'avait pas remarqué. Elle s'y examina de la tête aux pieds. Elle se sentit étrangement... puissante. D'être audacieuse au point de porter pareille tenue. D'être une femme à l'aise avec sa sexualité. Non pas que cela ait été vraiment le cas – c'était Rogan qui tenait ce rôle –, mais peut-être que le reflet qu'elle étudiait maintenant faisait bien naître ces sentiments.

À cet instant précis, la porte s'ouvrit.

Elle resta où elle se trouvait, rencontra le regard du flic.

Qui ne s'attarda pas longtemps sur son visage. Il descendit lentement le long de son corps avant de remonter. Il murmura alors :

— Mon Dieu !

Le même pouvoir nouveau, fringuant, qu'elle venait d'expérimenter courut à travers ses veines.

— Tu aimes ?

— Bon sang, ma belle, j'en suis fou, carrément !

Elle savait ce qu'il voulait dire ; qu'il aimait ce dont elle avait l'air à la minute présente. Mais, de manière inattendue, cela avait presque sonné comme s'il avait dit qu'il était fou d'elle.

Bizarrement, dans l'intensité de ce moment en particulier, cela comptait peu, et elle n'était pas sûre de savoir pourquoi. Peut-être ce qu'elle éprouvait pour lui, à la minute présente, était juste… suffisant. Sans que les questions d'amour viennent s'en mêler. Elle se sentait spéciale. Étonnante. Investie. Il était possible que rien d'autre ne compte.

La nouvelle femme de ce costume voulait exiger qu'il la prenne tout de suite, durement et rapidement.

Mais elle se le rappela alors : il était le dominant. Tous deux aimaient qu'il en soit ainsi. Et une bonne petite soumise ne faisait pas de vagues. Elle s'exprima donc calmement, demandant :

— Qu'aimerais-tu me voir faire ?

— Allonge-toi sur le lit. Écarte les jambes autant que tu peux.

Elle se tendit légèrement à sa requête, principalement lorsqu'elle entendit la dernière partie, mais s'y conforma, encore surprise de constater combien être soumise et être puissante pouvaient être les deux faces d'une même médaille. Parce qu'en écartant ses jambes comme il l'ordonnait, elle avait le sentiment de vraiment exhiber ces deux traits de caractère.

Rogan vint se placer au pied du lit.

— Bien, ma belle. Ta chatte est si mouillée et ouverte.

— Juste pour toi, murmura-t-elle, en sentant les mots les exciter tous deux.

Il se pencha sur le lit, fit courir ses paumes lentement sur l'intérieur des cuisses d'April, les arrêtant à leur jonction. Puis, il se baissa pour souffler sur son clitoris exposé, l'air frais agissant comme une caresse.

En réaction, un frisson parcourut l'avocate, ce qui fit dire à Rogan :

— Tu ne luttes plus contre moi.

— Je pensais que je n'étais pas supposée le faire, que je devais être ta bonne petite fille.

Un doux sourire vint étirer la commissure des lèvres de Rogan.

— Tu l'es. Mais il y avait des moments où c'était bon... de te tenir, de savoir que je te donnais ce dont tu avais besoin, que tu le saches ou pas. Je suppose que les règles peuvent devenir un peu épineuses.

Elle opina, la tête contre l'oreiller, parce que c'était si vrai.

— Je ferai tout ce que tu voudras que je fasse, Rogan. Et elle se rendit compte à quel point sa transformation était complète.

— Y a-t-il quelque chose contre quoi tu lutterais maintenant ? Que tu ne voudrais vraiment pas que je te fasse ?

— Non, rien, répondit-elle immédiatement, sans même soupeser sa réponse.

Parce qu'elle avait confiance en lui à ce point-là. Elle lut dans ses yeux qu'il le comprenait. Comme pour tant d'autres choses entre eux, les mots n'étaient pas nécessaires.

Lentement, Rogan plaça un genou sur le bord du matelas, entre les jambes d'April, et s'étendit au-dessus d'elle. April attendait, excitée, le moment où leurs corps entreraient en contact. Il finit par se baisser. Ses mains se refermèrent autour de la taille de la jeune femme sur son corset, puis une de ses paumes s'éleva pour venir masser durement son sein exposé. Le souffle de Rogan était chaud à son oreille.

— Débats-toi, Ginger. Juste un peu.

Elle s'exécuta. Elle commença à lutter, à se tordre et à se tortiller sous lui. Il resserra sa prise sur le sein de la jeune femme, ce qui lui fit pousser un petit cri tandis qu'elle tentait de le repousser. Lorsqu'il bloqua ses cuisses écartées avec ses genoux, le sexe d'April s'humidifia sous ce dur plaisir. Et ils poursuivirent ainsi, tous deux visiblement ramenés à cette époque où il la tenait prisonnière et faisait en sorte qu'elle accepte ses bons soins.

Lorsque les dents de Rogan se refermèrent sur l'un de ses tétons emperlés, elle grogna.

— Oh, mon Dieu !

Elle était submergée par les délices qui se déployaient à travers tout son corps, la rendant encore plus mouillée. L'érection de Rogan appuyait contre elle. Alors que son jean était entre eux et qu'elle continuait de lutter contre lui, elle adorait plus que tout la friction que cela engendrait à cet endroit précis.

Il étira les bras de la jeune femme au-dessus de sa tête, ce à quoi elle prêta peu d'attention. Jusqu'à ce qu'elle sente la morsure du métal froid contre son poignet, puis entende un claquement sec.

Elle pencha la tête en arrière, éprouvant un besoin pressant de voir ce qui était en train de se passer, mais ce ne fut qu'après que la même sensation et le même bruit se firent entendre à son autre poignet qu'elle aperçut les menottes qui la tenaient dorénavant. Elle se sentit à la fois piégée et excitée sous lui, se rendant compte qu'il l'avait menottée aux montants de fer du lit.

L'impulsion qui consistait à tenter de libérer ses poignets en tirant était automatique. Leurs yeux se rencontrèrent, leurs visages séparés de quelques centimètres seulement. Elle continuait de se débattre, plus contre les liens de fer que contre l'homme au-dessus d'elle.

Jamais auparavant quoi que ce soit n'avait semblé si contraignant et si excitant à la fois. Ses seins se soulevaient et s'abaissaient contre la baleine du corset en cuir qui prenait en coupe chacun d'eux, et, en réaction, Rogan se remit à les sucer et à les mordre, ne faisant qu'allumer plus la jeune femme. Elle se contorsionnait et se tortillait sous lui, percevant tout : ses mains et sa bouche, le cuir attaché au centre de son corps et la friction sexuelle que chacun de ses mouvements provoquait, les dures menottes qui mordaient sa tendre chair. Chacune de ses sensations ajoutait à son émoi général qui avait déjà largement dépassé tout ce qu'elle aurait pu imaginer en franchissant le seuil de cette chambre.

Lorsque, soudain, Rogan recula, se redressant sur ses genoux, cela la tua presque. Elle prit énormément sur elle pour ne pas protester, et se débrouilla pour n'émettre qu'un petit gémissement de détresse à son départ.

À la seconde suivante, le flic était de nouveau debout au pied du lit. Avec – oh, là, là ! – de nouvelles menottes à la main. Et il en refermait une autour du pied du lit, y attachant la cheville d'April ! Elle haleta à cette vue. Ces menottes étaient plus larges, peut-être faites pour des individus plus imposants, mais serraient malgré tout sa cheville. Puis, tout aussi rapidement, son autre jambe fut étirée un peu plus qu'elle ne l'était déjà afin d'être attachée à l'autre coin du lit. Ses jambes étaient maintenant écartées de force.

Elle attendit qu'il la rejoigne, priant pour qu'il la prenne enfin, et fut donc surprise et déçue quand, au lieu de cela, il se dirigea vers une commode proche du lit. Il se retourna vers elle quelques secondes plus tard. Il avait en main sa matraque de flic. Agrippant sa poignée, il commença à la faire tambouriner dans sa main, le rythme lent, posé, comme un flic pourri menaçant quelqu'un dans quelque vieux film.

— Tu sais ce que les flics font aux méchantes petites filles ? lui demanda-t-il.

L'estomac d'April se serra.

— Non, quoi ? interrogea-t-elle.

Il revint se placer au pied du lit, jouant toujours avec sa matraque.

— Ils les baisent avec ça, expliqua-t-il en indiquant son arme.

April ravala son souffle. La matraque n'était pas plus imposante que le membre de Rogan, mais bien plus longue, plus effrayante et potentiellement douloureuse. Cela semblait pervers. Plus que tout ce qu'ils avaient fait jusque-là.

Elle ne répliqua rien, malgré tout. Parce qu'elle avait toujours confiance en lui. Et même si ce n'avait pas été le cas… eh bien, elle était littéralement enchaînée au lit, les membres en croix. Elle ne pouvait pas faire grand-chose d'autre que de se préparer.

— Je veux voir à quoi ressemble ta chatte avec ma matraque dedans, lui dit-il, sa voix se faisant maintenant plus sensuelle. Je veux voir mon arme entrer et sortir de ta fente trempée et affamée.

Elle se contenta de prendre une nouvelle inspiration, attendant, incertaine mais excitée. Parce que tout dans le fait d'être avec Rogan provoquait cette réaction en elle, de toute manière. Il poursuivit :

— Ensuite, quand je serai au boulot, descendant une rue ou patrouillant en voiture, chaque fois que j'y jetterai un coup d'œil et la verrai à ma ceinture, je pourrai me souvenir de t'avoir prise avec.

Sur ces mots, il positionna le bout bosselé là où April pouvait effectivement se sentir trempée et ouverte pour lui, et le poussa en elle.

Elle cria, surprise par l'intrusion même si elle avait su qu'elle allait arriver, et essaya de s'habituer à la sensation. C'était comme le sexe de Rogan, mais plus dur encore, plus rude. Malgré elle, elle éprouvait du plaisir à être habitée. Elle aurait préféré que cela soit par lui, mais c'était agréable d'avoir quelque chose en elle.

Puis, Rogan commença à faire bouger l'arme, la poussant d'avant en arrière, d'avant en arrière. Pas trop fort, mais pas tendrement non plus. Un gémissement échappait à la jeune femme à chaque poussée. Elle se demanda quel spectacle elle pouvait lui offrir, si impuissante, si sexuelle, autant à sa merci, et elle se sentit pleine d'une satisfaction à laquelle elle ne s'était pas vraiment attendue.

Complètement absorbé, Rogan observait sa matraque qui voyageait dans la fente parfaite de la jeune femme. Son sexe durcit encore quand il se rendit compte qu'il pouvait l'entendre bouger dans son humidité. Il adorait sòn obéissance domptée, le fait qu'elle ne remettait plus rien en question maintenant – il n'était pas sûr qu'aucune autre femme l'ait jamais fait se sentir si digne de confiance, si... valable, capable. Il avait aussi adoré quand il lui avait demandé de lutter. Il décida qu'il devrait le faire plus souvent.

Ce fut alors que cela le frappa – bizarrement, peut-être, ou pas : c'était un peu comme si elle s'était retenue elle-même en otage, dans sa propre vie, en tout cas sur certains plans, et que peut-être... il l'avait libérée. Peut-être que sa formation professionnelle le servait soudain d'une manière bien plus personnelle qu'il l'avait jamais imaginé auparavant. Après tout, si elle pouvait trouver une manière de s'abandonner à ce qui la rendait heureuse, à ce qui la faisait se sentir bien, même lorsque cela allait à l'encontre de tout ce qu'elle croyait être, n'était-ce pas là une sorte de liberté plutôt incroyable ? Il laissa cette idée le nourrir pendant qu'il lui donnait du plaisir.

La prenant toujours à l'aide de sa matraque, écoutant les miaulements sexy qui s'échappaient de la gorge d'April, il se pencha pour lécher son clitoris. Un profond gémissement se fit entendre, que Rogan ressentit jusque dans ses tripes. Il la lécha avec plus de force, voulant la faire jouir alors que la matraque était en elle. Pour une raison ou pour une autre, l'idée que le sexe de la jeune femme se contractait autour de son arme ajoutait à sa concupiscence. Ou peut-être était-ce l'idée de faire en sorte que cela se produise ainsi, qu'elle soit heureuse de manières qu'elle n'aurait jamais connues s'il ne l'y avait obligée.

Pourquoi aimait-il tant ça, d'avoir un tel contrôle absolu sur elle ? Il avait su qu'il avait des tendances dominatrices au lit avant cette histoire, mais avec April – bon sang, il en était dingue ! Après tout, cela faisait sens qu'elle ait besoin de ça, pour les raisons dont ils avaient tous deux discuté : elle avait trop de responsabilités et il lui était nécessaire qu'il la soulage de tout cela lorsqu'on en venait au sexe. Mais pourquoi lui en avait-il besoin ? Il ne s'était même pas arrêté sur cette question.

Peut-être était-ce tout le contraire d'April ? Peut-être avait-il une folle envie de contrôle parce qu'il n'en avait pas eu assez lorsqu'il était enfant. Bordel, c'était probablement pour cela qu'il était devenu flic, pour le sentiment de maîtrise de soi, d'autorité, de puissance. Il savait qu'il avait mûri par rapport à cela, en était venu à apprécier ce travail pour les bonnes raisons, mais il n'avait pas consacré beaucoup de temps à s'interroger sur ce qui l'avait conduit là. Peut-être adorait-il la dominer sexuellement – et être officier de police – parce que ces deux situations lui donnaient plus que ce qu'il avait eu en grandissant.

Mais pourquoi bordel tu t'inquiètes de ça maintenant ? Concentre-toi sur ce que tu fais.

Il fit tourbillonner sa langue autour du clitoris distendu d'April jusqu'à ce qu'il se sente forcé de le sucer, le tout en continuant de faire bouger sa matraque dans la fente détrempée de la jeune femme. L'orgasme la guettait, il pouvait le sentir. D'après les bruits qu'elle faisait et la manière qu'elle avait de mordre sa lèvre et de bouger sur la matraque. Il utilisa sa main libre pour faire rouler un de ses tétons entre ses doigts, puis le pinça, fort, de plus en plus fort.

Elle jouit alors, hurlant, pompant contre lui et sa matraque, devenant folle sous lui – et il en était heureux. Ou autant qu'il pouvait l'être sans la baiser. Le temps était venu pour lui de la prendre, il y avait urgence.

Il retira l'arme, la jeta de côté, et se dépêcha de déboutonner son jean. Il retira de ses sous-vêtements son sexe douloureux, jeta un coup d'œil à April, si mignonne et vulnérable ainsi menottée au lit, et lâcha entre ses dents serrées :

— Je vais te baiser si dur maintenant, ma belle, que tu vas me supplier d'arrêter.

— Jamais, souffla-t-elle, visiblement encore sous l'emprise de son orgasme.

Rien que de l'entendre raffermit encore plus le pénis de Rogan. Il se précipita en elle, aussi violemment que possible, le mouvement faisant tressauter le corps de la jeune femme. Elle cria, la passion brute se lisant sur son visage, et il fit alors comme il l'avait promis : il la prit aussi longuement et brutalement qu'il en était capable. Il mordit et pinça ses tétons. Il enfonça ses doigts dans la chair de ses fesses. Il imposa un rythme bien plus dur que tendre, sentant que tous deux étaient d'humeur. Et il se trouva même à chercher sous elle, appuyant le bout de son majeur sur son minuscule trou serré. Elle hurla, visiblement choquée mais éprouvant du plaisir, et bougea plus vigoureusement en réaction.

Un profond étonnement se lut dans le regard de la jeune femme.

— Mon Dieu, n'arrête pas, n'arrête pas, je viens encore !

Il ne changea rien. La chaleur colorait les joues d'April. Elle se mit à trembler, explosant de plaisir sous lui, sanglotant de manière incontrôlée, et il réalisa qu'ils auraient définitivement à inclure la sodomie dans leurs jeux ; lui-même avait le désir puissant et urgent de la prendre par là.

Mais cela n'allait pas arriver immédiatement, parce que – mince ! – il venait aussi, et ne pouvait s'en empêcher.

— Ah, merde, j'explose dans ta douce chatte ! Je viens… C'est si… si fort !

Lorsque tout fut fini et qu'il se laissa tomber sur elle, elle murmura à son oreille :

— Je sais que je ne suis pas supposée demander des choses, mais… pourrais-tu libérer mes poignets ?

La requête ne le gêna pas le moins du monde, toutes choses considérées.

— Bien sûr.

Il prit la clé qu'il avait posée sur la table de nuit, la détacha.

— Tes poignets sont douloureux ?

— Non, répondit-elle, laissant ses mains se refermer sur la nuque de Rogan. Je voulais juste te prendre dans mes bras.

Ils restèrent allongés à discuter. De tout et de rien. April se délectait d'être ainsi blottie contre le beau corps nu de son amant, ayant insisté pour qu'il se déshabille pour elle, dans la mesure où il ne l'avait jamais vraiment fait auparavant.

Il lui confia plus de choses sur son travail et ses amis du programme H.O.T. ; il lui dit qu'il aimerait qu'elle rencontre son pote Colt un de ces jours. Elle parla aussi de son travail, et lui avoua qu'elle éprouvait un nouveau sentiment de paix vis-à-vis de ses sœurs depuis pas plus tard que la veille, ajoutant :

— Je suis en train de me rendre compte que si j'avais arrêté de les laisser m'exploiter il y a longtemps, elles l'auraient fait. C'était aussi simple que cela.

Il se contenta de hausser les épaules.

— À mon avis, les choses se font quand elles doivent se faire, donc, c'était probablement le bon moment.

Ils eurent de nouveaux rapports sexuels passionnés. Pour la toute première fois, elle se retrouva sur lui, à le chevaucher. Elle le taquina, disant qu'on avait bien l'impression qu'elle était enfin en train de donner le la, et il lui donna une claque sur les fesses.

— Continue comme ça, Ginger, et je vais te montrer qui donne le la.

Plus tard, ils se douchèrent ensemble et le sexe reprit. April ne parvenait pas à se souvenir d'un moment dans sa vie où elle avait été plus comblée ou heureuse, aussi bien intérieurement que physiquement.

Sur le papier, Rogan Wolfe n'était pas le genre d'homme que qui que ce soit s'attendrait qu'elle fréquente, mais il s'avérait qu'il était exactement ce dont elle avait besoin. Être avec lui était devenu facile et sympa. Excitant de manière inexorable aussi, puisqu'elle ne savait jamais ce que la minute suivante allait offrir. Aussi surprenant que cela était encore par moments, elle adorait ce qu'il apportait à sa vie.

Tout comme elle adorait la manière dont elle s'était ouverte à lui sur tant de sujets. Normalement, elle ne se comportait pas ainsi, mais avec Rogan, pour une raison ou une autre, cela s'était fait sans heurts. Elle savait que c'était en partie parce que cela lui avait paru important de partager un peu d'elle-même avec un homme pour lequel elle se livrait si intimement sur le plan sexuel. Mais peut-être aussi que... il en était temps. Peut-être avait-elle été coincée pendant trop longtemps, avait gardé trop de choses en elle. Quelque chose chez Rogan l'avait motivée à laisser cela sortir, à se libérer enfin. Elle lui faisait confiance sur le plan sexuel, mais elle savait que cette confiance s'étendait à d'autres domaines, comme les sentiments qu'elle éprouvait, ses secrets, son cœur.

Minuit était passé lorsqu'ils décidèrent qu'ils avaient faim et commandèrent une pizza. Lorsque l'Interphone sonna, Rogan ouvrit la porte de l'immeuble au livreur en lui indiquant l'étage, et prit la direction de la cuisine pour aller leur chercher des boissons.

— Mon portefeuille est sur la table basse, ma puce. Il y a du liquide dedans, lui lança-t-il.

Lorsque April s'en saisit et l'ouvrit, la première chose qu'elle vit fut une photographie solitaire dans une poche en plastique transparent : quatre petits garçons aux cheveux sombres vêtus d'un tee-shirt et d'un jean devant un sapin de Noël. Elle voulait l'étudier de plus près, mais on frappa à la porte. Elle prit un billet de vingt dollars et laissa retomber le portefeuille où elle l'avait trouvé, puis se précipita à la porte et paya.

Une minute plus tard, ils se retrouvaient sur le canapé, lui avec les boissons, elle, déposant la boîte de la pizza sur la table basse avant de l'ouvrir. Leur discussion se poursuivit pendant qu'ils mangeaient. Rogan l'embrassa une ou deux fois, et ils évoquèrent l'une des superbes parties de jambes en l'air qu'ils avaient vécues ce soir-là.

Mais les pensées d'April ne cessaient de revenir à la photo qu'elle avait vue, et aux questions que cela engendrait dans son esprit. Elle finit donc par dire :

— J'ai vu une image dans ton portefeuille lorsque j'ai payé le livreur. Je suppose qu'il s'agit de toi et de tes frères ?

Il sembla immédiatement surpris, bien qu'il essayât de le cacher. Visiblement, il n'avait pas pensé qu'elle y prêterait attention en prenant l'argent. Et comme toujours lorsque April l'interrogeait sur sa famille, son regard se fit distant, se concentrant cette fois sur la part de pizza dans l'assiette qu'il tenait sur ses genoux.

— Ouais, répondit-il calmement.

Son ton était définitif, une mise en garde silencieuse. *Laisse tomber le sujet, Ginger.*

Sauf qu'elle ne voulait pas laisser tomber. Elle pensait simplement ne pas avoir à le faire arrivée à ce point-là.

— Je… pourrais la regarder une nouvelle fois ? Voir lequel tu es ? J'aimerais bien connaître aussi le nom de tes frères.

— Non, dit-il, en s'essuyant la bouche avec une serviette.

Son ton continuait de faire passer le même message que précédemment, mais de manière plus évidente cette fois.

Pourtant, elle refusa de se laisser pousser tyranniquement au silence. Ou de se soumettre. Même s'il s'agissait de la pierre d'achoppement de leur relation, elle avait le sentiment que cette attitude de soumission s'appliquait principalement à leurs séances de sexe. Et si ce n'était pas le cas… eh bien, pour qu'ils vivent quelque chose de vrai, elle devait être capable de lui poser des questions. Elle le devait. Ce n'était que juste.

Donc, aussi gentiment et calmement que possible, elle demanda :

— M'en diras-tu plus sur ta famille, Rogan ?

Après tout, la requête était raisonnable.

En réponse, il resta silencieux un moment. Puis :

— Je pense avoir été clair. Ce n'est pas un sujet de discussion.

Son regard continuait d'éviter celui de la jeune femme. Elle pouvait sentir le mur invisible qu'il venait de construire de nouveau entre eux.

— Même maintenant ? insista-t-elle, une partie d'elle-même ne parvenant pas vraiment à y croire.

— Oui, répondit-il simplement, résolument.

Elle respira profondément, pesa ses mots.

— Même après ce soir ?

Parce que les choses avaient été différentes. Identiques, de bien des manières, et pourtant… ils étaient allés au-delà du rôle habituel qu'ils tenaient l'un en face de l'autre. À dire vrai, cela s'était souvent produit dernièrement, et cela avait été… bon.

— Ouais, répondit-il.

Sans rien ajouter de plus.

Quelque chose dans l'attitude de Rogan la mit en fureur.

— Je ne peux pas te croire ! lança-t-elle en mettant sa pizza de côté.

Elle avait perdu l'appétit.

Il se tourna enfin vers elle pour la regarder.

— Pourquoi ? Pourquoi en faire tout un plat ?

Il avait l'air aussi incrédule et en colère qu'elle.

Et s'il ne connaissait sincèrement pas la réponse à cette question, elle la lui donnerait.

— Le « plat » en question est que je t'ai tout donné, et toi, rien.

Il avait encore l'air désorienté et en colère.

— De quoi tu parles ? Je t'ai donné plein de choses ?

— Du sexe, répondit-elle.

Elle tint à ajouter :

— Du sexe sacrément bon. Mais tu ne m'as rien donné de toi. Rien de tangible. Tu ne te confieras pas à moi, quoi que je fasse.

Rogan écarquilla les yeux et elle comprit qu'il ne voyait toujours pas ce qu'elle voulait dire.

— Je m'ouvre à toi tout le temps. Je te raconte plein de choses, April. Et je ne suis pas un mec bavard, donc peut-être que tu en sais plus sur moi que tu ne le réalises.

Hum. Bien. Elle supposait que cela pouvait être vrai, et qu'elle devrait prendre cela en considération.

Pourtant... Quand on allait au cœur des choses, elle avait l'impression que n'importe quel secret entre eux était de trop. C'était peut-être sa faute à elle. Elle voulait trop, trop vite. Elle devrait probablement se montrer plus patiente.

Elle n'était pas sûre de pouvoir l'être, de vouloir aller plus loin dans une relation avec quelqu'un qui exigeait de la patience et de n'évoquer qu'avec précaution certains sujets, quelqu'un qui en savait plus sur elle qu'elle sur lui. On ne jouait pas à jeu égal.

Bon sang, elle n'avait probablement aucune raison de se plaindre. Qui attendrait d'une relation dominant/soumis qu'elle soit synonyme d'égalité, après tout ?

Mais malgré toutes les nouvelles choses que Rogan lui avait apprises sur elle-même, la seule dont elle était sûre était qu'elle ne resterait pas longtemps dans une histoire qui ne lui donnait pas un sentiment de réciprocité entre les partenaires, un sentiment de justesse totale. Ce truc de soumission, elle l'avait accepté, fait la paix avec elle-même et même commencé à trouver ça juste. Mais elle avait besoin en retour de quelque chose de plus de la part de Rogan afin que l'ensemble fonctionne.

— Le fait est, dit-elle en se tournant sur le canapé pour lui faire face, qu'il la regarde ou non en retour, que je t'ai dévoilé de nombreux aspects de moi-même et que j'ai appris à être extrêmement ouverte avec toi. Sur tous les plans. Sexuellement, ce qui n'était pas une mince affaire, tu le sais, mais aussi sur des questions personnelles, des trucs intimes. Rogan, je t'ai fait confiance entièrement. Et si tu ne peux pas faire quelque chose d'aussi simple que de me parler de ta famille, cela donne l'impression que tu ne me fais pas confiance, ou… ou que tu n'es pas prêt à t'investir autant que moi dans notre histoire. Et ce n'est pas juste.

Elle gardait le regard rivé sur le visage du flic, prenant la mesure de chacun de ses traits superbes, sa mâchoire ferme, sa barbe naissante, sexy, qui couvrait son menton à la fin de chaque journée, tout en souhaitant qu'il lui donne une réponse qui la ferait se sentir mieux. *S'il te plaît, Rogan, ne me claque pas la porte au nez. Parle-moi. Il n'y a rien que tu ne puisses me dire.*

Il finit par lever ses yeux noirs, saisissants, pour lui dire :

— Je suis désolé que tu le prennes ainsi, Ginger.

Sauf que le ton de sa voix ne donnait pas vraiment cette impression.

Le cœur d'April se décrocha de sa poitrine.

Soudain, on aurait dit… qu'il n'y avait pas de retour en arrière possible.

Elle n'avait pas intentionnellement posé un ultimatum, mais en fait, c'était bien ce qu'elle avait fait – tout du moins, en elle-même. Même s'il pensait qu'elle était idiote de faire tout un plat de cette question, cela lui importait, à elle. Cela pouvait sembler minime, ridicule, mais aux yeux d'April, c'était crucial, représentatif de leur relation même. S'il ne voulait pas lui parler de sa famille, que lui cacherait-il d'autre ? De plus, s'il montait ses murs invisibles entre eux si rapidement, avec tant de facilité, quelle était la valeur exacte de leur histoire au bout du compte ?

Peut-être avait-elle eu tort et qu'il ne s'agissait que de sexe. Elle avait toujours lamentablement oublié combien les hommes pouvaient voir la chose avec nonchalance, combien il leur était facile de passer du temps avec une femme – même de manière très intime – sans s'attacher à elle. Pour eux, ça allait et venait.

Si Rogan voyait encore leur relation ainsi – comme étant purement sexuelle – alors, elle n'en voulait pas. Elle avait mis trop d'elle-même en jeu, c'était devenu trop sérieux, trop vite, pour elle.

Elle ne souhaitait pas plus souffrir que ce n'était déjà le cas.

Ces pensées d'autopréservation à l'esprit – avec l'embarras d'avoir sans doute pris tout cela pour plus que cela n'était –, elle se leva, bien contente de s'être rhabillée après leur douche, et dit :

— Je ne peux pas continuer comme ça.

Repérant son sac à main à un bout de la table, elle l'attrapa et prit la direction de la porte, essayant de ne pas regarder le tableau appuyé contre le mur qui la jouxtait.

— Ginger, dit alors Rogan.

La main sur la poignée, elle s'arrêta, tourna la tête pour rencontrer le regard sexy du flic.

— Quand je te voudrai, tu reviendras, ajouta-t-il.

Mais son ton était peu convaincant, et elle sentit qu'il savait que c'était différent des autres fois où elle l'avait fui. Plus rien n'était pareil.

— Non, Rogan, je ne reviendrai pas. Je peux aimer que tu prennes soin de moi, que tu tiennes les rênes, et que tu me fasses me sentir bien, mais j'ai besoin de plus que cela de ta part. Si tu ne souhaites pas t'ouvrir à moi autant que je l'ai fait pour toi, je ne pourrai pas apprécier d'être avec toi.

Ce fut alors que cela la frappa. *Oh, mon Dieu. Je l'aime. Je l'aime vraiment*.

Quelques secondes s'écoulèrent et il n'ajouta pas un mot. Elle se rendit compte que c'était une raison de partir supplémentaire. Ce qu'elle fit, malgré la douleur que cela lui causait.

Cette fois-ci, il ne l'arrêta pas.

17

April se sentait stupide le lendemain, en chemin vers chez sa grand-mère. Elle était incapable de s'arrêter de pleurer. Quand, bon sang, était-elle devenue si impliquée dans sa relation avec Rogan Wolfe au point de le pleurer ?

Mais cela n'a-t-il pas toujours été sérieux d'une certaine manière ? Depuis le début ? Depuis ce premier baiser ? Ce n'est pas parce qu'on n'a pas grand-chose en commun avec quelqu'un qu'on ne peut pas éprouver des sentiments sincères à son égard.

La prise de conscience saisissante qu'elle était en fait amoureuse de Rogan l'avait durement atteinte la nuit passée, et, bien sûr, au pire moment possible. Cela avait été si choquant pour elle. Elle avait toujours pensé qu'elle comprenait ses propres émotions bien mieux que cela. *Mais est-ce que Rogan ne t'a pas appris, depuis le tout début, que tu ne te connais visiblement pas aussi bien que tu le pensais ?*

Cette question, qui donnait à réfléchir, provoqua en réaction un long et lourd soupir tandis qu'elle garait la voiture, puis se tapotait les yeux avec un

Kleenex. Apparemment, elle avait renoncé à bien plus de son contrôle en faveur de Rogan qu'elle ne l'avait compris sur le moment.

Mais aimer ce gros balourd n'a pas d'importance si ces sentiments ne sont pas réciproques. Ce qui est visiblement le cas, ou les choses se seraient terminées différemment la nuit dernière. Un type comme lui n'est probablement pas même capable d'aimer.

Son cœur ne s'en trouva pas moins brisé.

Mon Dieu. Parmi tous les hommes de la ville, il a fallu que tu t'éprennes de celui-là ?

Mais il était trop tard pour pleurer sur le passé. Elle devait aller de l'avant et se montrer la femme de-nouveau-aux-manettes et mûre qu'elle était. À la minute présente, il était prévu qu'elle passe un moment avec sa grand-mère. Puis elle l'emmènerait au supermarché et leur ferait peut-être à dîner à toutes les deux avant de rentrer chez elle. Tandis qu'elle se sentait souvent exploitée par sa famille, là, se rendre chez sa mamie était… réconfortant. Elle était donc plus qu'heureuse de lui consacrer son dimanche.

Elle n'était pas arrivée depuis bien longtemps que sa grand-mère avait déjà remarqué qu'elle ne se comportait pas comme d'habitude. April s'affairait dans l'appartement, remettant des objets à leur place, arrosant les plantes, lorsque sa grand-mère lui dit :

— Pourquoi tu ne ralentis pas le rythme une minute et ne viens pas t'asseoir pour m'expliquer ce qui ne va pas, ma chérie ?

La jeune femme ne tenait pas particulièrement à en parler, mais une fois que sa mamie s'était rendu compte que quelque chose n'allait pas, il n'y avait généralement pas d'autre moyen de s'en sortir que de lui confier toute l'histoire. La jeune femme posa donc le petit arrosoir et vint s'asseoir devant la télévision dont sa grand-mère coupa le son.

— Tu te souviens quand tu m'as dit que j'avais besoin d'un homme ? demanda April.

— Bien sûr.

— Eh bien, j'en ai eu un, expliqua l'avocate. Pendant un temps. C'était... court mais intense. Je suis tombée amoureuse de lui, mais maintenant, c'est terminé.

Sa grand-mère – ce pouvait être compréhensible – eut l'air surpris.

— Amber m'a dit que tu avais eu un rendez-vous amoureux il y a quelques semaines de cela, mais je n'avais pas réalisé que c'était sérieux. Pourquoi cette rupture ? C'est à cause d'une chose qu'il a faite ?

— Non, plutôt à cause de quelque chose qu'il n'a pas fait, ne fera pas, raconta la jeune femme, son cœur encore plus douloureux d'avoir à revenir là-dessus. Il ne se confiera pas à moi comme je l'ai fait pour lui.

Sa grand-mère avait l'air encore plus étonnée.

— April, ne prends pas cela mal, mais c'est un homme. Et beaucoup d'entre eux ne sont pas très doués pour cela. C'est comme ça, ma chérie.

April le savait bien. Elle ne pouvait expliquer à Mamie la raison pour laquelle c'était si important à ses yeux dans cette relation en particulier ; il lui était difficile de partager avec elle les nombreuses façons dont elle avait mis son corps et son âme à nu pour lui. Elle répondit donc simplement :

— Je pense juste que je ne peux pas être heureuse si les choses me donnent le sentiment de n'être qu'à sens unique. S'il tenait suffisamment à moi, il aurait trouvé une façon de ne pas me laisser sortir de sa vie, tu ne crois pas ?

— C'est bien que tu saches ce que tu veux et ce que tu vaux. J'aime à penser que j'ai un peu à voir avec ça. Mais assure-toi que tu ne rejettes pas un peu trop vite quelque chose de bien.

April ravala son souffle. Se montrait-elle irraisonnable ? Elle savait uniquement que son cœur saignait, qu'elle s'était ouverte, et ouverte encore, alors que Rogan était toujours incapable de lui confier la moindre petite chose sur sa famille. Cela n'avait pas de sens à ses yeux. Quelles que soient ses raisons, elle trouvait qu'il se montrait égoïste.

— À mon avis, c'est lui qui a rejeté notre histoire. Pour dire la vérité, je n'ai aucune idée de s'il tient à moi. Pour ce que j'en sais, cela ne va, là aussi, que dans une seule direction. Je dois rompre, je le dois.

Mamie lui tapota la main.

— Je sais que c'est douloureux, mais si cela ne devait pas se faire, cela passera. Crois-le ou pas, les choses se déroulent généralement comme elles le doivent. Tout arrive pour une bonne raison.

Mamie avait toujours maintenu cette opinion sur les épreuves que la vie réserve. En fait, et de manière étrange, Rogan avait même dit quelque chose de semblable récemment. April essayait généralement de croire en cette assertion. Mais c'était dur parfois, surtout concernant des événements de grande envergure.

— Même l'accident ? La mort de maman et papa ? C'était écrit ?

Elle n'avait jamais osé poser la question auparavant, c'était trop difficile.

— Même ça, répondit sa grand-mère sans prendre le temps de la réflexion. On n'est pas toujours supposé comprendre le pourquoi des choses, mais elles se déroulent comme elles le doivent, et c'est ce qui nous fait grandir. Et tu mûris grâce à ce que tu vis en ce moment, même si c'est douloureux.

April soupira. Grandir… qui avait besoin de ça ? Peut-être qu'un jour elle regarderait en arrière et comprendrait mieux, mais pour le moment, sa seule question était :

— Est-ce que quelque chose un jour est supposé se dérouler correctement et sans difficultés ?

Mamie laissa échapper un rire franc.

— Parfois. Pour le reste, tu as juste à garder la foi.

— Juste pour que tu le saches, cela me sidère toujours quand tu te fais philosophe, lui fit remarquer April.

Sa grand-mère ne se montrait pas ainsi d'habitude.

Cette dernière rit de nouveau.

— Je ne balance pas souvent des trucs profonds, mais tu semblais en avoir besoin aujourd'hui. Maintenant, regardons la télévision. Je crois qu'il y a un bon film tragique qui te fera te sentir mieux par rapport à tes soucis. Et le héros est bel homme !

Ce fut au tour d'April d'avoir un petit rire. Le moment où Mamie se montrait philosophe était effectivement passé. Mais alors qu'elles mettaient le film, elle se retrouva à penser à Rogan. Elle se rendit compte que, qu'elle aime ça ou pas, elle devait croire que tout arrivait pour une raison.

Même cela, même lui. Autrement, à quoi pouvait-on se raccrocher ?

Déjà, Rogan lui manquait cruellement. La passion étourdissante, l'amusement et l'excitation qu'il lui avait apportés étaient au centre de ce manque. Tout comme de savoir qu'elle ne le reverrait pas. L'idée d'une histoire en devenir, que leur relation se développait et grandissait, allait devoir s'éteindre. Elle regrettait les choses qui circulaient entre eux en silence, sans qu'ils aient besoin de parler, le fait de pouvoir le regarder dans les yeux et de savoir qu'il la comprenait mieux de bien des manières qu'elle ne le faisait elle-même.

Leur histoire ne faisait que commencer, ils se découvraient à peine. Cela lui brisait le cœur de savoir qu'il n'y aurait plus aucun de ces plaisirs qu'ils avaient partagés.

Mais en vérité, même maintenant que c'était fini, Rogan lui avait tant donné.

Et cela, rien ni personne ne pourrait le lui retirer.

Il lui faudrait, d'une manière ou d'une autre, faire la paix avec cela, et essayer de croire que c'était assez.

Rogan se tenait devant la réserve du *Café Tropico*, l'oreille tendue. Dennis lui avait téléphoné quelques jours plus tôt pour l'informer que Martinez était revenu et qu'il le suspectait à nouveau de faire passer de la drogue dans son établissement. Et comme on pouvait s'y attendre, cela faisait moins d'une heure que Rogan était là lorsque le voyou se montra et retourna d'un pas nonchalant vers la réserve comme s'il était le propriétaire des lieux.

La bonne nouvelle était qu'il n'y avait aucun signe de Gonzalez dans le coin cette fois-ci. Un sale type était plus facile à coincer que deux ; cela mettait les chances à égalité. Comme April lui avait appris – tout en nuance – que la femme de Gonzalez avait finalement lancé la procédure de divorce, il ne pouvait que supposer que Juan était peut-être en train de panser ses blessures quelque part, ou d'essayer de la faire revenir, pour ce qu'il en savait. Il ne se souciait pas trop de savoir où le compère se trouvait, tant que ce n'était pas au *Tropico*. Bien sûr, il n'aimerait pas voir Gonzalez s'en sortir, quoi qu'il se passe vraiment, mais avec un peu de chance, Martinez le balancerait une fois que la messe serait dite.

Quant à April… eh bien, son cœur se serrait chaque fois qu'elle lui venait à l'esprit. Il essayait donc de ne pas penser à elle. En particulier dans des moments comme celui-là – bon Dieu ! –, quand il avait besoin de rester à l'affût et concentré.

Mais… merde ! Il n'était pas sûr d'avoir compris ce qui s'était passé, pourquoi elle s'était montrée si contrariée qu'il garde ses affaires de famille pour lui. Plus d'une fois, il avait pensé à lui téléphoner pour lui raconter ce qu'elle voulait savoir.

Sauf qu'il détestait penser à sa famille et le faisait aussi rarement que possible. Ce qui signifiait qu'il détestait foutrement parler d'elle. Et de son passé. Qui était le passé, et il voulait que cela reste ainsi. Peut-être était-ce ce qui l'avait forgé, et peut-être devrait-il montrer d'une certaine manière de la gratitude pour cela. Mais les saloperies qui s'étaient déroulées dans son enfance pesaient bien plus lourdement que le léger bien qui avait pu en découler, et il ne voyait aucune raison de déterrer tout ça. Pas même pour l'avocate.

Ouais, elle s'était confiée à lui. Énormément ouverte. Il en avait été ému. Cela voulait dire quelque chose pour lui. Mais qu'elle veuille agir ainsi ne voulait pas dire qu'il en était de même pour lui. Ou qu'il devrait faire de même. Les femmes. Toujours à vouloir parler, partager. Il secoua la tête. Pourquoi devaient-elles toutes se comporter ainsi, bon sang ? Pourquoi ne pouvaient-elles se contenter d'apprécier le présent ?

Que cela soit juste ou pas, le pire était que cela l'avait énervé de la perdre – cela l'énervait toujours. Il savait que cela ne faisait pas longtemps qu'ils se fréquentaient, et qu'ils n'étaient pas engagés l'un vis-à-vis de l'autre, pourtant… Par moments, c'était ce qu'il avait souhaité avec elle. C'était devenu lumineux chaque fois que Colt avait tenté de le présenter à d'autres femmes. Il n'avait voulu que Ginger. Cette Ginger coincée, guindée, mais perverse au plus profond d'elle-même.

Même là, il souriait en pensant à combien elle était la contradiction personnifiée. D'une certaine manière, il adorait ça chez elle. Et il avait aimé être le seul homme sur la planète à le lui avoir montré, à avoir mis en pleine lumière la passion enfiévrée, cochonne, qui se cachait derrière ses tailleurs hauts.

Malgré tout, il ne pouvait nier qu'il s'était laissé aller trop loin avec elle, et maintenant, cela commençait à ressembler un peu trop à sa rupture avec Mira. C'était douloureux, bon sang. Merde ! Avait-il jamais connu une femme qui pouvait amener le sourire à ses lèvres lorsqu'il pensait à elle et exactement en même temps lui donner le sentiment que son cœur était écrasé dans sa poitrine parce qu'elle n'était pas là ? Il avait essayé de se garder de cela, mais on aurait bien dit qu'il avait foiré.

À ce moment précis, Martinez se mit à parler dans son téléphone. *Merde, mec, concentre-toi sur le jeu*. Martinez parlait bas, mais Rogan pouvait l'entendre discuter avec un client, organiser un « deal ». On y était ! Cela se mettait enfin en place.

April était installée chez le vendeur de yaourts glacés où elle avait déjà une fois rencontré Kayla. Cette dernière avait une bonne heure de retard à leur rendez-vous, et ne se montrait toujours pas. Elle ne répondait pas non plus au téléphone. Le temps d'April était compté et elle s'était montrée particulièrement irritable cette semaine depuis sa sortie en fanfare de l'appartement de Rogan ; elle n'était donc pas d'humeur. En particulier alors qu'elle aurait pu être chez elle, dans des vêtements confortables, se préparant quelque chose à dîner.

Elle finit par conclure que c'était une cause perdue, se leva, jeta son gobelet de glace vide dans une poubelle, et passa la porte. Elle ne mâcherait pas ses mots devant sa cliente la prochaine fois qu'elles se verraient.

La chaleur était particulièrement étouffante quand elle mit le pied sur le trottoir, ce qui n'arrangea pas son humeur. Elle avait dû se garer à plusieurs rues de là, sur Ocean Drive.

Lorsqu'elle aperçut le *Café Tropico*, son cœur manqua s'arrêter. Tant de choses s'y étaient déroulées – chacune une surprise. *Une délicieuse et délectable surprise. Mais c'est fini maintenant. Contente-toi d'avancer. Retourne à ta vie normale.* Cela serait plus facile une fois que l'affaire Kayla serait réglée. Il n'y aurait plus rien pour la ramener dans cette partie de la ville.

Une pensée la frappa alors. Est-ce que Kayla pourrait se trouver à l'intérieur du bar ? Il fallait bien reconnaître que la jeune femme n'était pas très futée, et que toutes deux s'étaient emmêlé les pinceaux plus d'une fois. En fait, à l'origine, Kayla avait suggéré qu'elles se retrouvent au *Tropico*, précisant que Juan avait rompu ses relations avec Martinez et n'y traînait plus. Le lieu était donc sûr. Mais April avait pensé que ce n'était le cas pour aucune des deux, et elle avait proposé le magasin de yaourts glacés. Cela ne la surprendrait pourtant pas du tout que Kayla soit au *Tropico* à l'attendre.

À bien y réfléchir, il y avait peu de chances que Rogan se trouve là, puisqu'il lui avait dit que le propriétaire n'avait plus de problèmes avec l'ordure de mari de Kayla et ses potes. Donc... Bon, peut-être pourrait-elle jeter un rapide coup d'œil et s'assurer que Kayla n'y soit pas.

Comme toujours lorsqu'elle y venait, il était trop tôt pour qu'il y ait du monde. Seuls quelques types au bar et des vacanciers à une table éloignée sur la terrasse s'y trouvaient. Pas de Kayla non plus, donc. Mais il faisait merveilleusement moins chaud là que dehors grâce aux ventilateurs au plafond et à l'ombre, et April décida qu'il serait avisé d'utiliser les toilettes au cas où elle se retrouverait coincée dans les embouteillages à cette heure de pointe.

Elle prit donc la direction du couloir, s'y engagea… et ses yeux tombèrent sur le grand méchant loup en personne.

Son cœur s'arrêta presque de battre et elle se figea, trop surprise pour bouger. Elle n'avait pas pensé qu'il serait là, ou elle n'aurait jamais pris le risque d'entrer.

Ses cheveux noirs semblaient avoir besoin d'une coupe, une barbe de trois jours couvrait le bas de son beau visage, et il portait un tee-shirt blanc qui lui donnait une allure à la James Dean qu'elle ne lui avait jamais vue auparavant. Il était – oh, là, là ! – trop beau pour être décrit, et sa simple vue paralysa presque l'avocate.

Leurs regards se verrouillèrent. Il avait l'air aussi surpris qu'elle. Et imaginait-elle cela ou il était aussi ému qu'elle ?

— Ginger, murmura-t-il.

Elle était sur le point d'avancer vers lui, occupée à chercher quelque chose à dire, lorsque la porte proche de Rogan s'ouvrit brutalement et qu'un type tatoué flippant avec des cheveux graisseux et un petit bouc chargea. Il avait un fort accent lorsqu'il s'adressa à Rogan.

— Qu'est-ce que tu te crois en train de faire, hein ?

À la vitesse de l'éclair, l'Hispanique sortit un couteau et le mit sous la gorge de Rogan.

April était incapable de respirer, tout son corps ankylosé.

Attrape ton téléphone.

Où est-il ? Elle ne parvenait pas à réfléchir.

Ta poche. La poche de ta veste. Elle l'avait fourré là au lieu de le ranger dans son sac au cas où Kayla l'aurait appelée ou lui aurait envoyé un SMS. Elle trouva la force de l'en extraire, malgré ses mains tremblantes.

Elle entendait l'homme au couteau et Rogan se disputer, et n'arrivait pas à croire à sa propre faiblesse. Elle était en colère de parvenir à peine à manipuler son portable. Elle finit par trouver le clavier et, mal assurée, entra deux chiffres. Le numéro de Police Secours.

— Police Secours, quelle est votre urgence ?

L'opératrice avait parlé suffisamment fort et exactement dans la seconde de silence entre deux morceaux de musique pour que sa voix résonne dans le couloir, attirant l'attention de l'homme au couteau. Il leva les yeux, visiblement alarmé.

— C'est quoi ça, bordel ?

Il jeta un coup d'œil à April et comprit la situation.

— Tu ferais mieux de laisser tomber ton téléphone, salope, ou je lui tranche la gorge.

La jeune femme n'hésita pas une seule seconde : elle envoya valdinguer son portable au sol, une microseconde avant que la musique ne reprenne.

— Que se passe-t-il donc ici ?

Les mots venaient de derrière elle. Effrayée, elle se retourna pour découvrir un homme plus âgé dont elle pensait qu'il pouvait s'agir du propriétaire, l'ami de Rogan.

Lorsqu'elle regarda de nouveau devant elle, elle comprit que son arrivée avait pris par surprise l'homme armé et, accidentellement ou volontairement, il avait tranché la gorge de Rogan. Elle distinguait uniquement le sang clair s'écoulant de la blessure, tachant de rouge le tee-shirt blanc du flic.

18

Mon Dieu, non !

Soudain, toute faiblesse la quitta. Seule la fureur qu'elle éprouvait comptait. Elle ne resterait pas sans rien faire devant ce sale type qui avait blessé l'homme qu'elle aimait.

Sans y réfléchir, elle attrapa un vase en terre qui servait de décoration sur une saillie à sa droite et la lança de toutes ses forces en direction de la petite frappe qui jouait du couteau. Elle ne savait pas si Rogan était grièvement blessé, mais elle ne se contenterait pas d'être un témoin impuissant et de regarder la situation s'aggraver. Elle n'aurait pu se soucier moins des conséquences pour elle.

— Timbrée de salope ! hurla l'Hispanique, se tournant vers elle et faisant un pas en arrière, l'urne s'écrasant au sol devant lui et explosant en morceaux orange.

Cela donna l'opportunité à Rogan d'avancer le pied et de faire un croc-en-jambe au type qui tentait de nouveau d'avancer. Ce dernier tomba alors lourdement à terre, la tête la première. April couina de peur, mais à la seconde suivante, la chaussure de Rogan était carrément plantée dans le dos de son agresseur. Il tenait son arme dirigée vers la tête du voyou, à deux mains, bras tendus.

— Ne bouge pas, connard, dit-il.

Pendant ce temps, le propriétaire des lieux ramassait le téléphone d'April pour appeler de nouveau Police Secours. Il put assurer au flic et à l'avocate que les forces de l'ordre étaient en route avec des renforts et qu'il avait aussi demandé une équipe médicale.

— Mon Dieu, tu saignes tant, lança April à Rogan, malade et terrifiée à cette vue.

Elle n'avait aucune formation aux soins d'urgence, mais cela lui semblait être une quantité de sang énorme, dont le flux ne ralentissait pas.

Mais Rogan rencontra son regard, l'air étonnamment calme, et lui dit :

— Ne t'inquiète pas, Ginger, ça va aller.

Puis, il ajouta, un ton légèrement plus bas :

— Tout va bien se passer maintenant, je te le promets.

Il avait raison ; tout allait bien, même si April retint son souffle pendant que deux médecins urgentistes soignaient le flic. Elle semblait ne pouvoir s'empêcher d'émettre des sifflements en regardant l'un d'entre eux recoudre la coupure à son cou – Rogan paraissant complètement à l'aise et calme pendant tout ce temps. Les urgentistes avaient voulu l'emmener à l'hôpital, mais il avait refusé de manière butée, ne leur laissant pratiquement pas d'autre choix que de lui poser les points sur place.

— Tu ne devrais peut-être pas regarder, ma puce, lui dit-il en lui jetant un coup d'œil.

Elle secoua la tête.

— Non, compte tenu du fait que tu devrais être à l'hôpital, je ne te quitterai pas des yeux jusqu'à ce que je sois sûre que tu vas vraiment bien.

Il eut l'air amusé et peut-être même content – elle n'aurait pu vraiment le dire, mais ne s'en souciait pas en cet instant. Elle était bien au-delà de lui dissimuler ses sentiments, maintenant. Même si tout était fini entre eux, elle aimait encore ce gros balourd et avait besoin d'être là avec lui, pour lui, et même s'il ne partageait pas les mêmes envies.

Quelques minutes plus tard, le type qui le recousait dit :

— OK, vous pouvez y aller maintenant. (Puis, il se tourna vers April pour lui donner quelques documents). Assurez-vous juste qu'il suive ces instructions et reste au calme pendant quelques jours. Il n'a pas perdu énormément de sang, mais suffisamment quand même pour ne pas en faire trop.

Visiblement, ce type partait du principe qu'ils étaient un couple – ce qu'elle pouvait comprendre, vu la manière dont elle s'était comportée.

— Hum, d'accord, répondit-elle, se sentant maintenant embarrassée.

Plusieurs policiers en uniforme, qui tous connaissaient Rogan, avaient déjà embarqué le type au couteau. April avait appris qu'il s'agissait de l'ami de Juan Gonzalez, le type que Rogan avait tenté de surprendre en train de vendre de la drogue. Apparemment, une quantité significative de crack avait été trouvée sur lui au moment de son arrestation, ce qui ne rendait que les choses pires pour l'individu, et meilleures pour Rogan.

Le restaurant avait été évacué, bien sûr, et lorsque les urgentistes partirent à leur tour, April se retrouva assise seule à une table avec Rogan, – de retour à l'endroit où tout avait commencé entre eux. Tant de choses avaient changé depuis ; tant de choses s'étaient produites. C'était difficile à croire. Mais elle essayait juste de se concentrer sur le moment présent et sur le fait d'être heureuse que Rogan soit sauf et en meilleure santé que ne le laissait supposer son tee-shirt.

— Hum... Je pense que tu auras besoin de ça, dit-elle en posant les documents médicaux sur la table et en les faisant glisser vers lui.

Il se tourna alors vers elle, déplaçant ses jambes sous la table de manière à ce qu'elles viennent frôler celles de la jeune femme. La dernière fois qu'ils s'étaient touchés, même légèrement, semblait si loin à April. Rien que de sentir le tissu de son jean entre ses genoux lui picota la peau.

— À moins que tu ne veuilles venir avec moi pour t'assurer que je vais bien.

Oh ! Waouh ! Elle ne s'était pas attendue à cela. Mais c'était une bonne idée, sensée. Elle était heureuse qu'il s'en rende compte.

— Bien sûr, j'en serais heureuse.

Puis, elle se recroquevilla de nouveau.

— Je déteste voir tout ce sang sur ton tee-shirt. Cela me bouleverse.

— Alors, tu devrais venir chez moi immédiatement et m'aider à me changer. Le mouvement joueur de sa tête et son doux sourire lui apprirent qu'il flirtait avec elle – comme si c'était le moment.

Tout bien considéré, elle n'était pas sûre de savoir comment réagir. Elle l'aimait, oui, et elle serait là pour lui, bien sûr. Mais même s'il lui manquait, elle ne voulait pas être de nouveau attirée dans une relation à sens unique où elle avait constamment l'impression d'être celle qui en voulait plus, avait plus de sentiments, et donnait plus. Il serait facile de tout oublier à la minute présente, mais elle ne pouvait se le permettre. Elle se mordilla la lèvre, baissa le regard et se contenta de dire :

— Oui, bien sûr.

Elle tendit la main vers son sac, pensant qu'il était temps qu'ils y aillent, lorsque les deux genoux de Rogan vinrent bloquer les siens.

— Mon enfance craint, Ginger. OK ?

Elle vacilla, totalement prise par surprise.

— Quoi ?

Il planta son regard dans le sien.

— Tu veux savoir des choses sur ma famille, donc très bien. Mes parents étaient des gens violents ; ils nous tabassaient à mort mes frères et moi, tout le temps. C'était des alcooliques et le genre de personnes qui ne devraient pas être autorisées à avoir des enfants. Nous étions pauvres et vivions dans une vieille baraque délabrée, loin de la ville. C'était comme... être piégé avec eux et ne jamais savoir ce qui allait se passer le lendemain. Un instant tout allait bien, le suivant l'enfer pouvait régner sur terre. Comme j'étais l'aîné, j'étais aussi le plus grand, et pour dire la vérité, je n'étais pas celui qui vivait les pires choses. Une fois que je suis devenu assez fort pour rendre les coups, ils s'en prirent plus à mes frères qu'à moi-même. J'essayais de les protéger le mieux possible, m'interposais quand je le pouvais, mais je passais encore beaucoup de temps à voir mes frères être battus et frappés sans raison. Le mieux que je pouvais faire était de m'occuper d'eux ensuite, de panser leurs plaies et je suis devenu assez bon à ça. Mais cela n'était jamais suffisant.

Il s'arrêta alors, soupira et April sentit le poids de ce qu'il lui confiait. Elle comprenait, maintenant, complètement, pourquoi il n'avait pas voulu parler avant. Ses propres parents étaient morts et c'était tragique, mais c'était là une tragédie d'un genre entièrement différent et qu'elle ne pouvait que commencer à imaginer.

— Le résultat est que mes frères n'ont eu aucune chance de réussir dans la vie. L'un d'eux est en prison dans le Tennessee, le suivant est mort d'une overdose il y a à peu près cinq ans, et je ne sais pas où est le plus jeune parce qu'il s'est barré quand il avait dix-sept ans et que je n'ai plus jamais entendu parler de lui depuis.

April parvenait à peine à respirer. C'était tout simplement trop lourd à supporter et elle se sentait horrible de l'avoir pressé de lui parler.

Mais il poursuivit.

— Ma mère est décédée dans des circonstances suspectes. Je suis pratiquement sûr que mon vieux l'a noyée dans la baignoire. Mais personne n'en a fait une histoire parce que nous vivions à l'extérieur d'une vieille ville décrépie près de Lansing où les gens ne se souciaient pas vraiment de ça et je suppose que cela ne semblait pas une grosse perte.

J'étais déjà parti à l'époque, et je ne suis pas allé à l'enterrement. Pour autant que je le sache, mon père vit encore dans la même bicoque, buvant à mort. Ou il l'est déjà et personne ne m'a informé – impossible à dire. Et je m'en fiche. Voilà, c'est l'histoire de ma famille.

April ne savait quoi dire.

— Je… je suis désolée, Rogan. Pour tout ça. J'aimerais pouvoir rendre les choses meilleures pour toi. Et je suis aussi désolée de t'avoir poussé à me parler.

— C'est bon, dit-il doucement, avec raideur.

— Je n'en suis pas sûre.

Elle le voyait bien, maintenant. Qu'il avait eu de bonnes raisons pour ne pas lui raconter tout cela. Peut-être que si elle avait juste été plus patiente et compréhensive, il aurait fini par le faire au bon moment pour lui. Ce qui amena une question à son esprit :

— Mais… pourquoi me dis-tu ça maintenant ?

Il ne répondit pas immédiatement, mais ses jambes continuaient d'emprisonner celles de la jeune femme. Il tendit la main sur le côté de la table pour prendre la sienne.

— Pour dire vrai, Ginger, tu m'as manqué. Beaucoup.

Elle ravala son souffle.

— Vraiment ?

Il soupira bruyamment.

— Bordel ! Follement, même, OK ? Je… J'aime t'avoir dans ma vie. Pour plus que le cul. Le sexe est incroyablement dingue avec toi, mais… il y a plus que cela dans notre relation, ma belle. Et si tu avais besoin que je te confie ça pour que tu me gardes… C'est pour cela que je l'ai fait, pour cela que je t'ai raconté mon histoire. D'accord ?

April savait à peine comment réagir… Il y avait tant à digérer. Mais une joie, un sentiment de lien réel, plus profond que tout ce qu'elle avait jamais connu commença à la pénétrer. Elle n'avait jamais eu ça auparavant… un homme dont elle était absolument dingue, follement amoureuse… qui voyait suffisamment de choses en elle valant le coup de revenir, faisant un effort réel, un geste prouvant qu'il était fou d'elle, lui aussi.

Elle ne parvenait pas vraiment à y croire. Et pourtant, si. Parce qu'aussi différents qu'ils puissent être l'un de l'autre, le fait qu'ils forment un couple faisait sens. Ils emplissaient chacun la vie de l'autre. Elle trouvait cet homme incroyable !

— Je suis désolée de t'avoir poussé à me parler, Rogan. Je vois maintenant pourquoi c'était si difficile. Mais… je suis si heureuse que tu l'aies fait ! Parce que… cela signifie vraiment quelque chose pour moi. Que tu m'accordes une telle confiance.

Le regard du flic tomba sur la table.

— Donc tu ne penses pas que je suis un raté de bas étage dont tu ne veux pas dans ta vie ?

April écarquilla les yeux, profondément surprise par la question. Elle réalisa qu'il n'avait sans doute pas voulu se confier à elle pour plus d'une raison.

— Tu es fou ? Je pense que tu n'es rien de moins qu'incroyable. D'avoir surmonté une telle chose. D'avoir fait de ta vie ce que tu en as fait. D'avoir un travail qui aide les autres.

Elle s'arrêta, secoua la tête.

— Je suis admirative de ta force ; tu es quelqu'un de merveilleux, et parfait à mes yeux.

Elle sentit alors le regard de Rogan sur elle, lourd de tout ce qu'elle venait de lui dire sans y avoir vraiment réfléchi.

— Parfait ? demanda-t-il, semblant sincèrement désorienté. Bon sang ! Je ne crois pas que qui que ce soit ait jamais utilisé ce mot pour me décrire, Ginger.

— Parfait, chuchota-t-elle, levant timidement les yeux, pour moi.

Elle vit cette information le traverser, l'envahir ; ses yeux se firent plus doux. Lorsqu'il reprit la parole, sa voix n'était plus qu'un murmure.

— Vraiment ?

Elle se contenta d'opiner.

De sa voix habituelle, Rogan poursuivit :

— Eh bien, femme, la vérité est que… je crois que je t'aime. D'accord ? Ça y est, je l'ai dit. Je t'aime, bordel, April !

Le cœur d'April s'emplit jusqu'à déborder, alors qu'elle répondait précipitamment.

— Oh, Rogan, Rogan, je t'aime moi aussi !

Rogan se pencha vers elle – juste avant de pousser un gémissement de douleur car il avait tendu la tête trop brutalement –, et April se dépêcha d'intervenir.

— Reste immobile. Ne bouge pas. Laisse-moi venir vers toi.

Elle s'installa avec précaution sur ses genoux et il lui offrit un sourire sexy avant de faire remarquer :

— Qui est le chef, ici, Ginger ?

— En cet instant, moi. Tu vas devoir apprendre un peu le donnant-donnant, mon cher.

Sur ces mots, elle enroula ses bras autour du cou du flic en faisant bien attention et l'embrassa avec toute la passion dont elle était capable.

Ils ne parlèrent pas beaucoup plus pendant les minutes qui suivirent, tous deux noyés sous les baisers de l'autre. Rogan semblait assez satisfait de ce concept de donnant-donnant ; il avait donné beaucoup de lui-même ce jour-là, d'une manière totalement nouvelle.

April se rendit compte que, pendant qu'il lui apprenait à offrir un peu moins d'elle aux autres, peut-être avait-elle commencé à lui enseigner à donner un peu plus. Elle savait que tout cela évoluerait jusqu'à ce qu'ils trouvent tous deux leur équilibre, ensemble.

Finalement, après qu'ils se furent embrassés pendant si longtemps que les lèvres d'April en étaient légèrement douloureuses, Rogan reprit :

— Viens, Ginger. Rentrons et tu me sortiras de ce tee-shirt. Et peut-être de mon pantalon, aussi, ajouta-t-il avec un clin d'œil.

— Souviens-toi que tu es censé te reposer. Donc, c'est moi qui donne les ordres pour le moment.

— Waouh ! D'abord tu attaques un dealer avec un vase en argile et maintenant, ça. Tu commences à me faire un peu peur, ma puce.

— Je n'allais pas le laisser continuer à te blesser plus qu'il ne l'avait déjà fait.

— Je ne savais pas que tu étais si coriace, lui dit-il tandis qu'ils se levaient pour partir. Mais attends… Si, en fait. Parfois, j'oublie… Tu es tout le temps coriace, avec les autres. Bon sang, la première fois que je t'ai vue, tu te jetais devant Kayla Gonzalez pour tenter de la protéger. La partie douce de ta personnalité ne s'exprime qu'avec moi. Et je t'aime de m'offrir ça.

Elle le regarda en souriant.

— Je t'aime pour tout ce que tu me permets de t'offrir, mon grand méchant loup.

10698

Composition
FACOMPO

Achevé d'imprimer en Italie
Par GRAFICA VENETA
Le 19 février 2014.

Dépôt légal : février 2014.
EAN 9782290075470
L21EPSN001108N001

ÉDITIONS J'AI LU
87, quai Panhard-et-Levassor, 75013 Paris

Diffusion France et étranger : Flammarion